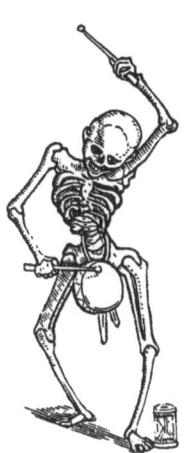

**BETTINA SZRAMA**
Die Konkubine des Mörders

VON RACHE GETRIEBEN Bayern im Jahre 1632. Die Bauern leiden unter den Schrecken des Dreißigjährigen Krieges. Versprengte Truppen des gefallenen Feldherrn Johann t'Serclaes Graf von Tilly ziehen plündernd und mordend durch das Land. Auch Marie, die in einem kleinen Dorf in der Nähe von Ingolstadt lebt, muss mit ansehen, wie ihre Familie getötet und die Pferde geraubt werden. Nur sie und ihr Vater können den Mördern entkommen.

Auf ihrer Flucht schließen sie sich dem schwedischen Reiter Jaspar Hanebuth an und folgen ihm in sein Heimatdorf bei Hannover. Hanebuth entpuppt sich bald als skrupelloser Dieb, Vergewaltiger und Mörder. Sein Name ist in aller Munde und landauf, landab gefürchtet. Doch Marie fühlt sich von seinem wilden, zügellosen Wesen auch angezogen. Und sie weiß: Als Geliebte dieses Mannes wird ihr nichts zustoßen ...

*Bettina Szrama, geboren 1952 in Meißen, absolvierte ein Literaturstudium in Hamburg. Danach war sie als Journalistin für diverse Regionalzeitungen und Tierzeitschriften tätig, seit 1994 veröffentlicht sie auch im belletristischen Bereich. »Die Konkubine des Mörders« ist ihr zweiter historischer Roman.*

Bisherige Veröffentlichungen im Gmeiner-Verlag:
Die Hure und der Meisterdieb (2011)
Die Konkubine des Mörders (2010)
Die Giftmischerin (2009)

**BETTINA SZRAMA**

# Die Konkubine des Mörders

*Historischer Roman*

GMEINER SPANNUNG

Besuchen Sie uns im Internet:
www.gmeiner-verlag.de

© 2010 – Gmeiner-Verlag GmbH
Im Ehnried 5, 88605 Meßkirch
Telefon 075 75/20 95-0
info@gmeiner-verlag.de
Alle Rechte vorbehalten

Lektorat: Katja Ernst, Sigmaringen/Claudia Senghaas, Kirchardt
Herstellung/Korrekturen: Daniela Hönig / Sven Lang
Umschlaggestaltung: U.O.R.G. Lutz Eberle, Stuttgart
unter Verwendung des Bildes von Paris Bordone: Venezianisches
Liebes-paar/Aus: 5.555 Meisterwerke. © 2000 Directmedia Publishing
GmbH Druck: Libri Plureos GmbH, Friedensallee 273, 22763 Hamburg
Printed in Germany
ISBN 978-3-8392-1040-6

I

Es ist das Frühjahr 1632. Die Bestie im Menschen war erwacht. Ausgelöst durch einen nicht enden wollenden Krieg, unter dessen Kriegslasten das Land seit nunmehr vierzehn qualvollen Jahren litt. Dort, wo einst Gottesfurcht und Ehrbarkeit regierten, brachten Ligisten und Kaiserliche, Dänen und Schweden, Freund und Feind Verzweiflung und bittere Not. Als sich der einst umjubelte Schwedenkönig Gustav Adolf in seinem Bestreben, Kurfürst Maximilian von Bayern von seinem Land südlich der Donau zu isolieren, nach einer kurzen Belagerung Ingolstadts endlich entschloss, nach Landshut weiterzuziehen, ließ er seinen Unmut über die durch die Bayern erzwungene Verzögerung vor Regensburg an der Landbevölkerung aus. Aber nicht nur seine Soldaten brandschatzten, mordeten und plünderten, auch versprengte Söldner der Katholischen Liga des von ihm zuvor bei Breitenfeld geschlagenen und in Ingolstadt seinen Verletzungen erlegenen Reichsherrn von Tilly standen ihm in nichts nach. So groß waren die Grausamkeiten, welche die Landsknechte in den umliegenden Dörfern hinterließen, dass kein Blut, kein Tränenstrom den Himmel zu erweichen vermochte. Blutdurst und Wolllust gingen Seite an Seite mit Hunger und Not. Scharenweise liefen Wölfe umher, drangen bis in die Städte vor und Banditen und Mörder machten die Straßen unsicher. Das Morden war so groß, dass für eine höhere Gerechtigkeit kein Raum mehr blieb …

Der Hof von Curd Tönnjes aus dem Audorf Hundszell war von den üblichen Plündereien bisher verschont geblieben. Nun aber sollte das Schicksal auch ihn ereilen. Der Tod kam an einem Sonntagmorgen im April. Die Sonne war gerade aufgegangen und blinzelte verschlafen durch die Zweige der alten Weide am Brunnen. Aus dem Kuhstall, gleich neben dem Wohnhaus, klang das morgendliche Scheppern der Milchzuber, unterbrochen vom zufriedenen Kauen der Kühe. Lediglich der Hahn auf dem Misthaufen krähte an diesem Morgen anders als gewöhnlich. Aufgeregt plusterte er das bunte Gefieder und blähte die Brust. Dabei hüpfte er auf und nieder, als wollte er den Hennen auf dem Hof etwas mitteilen. Doch die Hühner scharrten eifrig weiter im Sand und pickten nach den Weizenkörnern, die der Bauer vor ihnen ausgestreut hatte.

Als ahnte er, welches Unheil seinem Hof drohte, nahm Tönnjes das friedliche Bild einen Moment nachdenklich in sich auf, bevor er die Schritte eilig zum Pferdestall lenkte. Vor dem Stalltor blieb er stehen und blickte mit gerunzelter Stirn auf den Hund an seiner Seite.

»Still, Wolf«, mahnte er. Aber das kräftige Tier knurrte weiter und stellte das Nackenfell auf. Beunruhigt rief er durch den offenen Türspalt des Stalls nach dem Sohn. »Johann, was hat der Hund nur?« Dabei dachte er an die siebenundzwanzig Groschen Kopfsteuer, die der Vogt noch von ihm forderte und an die Schweden, deren Kanonendonner seit Tagen die ländliche Stille zerriss. Im gleichen Moment quietschte das Holztor und der Gerufene erschien im Torrahmen. Er reichte dem Vater gerade bis zur Schulter und seine Beine steckten in einer Bauernhose aus zwei schmutzigen Beinlingen, die er um die Hüften mit einem dicken Strick zusammenhielt. Aus seinem Hosenbund ragte der Schaft eines langen Messers.

»Wolf verhält sich schon den ganzen Morgen so ungewöhnlich«, entgegnete der Sohn. »Vielleicht sind die Wölfe wieder unterwegs.«

Belustigt über die kindliche Naivität zog Tönnjes den Burschen scherzhaft an den Ohrklappen der viel zu großen Kappe, unter der er das jungenhafte Gesicht verborgen hielt. »Dein Wort in Gottes Ohr«, knurrte er, während er den Hund im Auge behielt. »Ich habe gestern zwei Wölfe geschossen, die sich bei den Weiden umhertrieben. Aber viel lieber hätte ich einen schwedischen Hundsfott vor mein Rohr bekommen.«

Da wehte es plötzlich zu ihm her, jenes ferne, allzu bekannte, merkwürdige Grollen, dass der Wind mitgenommen hatte und nun über den Wald und die Äcker trieb. Tönnjes hob den Kopf, blickte über die Wiesen, unendliche Wiesen mit zarten

Grün, und Äcker, auf denen das reifende Korn die ersten Spitzen zeigte, unterbrach das Gespräch und lauschte.

»Pferdehufe? Ganz klares Hufgetrappel«, stellte Johann nüchtern fest und trat hinter den Vater. »Sie bewegen sich auf uns zu.«

»Die Schweden …?«, mutmaßte Tönnjes, gleichfalls überkam ihn die Angst. Er spuckte auf den Boden, trat mit dem Fuß darauf, und knurrte: »Gott befreie uns endlich von diesem Gesindel.«

In diesem Augenblick rollte eine Staubwolke die Straße, den Abhang herauf. Hufe ließen den Boden erzittern.

Mit scharfem Blick erkannte Tönnjes die Musketen und Lanzen in der Wolke. Seit Jahren umgeben von Brandschatzung und Räuberei, wusste er, dass er jetzt rasch handeln musste. Er packte Johann und schubste ihn zurück in den Stall. Dabei schrie er aufgeregt: »Es sind die jungen Stiere. Die Gelbröcke haben ihnen brennende Holzscheite zwischen die Hörner gebunden! Die Hurensöhne treiben sie auf den Hof zu. Sie wollen den Hof niederbrennen! Treib die Pferde aus der Scheune! Ich laufe zum Kuhstall!«

Im Stall saßen sein Weib und seine Tochter Marie bei den Kühen, mit einem Holzzuber zwischen den gespreizten Schenkeln. Beide Weiber sprangen vor Schreck fast gleichzeitig auf, als er die Tür aufriss und in den Stall brüllte: »Der schwedische Hundsfott kommt, wir müssen uns in Sicherheit bringen!«

Die Milch aus den umgeworfenen Zubern versickerte zu ihren Füßen im Stroh. Marie wischte sich die feuchten Hände am Rock ab und fragte mit ängstlicher Stimme: »Kommen jetzt die Gelbröcke auch zu uns, um uns das Korn und das Vieh zu nehmen und uns zu traktieren, wie sie es mit den Nachbarn getan haben?«

Tönnjes stürzte auf das Mädchen zu und riss sie hastig in seine Arme. Für Zärtlichkeiten blieb nicht mehr viel Zeit. Mit Tränen in den Augen küsste er ihr den Scheitel. Dann schob er sie rasch von sich und sagte: »Nimm die Pferde und reite mit deinem Bruder in den Wald, zur Höhle. Du bist mutig und tapfer wie ein Bub und ich kann mich auf dich verlassen. Zudem kennst du den Weg. Ich versuche sie derweil von euch abzulenken und folge dann mit der Mutter nach. Gott wird uns schützen!«

Gehorsam begab sich Marie zum Bruder, der die jungen Pferde bereits aufgeregt auf dem Hof zusammentrieb.

Das Weib rannte indessen durch den Stall in das Wohnhaus, wo Tönnjes sie rumoren hörte, während er rasch das alte Milchpferd aus dem Stall holte. Für den Bruchteil einer Sekunde drückte er sein Gesicht in das dichte Fell des schweren Rappen. Jahrelang hatte er ihm im Pflug und vor dem Wagen treu gedient. Für die Schweden war das Tier wertlos. Wenn er es zurückließ, war es verloren.

Die Staubwolke hatte sich verdichtet und der Wind brachte die Schreie des Schwedentrupps immer näher. Die Geschwister verständigten sich mit einem einzigen Blick. Dann schwang sich Marie wie ein Junge auf einen der Pferderücken. Festgeklammert an der dichten Mähne und wie eine Katze an den Pferdehals geschmiegt, rief sie: »Lauf Brauner, lauf um dein Leben!«

Der Bruder hatte es ihr gleichgetan. Auch er lag mehr, als dass er auf dem Pferd saß und hielt den kräftigen Pferdehals mit seinen Händen umklammert. Er schnalzte mit der Zunge und beide schlugen den Pferden, wie auf Kommando, die nackten Schenkel in die Seiten. Wie der Wind stoben sie vom Hof, lediglich mit Stricken und einem Messer bewaffnet. Drei junge Falben folgten ihnen mit wehender Mähne.

Nachdem Tönnjes dem Rappen das Kummet über den Hals geschoben hatte, sah er kurz auf und blickte hinüber zur Waldkante. Er hoffte seine Kinder in Sicherheit. Doch sein Blick verfinsterte sich, als er die zwei fremden Kürassiere bemerkte, die ihnen dicht auf den Fersen folgten. Rasch schob er den Gaul in die Deichsel, nahm die Büchse vom Wagen und feuerte wütend auf die Verfolger. Jedoch galoppierten diese unbeirrt weiter.

Der Schuss war noch nicht verklungen, da kam er selbst in Bedrängnis. Er warf dem Rappen die Leinen über, sprang auf den Bock und schrie über den Hof, während er das Pferd antrieb: »Lass das Packen, Weib, und spring schnell auf!«

Pferde schnaubten, Reiter johlten und dem Kleinknecht, der die Stiere aufhalten wollte, teilte ein

Schwerthieb das Gesicht. Blutüberströmt brach er vor dem Scheunentor zusammen. Die Leiber der Stiere dampften. Sie polterten über den Hof. Es roch nach verbranntem Fleisch. Die Magd und der Großknecht rannten in Panik aus dem Haus und suchten ihre Rettung in den Wiesen. Dort wurden sie von ihren Verfolgern eingeholt, mit dem Schwert niedergestreckt und von den Pferdehufen überrannt. Der Rappe, zwischen drängelnden und schiebenden Stierleibern, bäumte sich auf, stieg in der Deichsel, und Tönnjes sah sein Weib mit einem Beutel Geschirr in der Hand hinter dem Wagen herrennen. Ein Gelbrock verfolgte sie johlend und versuchte ihr das Bündel aus der Hand zu reißen. Wütend sah es der Bauer, riss das Gespann herum, beugte sich vom Wagen und schlug mit der Peitsche auf den Vermaledeiten ein. Gleichzeitig reichte er dem Weib seinen Arm. Da zerriss ein ohrenbetäubender Knall die Luft. Gewehrkugeln pfiffen ihm um die Ohren, und sein Eheweib schleuderte die Arme in die Luft. In dem sich auflösenden Rauch sah er ihre erschrockenen Augen und den vor Entsetzten weit geöffneten Mund. Dann wurde er auf den Boden geschleudert. Der Rappe machte einen gewaltigen Satz nach vorn, mit vor Angst geblähten Nüstern. Im letzten Moment erwischte Tönnjes die Leinen und klammerte sich daran fest. Es war noch nicht lange her, dass er als Reiter unter den Schweden gedient hatte. Diese Erfahrung kam ihm nun zugute. Rasch hangelte er sich an den Riemen über die Kruppe bis zum Pferdehals und setzte mit dem Fuhrwerk mitten durch die feindlichen Soldaten. Hinter sich im Pulvernebel sah er noch, wie ein Landsknecht sich an seinem sterbenden Weib verging. In Windeseile fraß sich der rote Hahn durch das Dach, durch die Scheune und den Stall. In ohnmächtigem Zorn durchtrennte Tönnjes einem Kürassier, der ihm den Weg abschnitt, mit dem Kurzschwert die Halssehne, bevor der Rappe mit ihm über den Zaun setzte.

Marie und Johann galoppierten Seite an Seite. Längst hatten sie bemerkt, dass sie verfolgt wurden. Die Pferde schwitzten und ihre Flanken zitterten. An einer Weggabelung zügelte Marie ihren Braunen.

»Gleich, Bruder, beginnt der rettende Wald. Dort werden uns die Schweden nicht mehr einholen. Sie haben Angst vor den Wölfen.« Sie wies mit dem Arm auf das riesige Waldgebiet vor ihnen und warf einen ängstlichen Blick über ihre Schulter zurück. Die Luft roch nach Rauch. Am Horizont glühte es rot. Plötzlich kam ihr eine Idee. »Wenn wir durch die Felsschlucht reiten, schütteln wir vielleicht die Verfolger ab!«

Johann zog am Strick, an dem er die jungen Pferde mitführte. Das Seil hatte ihm ins Fleisch geschnitten. Eine breite Wunde umschloss seine Handfläche. »Ist dieser Weg nicht zu gefährlich, Schwester?«, wandte er ein und blickte unsicher auf die scharfkantigen Steine unter ihnen, die sie ausschließlich zu Fuß bewältigen konnten. Nur wenige Meter trennten sie noch von ihren Verfolgern.

Da schlug Marie plötzlich auf ihr Pferd ein und schrie: »Wir haben keine Wahl mehr. Sie sind bereits dicht hinter uns.« Doch der Falbe unter ihr begann auf einmal nervös zu tänzeln, scheute und kam dabei mit den Hinterhufen zu weit über die Felskante. Marie schrie grell auf. Dann stürzte sie in die Tiefe und landete unsanft auf einem Felsvorsprung. Einen Moment lang, der ihr unendlich vorkam, kämpfte sie gegen die Benommenheit, dann suchten ihre Hände nach einem Halt, tasteten sich über Geröll und Felsgestein, bis sie eine Wurzel erfassten. Erst jetzt spürte sie die Todesangst und wagte einen Blick über die Schulter. Ihr Pferd lag mit verrenkten Gliedern in der Schlucht. Die Vorstellung, dass es ihr ebenso ergehen könnte, verlieh ihr neue Kräfte. Vorsichtig begann sie mit den Füßen nach einem Felsvorsprung zu suchen, während sie sich mit den Händen Stein für Stein wieder an der Wurzel hinaufzog. Irgendwann spürte sie festen Halt und es gelang ihr, den Oberkörper über die Graskante zu schieben. Hier verschnaufte sie einen Moment, bevor sie den Kopf hob, um nach dem Bruder und den Pferden zu sehen. Sie hustete und spuckte feinkörnigen Staub. Allmählich formte sich die Umgebung wieder zu einem klaren Bild. Sie hörte fremde Stimmen. Ein Handgemenge war im Gange. Die Männer brüllten. Dazwischen ein Schrei wie der eines sterbenden Adlers. Pferde schnaubten nervös. Instinktiv war sie sich der Gefahr bewusst, die ihr drohte, wenn sie bemerkt wurde. Deshalb rutschte sie rasch auf dem Bauch unter einen Brombeerstrauch, wo sie im Schutz der dichten Zweige mit angehaltenem Atem mit ansehen musste, wie Johann blutüberströmt vor einem schwarzgekleideten Kürassier kniete und um sein Leben bettelte, während der ihm mit dem Messer die Kehle durchtrennte. Höhnisch, mit einer glockenhellen Stimme, sang er dazu: »Greif an das Werk mit Freuden, wozu mich Gott bescheiden, in meinem Amt und Stand.« Der Lebenssaft sprudelte aus dem Hals des erst vierzehnjährigen Bruders. Er tränkte den Rasen blutrot, bis er sich in seinem eigenem Saft entseelt streckte.

Als der Mörder endlich von seinem Opfer abließ und lachend mit seinem Kumpan und den gestohlenen Pferden an der Hand wegritt, hockte Marie völlig apathisch an der gleichen Stelle. Der Liedtext aus dem Kirchengesangbuch, der sich aus dem Munde des Mörders wie die Verhöhnung alles Göttlichen angehört hatte, grub sich fest in ihr Gedächtnis, bis Gott Erbarmen zeigte und sich ihr Geist in eine schützende Dunkelheit hüllte.

Als sie wieder zu sich kam, blickte sie in das Gesicht des Vaters. Ihr Kopf lag auf seinen Knien und er versuchte, ihr aus seiner Kappe Wasser einzuflößen.

»Vater?«, hauchte sie, froh, ein vertrautes Gesicht zu sehen. Im gleichen Moment erinnerte sie sich an das Vorgefallene. Erschrocken schob sie seine Hand zur Seite, sodass sich das Wasser über ihrer Brust ergoss, und brüllte wie von Sinnen »Jooohaaann!«. In einem Atemzug sprang sie auf, blickte wie ein gehetztes Tier um sich, trat dem Vater, der sie zurückhalten wollte, gegen das Schienbein und warf sich über die sterbliche Hülle ihres Bruders. »Warum ...?«, schluchzte sie verzweifelt und küsste Johanns starres Gesicht, bis der Vater sie an den Schultern wegzog. Erst an seiner Brust, unter seinen warmen Händen, begann sie sich etwas zu beruhigen. Der Vater war hier, der Beschützer der Familie und des Hofes. Sein Geruch war ihr so vertraut. Bestimmt war alles nur ein böser Traum.

Doch Tönnjes hob ihr Gesicht, das Erlebte der letzten Stunden brach plötzlich in einem Anfall von Wut und Verzweiflung aus ihm heraus. Entgeistert sah er sie an. »Hast du Johanns Mörder gesehen?«, brüllte er. Er hatte eine gewaltige Stimme. »Wieso musste Johann sterben und warum bist du noch am Leben?«

Irgendwie wollte er nicht begreifen, dass nur das Mädchen überlebt haben sollte. Johann war der Sohn und Erbe des Hofes. Hastig, mit fahrigen Bewegungen, riss er an ihrem Rock, schob ihn in die Höhe. Ihre Schenkel waren wohl gerundet, die schlanken Beine staken in Holzschlappen. »Wieso haben sie dich nicht berührt ...?« Im gleichen Moment besann er sich und sein Vaterherz wurde schwer wie ein Mühlstein. Er seufzte. In ihm stieg etwas auf, was er bisher noch nicht gekannt hatte. Es war Angst! Angst um das Mädchen, das fast noch ein Kind war. Angst um das Letzte, was ihm geblieben war.

Marie schüttelte die schwarze Mähne. Mit großen Augen sah sie ihn an und schwieg. Da schnaufte er durch die Nase, schubste sie auf den Erdboden und ließ sich neben sie fallen. Er legte sich mit dem Gesicht ins Gras, atmete den Geruch der Erde und gab sich ganz der Verzweiflung hin.

»Diese Mordbuben, sie brandschatzen und morden, alles im Namen Gottes, unseres Herrn«, jammerte er. »Was nützen mir meine starken Arme. Was nützt mir mein Mut? Ich habe mir Geld geliehen, Kühe und Pferde gekauft. Da kommt der Schwede und nimmt mir wieder alles weg. Tötet die Mutter und das Vieh, den Sohn, den Knecht und die Magd und legt unseren Hof in Schutt und Asche. Oh Herr im Himmel!« Verzweifelt rang er die Hände: »Warum schickst du den Schweden nicht die Pest?«

»Lass es gut sein, Vater!« Sanft strich sie ihm über den Rücken. »Wir sollten Johann begraben, damit ihn die Wölfe nicht auffressen.« Erschüttert über die letzten Stunden und den Tod der geliebten Mutter versuchte sie allen Kummer hinunterzuschlucken. Es war nicht der richtige Zeitpunkt, ihn jetzt nach den Umständen ihres Sterbens zu fragen. Der Schmerz über den Verlust des Bruders saß noch zu tief und die Hilflosigkeit des Vaters verunsicherte sie. Ihr kam eine Idee. Eine kindliche, kaum durchführbare Idee. Aber sie würde seine Kräfte wecken. »Vielleicht holen wir Johanns Mörder noch ein, wenn wir uns beeilen. Die Spur unserer Pferde wird uns zu ihm führen. Auch würde ich seine Stimme unter Tausenden wiedererkennen.«

»Bin ich ein Heiliger? Ohne Pferd?«, entgegnete Tönnjes grob. »Wie willst du, eine unschuldige Maid, Mordbuben verfolgen? Außerdem wimmelt es auf allen Straße nur so von ihnen.« Er schaute ihr ins Gesicht, als zweifle er an ihrem Verstand. Zugleich sah es so aus, als wollte er sich dieses Abbild seiner selbst für alle Ewigkeit einprägen, die kleine gerade Nase, die etwas hervorstehenden Wangenknochen, das trotzig aufgeworfene Kinn, das untrügliche Zeichen ihres Eigensinns und die großen, unschuldig dreinblickenden Augen. Plötzlich fand er, je länger er sie betrachtete, ihre Idee gar nicht so abwegig.

»Mein Pferd ist die Felsspalte hinabgestürzt und ich habe überlebt. Du, Vater, hast auch überlebt. Ist dies nicht ein Gottesgeschenk? Hat der Herr uns nicht bereits den Weg vorgezeichnet?«, fügte sie leise hinzu, als sie bemerkte, dass er noch zweifelte.

Tönnjes begann an der Unterlippe zu kauen. Das tat er immer, wenn eine Entscheidung von ihm verlangt wurde. »Gott hat aber auch zugelassen, dass unser Liebstes hingemetzelt wurde! Wenn ich die Mörder erwische, werde ich sie aufspießen wie räudige Wölfe, das schwöre ich dir.« Er besah sich die von der schweren Arbeit schwieligen Hände und überlegte nun laut: »Der Schwede ist von Nürnberg bis Donauwörth gekommen. Generalfeldmarschall Tilly hat bei Rain am Lech vom Schweden eins auf den Buckel bekommen. Vorgestern soll das Hauptquartier des Schweden abgebrannt sein, nachdem er ohne Erfolg gegen den Brückenkopf gerannt ist. Tilly ist tot. Vermutlich wird der Schwede die große Heerstraße nach Landshut ziehen. Wir brauchen ihm nur zu folgen. Dort sind die Gebirge höher, die Schluchten tiefer, die Pfade unpassierbar. Zu was brauchen wir da Pferde? Es geht auch zu Boot. In Landshut wird der Schwede sein Heer neu aufrüsten. Da ist es ein Leichtes, sich anwerben zu lassen.« Wieder musterte er die kindlichen Züge seiner Tochter. »Du bist noch jung, Tochter, zählst kaum sechzehn Jahr, und dich dürstet nach Abenteuer. Unser zukünftiges Leben riecht nach Pulver und Rauch. Der Tod lauert überall. Aber im Schwedentross gibt es zu fressen und zu saufen und sicherlich finden wir dort auch Johanns Mörder. Dem König ist es bestimmt scheißegal, welcher Religion wir angehören und wo wir herkommen. Pferde und Kleidung finden wir mit Sicherheit genug auf unserem Weg. Wenn uns die Toten nicht geben, was wir brauchen, holen wir es uns von den Lebenden. Dazu wirst du lernen müssen, Menschen und Tiere zu töten. Willst du diesen Weg wirklich mit mir, deinem Vater, gemeinsam gehen?«

Er sah ihr tief in die Augen. Denn er wusste, was er von ihr verlangte, war sehr viel. Bisher hatte er versucht, sie im Sinne des Herrn, in der Liebe ihres Nächsten zu erziehen. Hatte sie Verantwortung gelehrt und ihr nach der schweren Arbeit auf dem Hof aus der Bibel vorgelesen, aus der er einst selbst das Lesen der Bilder erlernt hatte. Auf dem väterlichen Meierhof hatte er es mit geliehenem Geld, seiner Frau, dem Großknecht, einem Hütejungen und der Großmagd wirtschaftlich zu etwas gebracht. Vorher hatte er als Knecht auf dem Nachbarhof gearbeitet und sich die Hörner als Soldat und Reuter unter Tilly abgestoßen. Sein Goldesel war die Wiese am Hof gewesen. Eine Wiese, die ihm in diesen Kriegszeiten einiges eingebracht hatte. Denn die Pferde, die auf ihr weideten, waren bei den Herren Offizieren begehrt. Getreu hatte er die geforderten Gespanndienste geleistet, Kopf, Vieh, Schaf, Scheffel und Landsteuer bezahlt. Schon frühzeitig hatten die Kinder bei Kriegsfuhren, Kornfuhren oder bei den Jagd- und Wildfuhren für die Herrschaften mit einspringen müssen. Die Kinder waren gute Reiter und Gespannlenker. Selbst hinter dem Pflug die Ochsen zu lenken war ihnen nicht schwer gefallen und sie hatten untereinander um die Anerkennung ihres Vaters gewetteifert. Jetzt lächelte er. Gerührt fuhr er Marie über das lange Haar. Es war genauso dunkel, ungebändigt und wild wie das seinige. Dunkel waren ihre Augen und feurig, wie die der Mutter. Ach ja, sein Eheweib … Der Gedanke an sie schmerzte. Er gab sich die Schuld an ihrem Tod. Plötzlich schoss die Hand nach vorn und umschloss Maries Zopf. Während er ihn festhielt, zog er das Messer aus dem Gurt und setzte die Klinge an. Marie verzog den Mund und wehrte sich.

»Was tust du da, Vater? Willst du mich verstümmeln?«, rief sie erschrocken.

»Sind die Haare wichtiger als das Leben? Es darf niemand erfahren, dass du eine Maid bist. Wenn wir leben wollen, musst du mein Trossbube sein und Männerkleidung tragen. Kein Trossbube hat so langes Haar.« Mit einem Ruck schnitt er ihr die Hälfte der schwarzen Mähne ab. Er ließ die Strähnen über ihr Gesicht rieseln und machte sich dann daran, die andere Hälfte abzuschneiden. Eine Schande ist es, dachte er dabei, aber sie wachsen ja wieder nach. Schneidest du das Korn ab, hast du ein leeres Feld. Warum ist ein Acker nicht wie ein Mädchenkopf. Er stutzte und schnitt so lange an den Haaren herum, bis man glauben konnte, es sei ein Jungenkopf, und Marie hielt dabei ganz still. Sie hockte auf dem Grasboden, neben ihrem toten Bruder, umlodert vom Rauch des verbrannten Hofes, und ihre Augen blickten fragend: Kann ich wirklich ein Räuber, Plünderer, Brenner und Wegelagerer werden?

»So«, sagte Tönnjes, als die Arbeit beendet war. Marie jetzt anzublicken war für ihn fast eine Qual. Wie verstümmelt sah sie aus. Aber wie würde sie erst aussehen, wenn sie in die Hände der Schweden fiele? Er atmete tief aus. »Was für ein hübscher Junge«, stellte er fest. Es klang heiser und nachdenklich. Dann fasste er sie an der Hand und sagte kurz: »Komm! Fordern wir das Schicksal heraus. Vergeltung für Johann.«

Die Dörfer, die sie durchzogen, große glühende Aschehaufen mit gespenstisch hochragenden Balken, stöhnten in bitterer Qual, leergefressen, eingeäschert, ihre Bewohner vertrieben oder erschlagen. Der Schwede hatte ganze Arbeit geleistet, sodass sie nur langsam vorankamen. Immer wieder säumten Leichen, Geröll, umgestürzte Wagen und Bäume ihren Weg. Die große Heerstraße war nach dem Abzug des Schwedenheers ein ausgetretener Pfad von unzähligen Huf- und Wagenspuren und Tausenden menschlichen, im Morast verewigten Fußabdrücken. Berge von Kot und verdorbene Essensreste zwangen sie immer wieder auszuweichen. Riesige schwarze Rabenvögel hockten auf Tierkadavern und vereinzelt nagten Hunde an den menschlichen Überresten. Oft waren es abgerissene Beinstumpfe oder vom Körper abgetrennte Arme. Nach einem halben Tag Fußmarsch ließ sich Marie erschöpft auf dem verkohlten Balken eines verlassenen Bauerngehöfts nieder. Es dunkelte bereits und sie hatten noch nichts Essbares gefunden. Der Magen knurrte. Sie presste die Hand auf den Leib und sah dem Vater müde zu, wie er vergeblich versuchte, die Stiefel eines toten Soldaten über die Füße zu streifen.

»Verfluchte Beutelschneider!«, schimpfte er. »Alles haben sie geplündert. Selbst die Toten sind ihnen nicht heilig.« Zornig warf er die Stiefel zwischen ein Rudel halbverhungerter Hunde, das gierig darauf wartete, über die Leiche herzufallen. Die Hunde stoben erschrocken auseinander und knurrten.

»Vergesst nicht die Galoschen, ihr Bestien. Mir sind sie zu groß«, schimpfte er ihnen hinterher. Dann bückte er sich, hob etwas Asche auf, spuckte darauf, verrührte alles auf der Handfläche zu Brei und schmierte das Sekret auf die Blasen unter seiner Fußsohle.

Aber es geschehen noch Wunder. Marie hob die Hand als schützenden Schirm über ihre Augen, um besser gegen das trübe Licht sehen zu können. Sie wusste nicht, was Marketender sind. Für sie waren die beiden Reiter, die von einer Staubwolke umgeben den Kamm herunterritten, eine Gefahr, und sie lief rasch um das Gehöft herum zur nahen Waldkante, um sich zu verstecken.

Tönnjes dachte nicht lange nach. »Die bunten Röcke holen wir uns!«, rief er und rannte hinter ihr her. Keuchend holte er sie ein und packte sie im Genick. »Willst du wohl stehen bleiben, du wilde Hexe«, zischte er leise. Sie wollte sich gerade über die grobe Behandlung empören, als er sie zu sich herabzog und ihr Gesicht in den Erdboden drückte. Der Boden unter ihr duftete nach Harz. Sie spuckte Nadeln, schüttelte sich, hob den Kopf und blinzelte unter seiner Hand hervor.

»Mir geht das Herz auf wie eine Schweinsblase.

Das sind Leute vom Schwedentross. Die schickt uns der Herrgott. Du hast recht, der Herrgott ist uns gnädig gestimmt. Feine geschlitzte Hosen und ein schönes, farbiges Wams, alles aus bestem Tuch. Ihre Pferde sind ein bisschen knochig, aber noch frisch. Sie können nicht lange unterwegs sein. Bestimmt kommen sie von einem Beutezug«, flüsterte er. Dabei grinste er in geheimer Vorfreude: »Sie müssen hier vorbei.« Sein Blick musterte die festgetrampelte Straße. Die Reiter kamen rasch näher. Er ließ sie nicht aus den Augen. Marie an seiner Seite zitterte. Wie ein eisiger Wurm fraß sich die Kälte des Waldbodens durch ihr Kleid. Tönnjes bemerkte es und flüsterte leise, fast zärtlich: »Es ist gleich vorbei. Du brauchst nur laut zu schreien und zu johlen. Sie sollen denken, dass wir in der Übermacht sind. Den Rest erledige ich.« Er zog sein Krummschwert unter sich hervor und wog es in der Hand. Als das Hufgetrappel und die Stimmen näher kamen, umschloss er es so fest, dass die Adern auf seinem Handrücken wie dicke blaue Schnüre hervortraten. Dann kletterte er flink den Stamm einer angesengten Pappel hinauf und hangelte sich nach vorn durch das Geäst. »He, weshalb hältst du Maulaffen feil?«, flüsterte er, als er sah, dass Marie keine Anstalten machte. »Du sollst brüllen. So wie du gebrüllt hast, als der Mutter wegen der roten Ruhr die Milch ausging.« Bäuchlings auf dem Ast, die schwelenden Mauern des Gehöftes vor sich, erwartete er sein Opfer. Dabei frohlockte er: »Kommt nur, ihr Säue, und reitet direkt in eurer Verderben.«

»Ich habe Angst. Ich kann es nicht. Der Herrgott hat es verboten«, antwortete Marie leise. Ihre Stimme zitterte, während sie ein Gebet vor sich hinmurmelte.

»Der Herrgott gibt dir auch keine Kleider. Wenn du nicht schreist, wirst du an der Kälte krepieren.« Tönnjes pustete sich in die starren Hände, brach einen Ast ab und warf ihn nach ihr. »Auge um Auge und Zahn um Zahn. Wir geben ihnen nur zurück, was sie uns angetan haben!«

Plötzlich ging alles sehr schnell. Marie sprang vom Ast getroffen auf, quietschte und kreischte sich dann die Seele aus dem Leib. Fast zeitgleich spannten sich Tönnjes Muskeln. Als der erste Reiter erschrocken sein Pferd zügelte, ließ Tönnjes sich lautlos vom Ast fallen und landete hinter dem überraschten Mann im Sattel. Mit einem gut gezielten Hieb, ohne jede Gegenwehr, trennte er ihm den Kopf vom Hals. Zu Tode erschrocken wendete der andere Reiter sein Pferd und jagte zurück. Rasch ließ Tönnjes den toten Körper fallen, drehte ebenfalls um, und galoppierte hinter dem Fliehenden her. Der Verfolgte trieb sein Pferd an und Marie sah, wie er versuchte, der scharfen Klinge des Vaters auszuweichen. Kreuz und quer sauste das Schwert durch die Luft, als er neben dem Fremden herjagte. Es dauerte nicht lange und auch der zweite Reiter sackte vornüber. Tönnjes hatte ihn am Rücken erwischt. Übermütig beugte er sich im Galopp vom Pferd, zog den Röchelnden vor sich in den Sattel und jagte mit dem erbeuteten Pferd an der Hand zurück zu Marie, deren Gefühle für den Vater zwischen Stolz und Entsetzen schwankten. Er hielt an und sprang behände vom Pferderücken. Kaum hatte er den Boden berührt, riss er dem Getöteten hastig das bunte Wams vom Leib. Dann streifte er sich die Pluderhosen über und stolzierte im blutigen Hemd mit noch offenen Wams vor seiner Tochter auf und ab. »Wie sehe ich aus? Ganz wie der Löwe aus Mitternacht.«

Unbewusst musste Marie lächeln. Sie erinnerte sich an das Gemälde vom blonden Schwedenkönig, das eine Zeit lang die Wand über dem Bett der Eltern schmückte, bis der Vater es in wildem Zorn verbrannte. »Der Löwe aus Mitternacht ist zu uns gekommen, um den Adler, den Kaiser zu bekämpfen«, hatte er ihr geantwortet, als sie ihn einmal in kindlicher Neugier gefragt hatte, wer der junge König in dem weiten Mantel und der goldenen Krone sei, der so würdevoll das Zepter und den Reichsapfel in seinen Händen hielt. Jetzt blieb sie ihm die Antwort schuldig. Sie war nicht fähig, sich wie er an den erbeuteten Sachen zu erfreuen. Unentschlossen sah sie ihm zu, wie er sich über den zweiten Leichnam beugte, ihm mit dem Messer rasch ein paar zusätzliche Schlitze in das Wams schnitt, den blutgetränkten Kragen entfernte und ihr dann brummend die Kleidungsstücke vor die Füße warf. »Hier, zieh das an! Die Kleider müssten dir passen.«

Marie zögerte. Die Scheu vor dem Toten war zu groß. Sie überhörte stattdessen die Aufforderung und widmete sich den Pferden. Mit dem Rücken zu ihrem Vater blies sie ihnen in die ängstlich geblähten Nüstern und klopfte ihnen beruhigend gegen den Hals.

Tönnjes bemerkte es und begann nun laut zu schimpfen: »He, willst du am Boden festwachsen, du dumme Gans? Wenn du die Sachen nicht gleich überziehst, verprügle ich dich, dass du drei Tage nicht sitzen kannst.« Diese Drohung verfehlte ihre Wirkung nicht. Widerwillig ließ sie von den Pferden ab, griff gehorsam nach den Kleidern und zog sich mit ihnen in das Gebälk der Ruine zurück. Nach ein paar Minuten kehrte sie in einem scharlachroten Wams mit hoch geschlossenen Kragen und üppig geschlitzten Pluderhosen zurück, die, ein wenig lang, über dem Knie in farbigen Schleifen endeten. Die Beine steckten in Beinlingen und ihre Füße in Schuhen mit einer großen Schnalle. Das Gesicht mit dem kurzen Haar verschwand fast gänzlich unter der roten Kappe. »Wie ein Paradiesvogel sehe ich aus«, begehrte sie verschämt auf, während Tönnjes belustigt durch die Lippen pfiff.

»Ich habe noch keinen hübscheren Trossbuben gesehen. Hüte dich ja vor den Marketenderinnen, mein Junge!« Grinsend schwang er sich in den Sattel und warf ihr die Zügel des herrenlosen Pferdes zu. Unter seinem Arm klemmte die Muskete des Getöteten. »Am Sattel findest du eine Pistole, dreizehn Pulvermaße und ein Zündkrautfläschchen, einen Degen, etwas Brot, Käse und Wein. Sogar ein paar Taler habe ich im Beutel gefunden. Also auf, mein Bürschlein! Auf nach Landshut, dem schwedischen Hundsfott hinterher!«

# II

DER VATER UND SEINE TOCHTER ritten ohne Unterbrechung und schonten nicht ihre Pferde. Nach ungefähr drei Tagen erreichten sie ihr Ziel. Die drei Stadttore der mächtigen Festungsanlage waren bereits überall mit Soldaten besetzt, während draußen vor den Toren das gewaltige Heer des Schwedenkönigs lagerte.

Tönnjes stand in seinen Steigbügeln und betrachtete die Stadttürme. Neben ihm ritt Marie auf ihrem Pferd, davor und dahinter, Kopf an Kopf, eine lebhafte, schnaufende, unruhige, dunkle Masse Tier und Mensch, Fliehende, Verzweifelte und Abenteurer. Ein Wagenführer mit seinem Ochsengespann versuchte neben ihnen die Menge zu durchbrechen. Doch vergeblich schlug er auf seine Ochsen ein. Der Karren vor ihm hatte getrocknetes Gras geladen. Ein Anlass für die massigen Tiere, sich eine Verschnaufpause zu gönnen. Während sie gemächlich an den Halmen zupften und die Peitschenhiebe wie Fliegen abschüttelten, beugte sich Tönnjes vom Pferd: »Wie ist die militärische Lage in Landshut, alter Mann?«, fragte er.

»Solltet Ihr noch Besitz haben, Weib und Kind, dann bringt alles rasch in Sicherheit. So ein tapferes Fähnlein hat das Kloster Niederviehbach vor den Plünderern gerettet. Sechzig Schweden hat er, zusammen mit einer Handvoll Bauern, wie reifes Korn niedergemäht. Jetzt brennen Kirchbach, Aholfing und Inghofen, wo ich gerade herkomme. Überall sind Trupps des Schweden unterwegs, um Nahrung und Pferde für das Heer zu besorgen. Sie plündern und lassen niemanden am Leben.« Der Alte machte eine Bewegung, in die er all seinen Groll steckte. Er ließ erneut mit einem lauten Knall die Peitsche auf seine Ochsen niedersausen. Ächzend setzte sich das Gespann in Bewegung.

Innerhalb der Mauern, zwischen den Bürgerhäusern, herrschte reger Betrieb wie in einem riesigen Ameisenhaufen. Überall volle Straßen, Stallungen, Lagerhäuser, ein Kloster und eine Kirche, vor der sich erschöpfte Menschen auf Strohbetten ausruhten oder sich unruhig im Fieber hin und her wälzten. Dazwischen boten Marketender ihre Ware und schwedische Soldaten ihr geraubtes Gut feil. Überall trafen sie auf mit Flachs und Garn bepackte Planwagen, auf Ochsenkarren mit Salzfässern, Kupfergeschirr, Kleidung und Mehl. Weit entfernt grollte der Kanonendonner, was die ehrwürdigen Schulmeister nicht davon abhielt, auf den Plätzen Seminare für ihre Schüler abzuhalten, während gleich nebenan Marktschreier in Uniform laut verkündeten, dass der Erwerb von geraubten Gut bei Strafe an Leib und Leben verboten sei.

»Ist das eine verrückte Stadt, he!«, schrie Tönnjes und verjagte einen krummbeinigen Narren, der Maries Pferd grotesk umsprang und dabei böse zischte: »De Schweden san komma, ham alles mitgnomma, ham d' Fenster eigschlagn, ham 's Blei davontragn, ham Kugeln draus goss'n und d' Bauern daschossn.«

Vor einem Schlachthaus warteten Rinder, Pferde und Schweine angebunden an mächtigen Holzstämmen vor einem halbrunden Steinfundament. Obwohl zwei riesige Kupferkessel mit Wasser von Soldaten beheizt wurden und die Metzger mit gewetzten Messern davor standen, wurden die Tiere eilig für ein paar Taler an den Meistbietenden verschachert.

In der Hoffnung, hier vielleicht seine gestohlenen Pferde wiederzufinden, sprang Tönnjes aus dem Sattel. Er schnaufte durch die Nase. »Edle Pferde, fette Ochsen, und alles verschlingt das Heer. Was für ein Elend.« Er sah zu seiner Tochter hinüber. Marie stand vor einer schwarzen Kuh. Ein Soldat mit einem breiten Pferdegesicht und nur einem Ohr, das andere war ihm bis auf die Muschel abgeschnitten, piekte das Rind aus Langeweile mit der Lanze in den Hals. Das Tier stöhnte unter seinem Joch.

Als er Maries Interesse bemerkte, krähte er: »Nur drei Taler, mein Junge, oder Euer prächtiges Wams dafür. Die Kuh bringt noch viele gesunde Kälber und Milch.«

»Hast den alten Zausel erst geklaut und willst ihn uns nun als junge Kuh aufschwatzen«, fauchte Tönnjes an Maries Stelle. Er dachte an seine Kühe.

Sie waren ihm immer heilig gewesen. »Das alte Fleisch ist dir wohl zu zäh, Schelm. Sag mir lieber, wo wir hier als Soldaten unterkommen?«

»Das Gesetz verlangt es, dass ihr euch auf dem Schießstand stellt. Außerhalb der Stadt, dort, wo der Markt ist. Du findest ihn oberhalb der Wegkreuzung, wo die Handelswege von Straubing nach Landshut zusammentreffen«, knurrte der Soldat mürrisch und drehte ihm den mageren Rücken zu. Kein Geschäft, keine Auskunft mehr.

Da rief plötzlich eine fremde Männerstimme: »Ihr wollt Euch beim Schweden anwerben lassen?« Augenblicklich zuckte Marie wie unter einem Peitschenhieb zusammen. »Wenn es so ist, müsst Ihr Euch beeilen. Die Stadt wird gerade verpflichtet, einen Transportkarren mit Freiwilligen, Pferden, Knechten und Zubehör zu stellen.«

Der aufbrechende Hass ließ sie erzittern. So rasch hatte sie nicht damit gerechnet, Johanns Todesgesang wieder zu begegnen. Sie verspürte plötzlich den Wunsch, die Stimme für immer verstummen zu lassen. Flink wie eine Katze drehte sie sich in die Richtung, in der sie den Sprecher vermutete. In dem Augenblick stieg über ihr ein kohlschwarzer Rappe kerzengerade in die Luft. Dann ging alles sehr schnell. Sie sah die Hufe auf sich zukommen, riss die Arme über den Kopf, bekam einen Pferdetritt gegen den Schädel und hörte ihr eigenes Blut rauschen. Wie durch einen Nebel sah sie engelblondes Haar und zwei erschrocken aufgerissene

Augen, so blau, wie sie noch nie welche gesehen hatte.

»Verdammt Bursche, hast du keine Augen im Kopf?« Da war sie wieder, die Stimme. Eine Stimme wie eine schmerzhafte Melodie, die ihren Gehörgang marterte. Sie versuchte sich zu erinnern, wollte etwas sagen und tastete nach Tönnjes' Hand.

Er hockte neben ihr im Sand und durchwühlte mit den Fingern ihre Haare. Nachdem er zufrieden festgestellt hatte, dass der Kopf heil geblieben war, hielt er ihr zur Stärkung einen Becher mit Wein an die Lippen. »Wirst noch mehr Beulen bekommen«, beruhigte er sie. Am liebsten hätte er dem jungen Heißsporn mit seinem zickigen Gaul eins draufgeben. Lediglich dessen Jugend hielt ihn davon ab. Er warf ihm einen bösen Blick zu und schlürfte den Bechers bis auf den Grund leer.

Marie unternahm, torkelnd wie ein neugeborenes Fohlen, den Versuch aufzustehen und probierte, sich an ihrem Pferd hochzuziehen. Doch sie griff ins Leere.

Der Pferdetritt muss wohl etwas in ihrem Hirn durcheinander gebracht haben, dachte Tönnjes. Besorgt verfolgte er jede ihrer Bewegungen. Sie erschien ihm noch sehr angeschlagen. Vielleicht erklärte das auch ihr Verhalten dem fremden Soldaten gegenüber. Denn plötzlich hielt sie die Pistole in der Hand und fuchtelte wahllos damit umher.

»Hey, die könnte losgehen«, tönte es wütend. Der Reiter, zu dem die Stimme gehörte, kletterte

ebenso schnell wieder vom Pferd, wie er hinauf-
geklettert war. Die Angst, erschossen zu werden,
stand ihm dabei deutlich ins Gesicht geschrieben.
»Ruf deinen Knecht zurück, Fremder«, brüllte er
und drohte dem Bauern, »bevor ich ihm den Schädel einschlage!«

Tönnjes' Blick traf den Reiter. Höhnisch, abschät-
zend. Was für eine Memme, dachte er, lässt sich
von einem verwirrten Kind einschüchtern. Er schob
sich zwischen ihn und Marie. Blitzschnell griff
seine Hand nach ihrem Handgelenk. »Das wirst
du schön bleiben lassen, Schwede«, knurrte er, sonst
bekommst du von mir eins drüber.« Dabei dachte
er an sein Eheweib, an Johann und an ihre Mörder, und das Herz wurde ihm schwer, als er Marie
notgedrungen zurechtwies: »Genug, Melchior, der
Herr Soldat trägt keine Schuld. Sein Pferd hat sich
nur erschrocken.«

Aber Marie reagierte nicht und fuchtelte stattdessen hinter seinem Rücken weiter mit der Waffe.
Sie gebärdete sich wie eine Furie und schrie: »Halte
mich nicht zurück, Vater. Ich muss ihn niederschie-
ßen, den Hundsfott!« Warum, wusste sie auf einmal
nicht mehr. Sie trat und schlug um sich, bis Tönnjes ihre Hand freigab und zur Seite ging. Die Gelegenheit nutzend, stürzte sie sogleich auf das Objekt
ihrer Wut zu. Der Ansturm war so heftig, dass der
Fremde hintenüber kippte und Marie mit sich zog.
Keuchend rangen sie miteinander auf dem Boden.

Tönnjes fuhr mit der Hand nach dem Knauf seines Schwertes. Oh Herrgott, sie hat Brüste. Er muss sie doch durch das Wams merken, dachte er, und war bereit, ihm eins überzuziehen, falls er seiner Tochter etwas antat. Jedoch bevor es dazu kam, standen beide schon wieder auf ihren Beinen. Der schwedische Reiter hatte ihr die Waffe entwendet, und gab sie Tönnjes mit finsterer Miene zurück. Dabei klopfte er sich umständlich den Staub von den Kleidern.

Sein Begleiter, ein Bär von einem Mann mit einem Kreuz, auf dem ein Fass Bier Platz gefunden hätte, und einem wilden, zerzausten Bart, sprang jetzt ebenfalls vom Pferd. Er bückte sich rasch nach dem Barett des Kameraden, befummelte es umständlich, entfernte die Beulen und ließ die Finger spielerisch durch den roten Federbusch fahren. Es knisterte vor Spannung. Streit lag in der Luft. Finster schaute er von einem zum anderen. Letztendlich blieb sein Blick an seinem Kameraden hängen. Er sah ihm lange in die Augen, knurrte etwas in seinen Bart, und als er den Hut wieder auf dessen strohblondes Haar drückte, war es fast wie ein Aufatmen. Tönnjes behielt er weiterhin im Augenwinkel. Er hatte sehr wohl erkannt, dass sie einem Bauern gegenüberstanden und dass es besser war, sich nicht auf einer öffentlichen Straße mit ihm anzulegen. Im Hintergrund lauerte meistens noch mehr Bauerngesindel. Er wusste, dass sie sich in diesem Krieg vor zwei Feinden gleichermaßen zu hüten hatten – vor dem Gegner im Feld und vor den Bauern. Die Landleute überfielen Streiftrupps auf eigene Faust und zahlten ihnen ihr erlittenes Elend in einem eigenen Krieg heim.

»Mein Gaul hat Eurem Knecht wohl den Verstand rausgeprügelt, falls er jemals welchen gehabt hat. Sagt ihm, dass er mächtiges Glück hat, dass ich nicht das Werk meines Pferdes beende«, bemerkte der junge Heißsporn nun ärgerlich und sah Tönnjes dabei herausfordernd an, während er sich einen weiteren Angriff Maries mit einem gezielten Tritt vom Leib hielt.

»Ich bin kein Knecht«, entgegnete Marie empört und spuckte vor ihm aus.

»Was bist du denn dann? Ein feines Edelweibchen?« Die Bemerkung sorgte für Heiterkeit und außer Marie lachten alle schallend über den Witz. Der Vierschrötige schlug sich auf die Schenkel und das Einohr neben seiner Kuh meckerte wie eine Ziege. Selbst Tönnjes konnte sich über die Bemerkung ein Grinsen nicht verkneifen. »Man sieht dir ja fast die Mutterbrust noch an, Bursche. Mager wie eine Bohnenstange, in deinen übergroßen Pluderhosen. Stehst in den Galoschen wie der Storch im Salat.«

Marie hielt sich die Kopfhälfte, dort wo sie der Tritt getroffen hatte, und fauchte beleidigt: »Ich werde ein Trossbube und Euch wird es noch leid tun. Denn ich werde Euch die Unvermessenheit heimzahlen, wartet nur ab.«

»Dieses Bürschlein, dieser kleine Windpisser ...«, brüllte jetzt der Vierschrötige, tippte Marie mit dem Finger vor die Brust und verschluckte sich vor Lachen.

»So, Trossbube willst du werden … zum Soldatenleben, Bursche, muss man geboren sein«, antwortete ihr der junge Reiter. Er hatte jetzt wieder eine ernste Miene, hinter der jedoch die hellblauen Augen lachten, dabei stieß er seinem Freund in die Rippen. Er hatte Wangengrübchen, ein breites Gesicht mit einer leicht vorstehenden Unterlippe und einer markanten Hakennase. Zudem war er groß gewachsen, mit kräftigen Schultern und starken Armen wie Tönnjes. »In ein paar Jahren vielleicht wirst du ein Mann sein, wie wir ihn brauchen.«

»Wenn der Teufel dabei hilft, kann es gelingen«, warf Tönnjes wachsam ein.

Doch der Soldat ließ sich nicht beirren und verlegte sich aufs Schmeicheln: »Aber Augen hast du jetzt schon, Bursche. In dieser Glut zu verglühen, da würde ich gern eine Marketenderin sein.« Die Grübchen vertieften sich. Freundschaftlich streckte er ihr jetzt den Handschuh hin, wischte sich mit dem anderen eine Lachträne vom Gesicht und sagte: »Nichts für ungut, Bursche. Es war alles nur ein dummes Missgeschick. Ich bin Jaspar, schwedischer Reuter, und der dicke Haudegen hier, das ist mein Kamerad Hans.« Zu Tönnjes nickte er versöhnlich: »Meine Stute ist so wie ich. Von hitzigem Gemüt. Ein echter Kämpfer. Nur manchmal ist sie tückisch wie das Eis des Lech, dann ist es, als knackten bei ihr alle Knochen. Sie fackelt dann nicht lange. Ihr müsst ihr verzeihen. Wie ich sehe, reitet Ihr einen Hengst von edler Abstammung. Ich erkenne so etwas mit einem Blick.«

»Eure Worte, Jaspar, sagen mir, dass Ihr etwas von Pferden versteht.« Tönnjes geriet ins Schwärmen, wenn es um seine Leidenschaft für Pferde ging.

»Habt Ihr gut erkannt, Bauer. Ich bin auf dem Land aufgewachsen und ein absoluter Pferdenarr.«

»Von wegen Pferdenarr, dass ich nicht lache«, grölte der Vierschrötige und schlug seinem Kameraden auf die Schulter. »Wenn einer behauptet, er hat mehr Pferdeverstand als du, mein Freund, dem zieh ich das Fell über die Ohren. Keiner bringt es fertig, so wie du selbst einen Esel noch als den edelsten Friesenhengst zu verscheuern.« Stolz schlug er sich für seinen Kameraden gegen die Brust, wieherte wie über einen gelungenen Witz und zeigte dabei eine Reihe gelber Zahnstumpen.

Die Worte des wilden Gesellen weckten in Tönnjes erneutes Misstrauen. Er runzelte die Brauen und nahm ihn genauer in Augenschein. Eine richtige Mörderfresse, dachte er, man sollte ihm eins auf seine fette Nase geben, dann wird ihm die Angeberei vielleicht leidtun. Doch er antwortete nur mit einem verlegenen Grinsen und wendete sich wieder dem jüngeren Jaspar zu. Er musste die Spitzbuben testen: »Ich bin Tönnjes, Halbmeier aus Hundszell«, stellte er sich vor. »Habe gerade meinen Hof durch Brandschatz verloren, mein Weib, meinen

Sohn, meinen Großknecht, die Magd und meine Pferde. Nur mein Kleinknecht, Melchior, ist mir geblieben. Die Schweden waren es.«

Sein Blick wanderte von Jaspar zu Hans. Jede Regung ihrer Gesichter prägte er sich ein. Aber Jaspar verzog keine Miene, er antwortete nur merklich kühl: »Das tut mir aber leid für Euch. Nun sucht Ihr, wie so viele, Euer Auskommen im schwedischen Heer. Irgendwie kommt es mir vor, als verbindet uns das gleiche Schicksal. Welcher Religion gehört Ihr an?«

»Keiner. Ich bete zu meinem eigenen Gott. Ob Katholische oder die Lutherischen, für mich sind sie alle die gleichen Hurensöhne.«

»Dann Bauer, seid Ihr der richtige Mann. Kommt, schließt Euch uns an. Ich und mein Kamerad Hans gehören zu General Douglas' Reitertruppe. Wir kämpfen schon lange nicht mehr für die Religion. Nur noch für uns, für Speckseiten, fette Würste und den Broyhan. Auf dass uns der Bauch satt werde und das Bier immer in Strömen fließe.«

Tönnjes kratzte sich am Kopf, suchte in Maries Augen nach einer Antwort, zerquetschte dann eine Laus zwischen den Fingern und besah sie sich eingehend.

Die Unentschlossenheit des Bauern zerrte an Jaspars Nerven. Die Eile drängte. »Was ist nun, Mann?«, fragte er und hielt ihm die Hand hin. »Schlagt ein!«

Da stiefelte Tönnjes langsam zu seinem Pferd zurück und schwang sich in den Sattel. Schweigend, mit einem ausdruckslosem Gesicht, wartete er, bis Marie im Sattel saß, riss dann plötzlich den Arm hoch, als ritt er zu einer Säbelattacke, und brüllte: »Ich hatte mal ein Weib, einen Hof und vier edle Pferde, bevor Ihr kamt – auf in den Krieg, für das große Fressen und Saufen!«

Jaspar pfiff durch die Zähne, schrie zurück: »Der Satan wird uns begleiten!«

Dann galoppierten sie los. Tönnjes lenkte sein Pferd neben Maries. »Es ist besser, uns ihnen anzuschließen«, rief er ihr zu, froh darüber, dass sie sich wieder erholt und beruhigt hatte. »Wer vertraut in dieser Zeit schon seinem Nächsten?«

Marie hing mit zusammengekniffenen Lippen im Sattel. Ihr Kopf wackelte über dem Pferdhals. Eine Weile galoppierten sie schweigend Seite an Seite, bis Tönnjes sein Pferd antrieb und versuchte, Jaspar einzuholen.

»Wohin zieht der Schwede eigentlich, nachdem er Landshut genommen hat?«, brüllte er in seinem Rücken.

»Soweit mir bekannt ist, hat der schwedische Löwe Landshut mit Kontributionen belegt. Sein Ziel ist Nürnberg. Dort warten nämlich die Kaiserlichen auf ihn. Iss mir aber scheißegal, wen er als nächstes in die Hölle schicken will. Mein Weg führt mich sowieso zurück in die Heimat.«

»Woher kommst du denn?« Tönnjes war neugierig geworden. Sein Pferd keuchte Kopf an Kopf neben dem Schwedenpferd.

»Aus Buchholz. Ein Dorf mit elf Vollmeierhöfen. Einer davon gehört mir«, antwortete Jaspar stolz und zügelte sein Pferd ein wenig. »Er gehört zur Vogtei Bothfeld bei Hannover. Der Vogt ist mein engster Vertrauter. Und der dicke Hans hier kommt aus Dedensen. Dieser Ort liegt ganz in der Nähe meines Heimatortes. Bei uns im Norden gibt es ein Moor mit bösen Moorgeistern, die dich, haben sie dich einmal zwischen ihren Klauen, tief abwärts in die Erde ziehen. Niemand ist bisher von dort zurückgekehrt. Auch wilde Wasserläufe mit vielen bunten Fischen findest du bei uns, mächtigen Erlen, Weiden und Pappeln. Der Boden ist ein bisschen sauer, aber sehr fruchtbar«, schwärmte er.

»Hast du eine Frau, Schwede?«, rief Marie. Sie holte auf, bis sie zu dritt nebeneinander ritten, Tönnjes zur Rechten und sie zu seiner Linken. Ihr Schädel brummte. Jeder Schritt des Pferdes verursachte Höllenqualen. Doch auf das sensible Tier unter ihrem Hintern war Verlass. Sicher gehorchte es ihrem Schenkeldruck. Als es dennoch passierte und sie aus dem Takt kam, weil die Nebelwand vor ihren Augen zunahm, zügelte sie das Pferd ein wenig, lüftete den Hut und fächerte sich damit kühle Luft zu.

Dabei geschah es, dass der sehnige Mann sich zu ihr herüberbeugte, seine Hand in dem weichen

Handschuh auf ihre Hand legte und mit besorgten Blick fragte: »Ist alles in Ordnung?«

Sie hatte den Eindruck, als ob hinter dem besorgten Blick ein verstecktes Funkeln lauerte. Allerdings tat ihr die ungewohnte Anteilnahme gut und so wunderte sie sich lediglich über den etwas seltsamen Kleiderputz, der ihr während ihres Ringkampfes nicht aufgefallen war.

»Du trägst keinen eisernen Brustpanzer, stattdessen schmückst du dich wie ein Pfau«, bemerkte sie. »Einen Kragen aus Leinen mit weißer Spitze und einen Koller aus Elchenleder, trägt so etwas ein Kriegsmann? Dein Sold muss so hoch sein wie der eines Obristen.«

Die semmelblonden Haare unter dem roten Barett wehten im Wind. Die kräftigen Waden in den weiten Stulpenstiefel lagen weich am Pferdeleib.

»Vielleicht bin ich einer …?«, lachte er geschmeichelt. »Aber wenn es dich beruhigt. Ein Weib habe ich! Wer sollte mich sonst versorgen, wenn ich krank und verwundet bin, wer auf dem Schlachtfeld die Toten ausplündern und wer das Holz, das Stroh, die Pfannen und vielen Töpfe tragen. Oder wen sollte ich verprügeln, wenn mir danach ist, als ein gehorsames Weib im Tross?« Die Antwort nach seiner Kleidung blieb er ihr schuldig, stattdessen zügelte er sein Pferd, wies mit dem Arm in die Talsenke vor ihnen und sagte: »Wir sind gleich da. Die Wagenburg dort, das ist der Marktplatz.«

»Liebst du dein Weib, Soldat?« In Maries Kopf

summte es wie in einem Bienenstock. Weshalb wollte sie ihn nur erschießen? Es war so angenehm sich mit ihm zu unterhalten.

»Liebe …? Davor hüte dich, Bursche. Liebe macht nur weich. Ein richtiger Reiter liebt sein Pferd, es ist sein Kamerad und stirbt mit ihm auf dem Schlachtfeld, wenn du das meinst. Ein Weib, lass dir das von einem erfahrenem Mann sagen, ist deine beste Versorgung im Krieg. Für die fleischlichen Gelüste solltest du dir eine Konkubine halten oder beim Plündern einfach eine von den Bauerndirnen nehmen.«

Mittlerweile hatten sie den Marktplatz erreicht. Er war von einem hohen Palisadenzaun aus roh gehauenem Holz umgeben. Der Platz machte den Eindruck einer wandernden Stadt. Fuhrleute kutschierten Militärmaterial auf Planwagen, Handwerker aus den verschiedensten Berufen drängten sich zwischen den Zeltburgen der Pastetenbäcker, Metzger und Köche. Dazwischen loderten Schmiedefeuer, Gewehrkugeln wurden gegossen, und an langen groben Holztischen saßen Landsknechte, die gemeinsam soffen und sich beim Würfelspiel gegenseitig ihr Geld abnahmen.

Sie stiegen von den Pferden und strebten eilig auf das Wirtshaus zu, dem Mittelpunkt des Marktplatzes. Jaspar fing im Gehen einen Würfel auf und wog ihn in der Hand. Einer der Spieler, mit glasigen Augen vom Kommisswein, beobachtete ihn lauernd. »Bist du von der Hauptwacht?«, murrte er und griff heimlich zur Pike unterm Tisch.

Jaspar zeigte sich unbeirrt, behielt ihn aber im Augenwinkel, während er sich Marie zuwendete. Er zeigte ihr den Würfel und sagte: »So ein verdammtes Schelmenbein. Der Würfel ist manipuliert. Siehst du hier, die eine Seite ist mit zerschnittenen Haaren und die andere mit Blei gefüllt.«

Marie beschlich Unbehagen. »Hast du keine Furcht vor dem Landsknecht? Er ist ein so wilder Geselle und in Felle gehüllt«, fragte sie.

»Ach der, das ist ein Lappländer. Er hat Probleme, mich zu verstehen«, erklärte er ihr. »Der Schelm hält mich für die Hauptwacht, die streng darauf achtet, dass es während des Würfelspiels keine Streitereien gibt. Reibereien mit diesen Gesellen verlaufen immer blutig. Vor mir hat er Schiss, er kann mich nicht einschätzen. Beobachtet mich lediglich wie einen gefährlichen Wolf. Aber die kleinste Unvorsichtigkeit, und mein Schädel würde seine Pike zieren. Solchen Landsknechten wirst du hier öfter begegnen. Im Lager findest du alles. Sachsen, Schwaben, Kroaten und sogar Schotten in karierten Röcken. Mein Rat, Bursche: Lerne sie gar nicht erst verstehen. Geh ihnen lieber aus dem Weg.« Er sagte etwas zu dem Landsknecht in einem seltsamen Kauderwelsch und ließ den Würfel über den Tisch rollen. Ein wilder Blick aus bösen Augen und tausend Verwünschungen in einer fremden Sprache waren die Antwort. Jaspar lachte.

Gleich neben dem schäbigen Wirtshaus, zwischen zwei mächtigen Eichen, befand sich auf einer

Lichtung ein Abdankplatz. Eine Traube von Landsknechten stand um einen roh gezimmerten Holztisch, hinter dem ein Offizier in einem Brusthar-
nisch saß und mit ihnen um den Halbsold feilschte.
Die Krüppel, die sich um den Tisch sammelten gingen leer aus. Sie schrien laut, zeterten und fuchtel-
ten mit ihren Krücken. Meuterei und Krawall lagen
in der Luft.

»Es werden wieder welche aus dem Heer ent-
lassen. Sie verlangen nach Geld. Wenn sie keines
bekommen, nehmen sie es sich, egal wo sie es finden,
mit Gewalt. Auch die sind gefährlich«, bemerkte
Jaspar, zog Marie weiter und wies auf das Tor des
Wirtshauses, vor dem Pfeifer und Trommler in grell-
bunter Kleidung mit farbigen Bändern die Männer
aufforderten einzutreten, um sich zum Kriegsdienst
zu melden. »Ihr beide geht am besten schnell hinein zum Feldschreiber und holt Euch Euer Handgeld«, wandte sich Jaspar an Tönnjes. »Wir sehen
uns am Musterplatz wieder. Zur Musterung müsst
Ihr ohne mich marschieren.«

»Was geschieht dann weiter mit uns?« Die bunten
Fahnen eines Trommlers hatten es Marie angetan.
Sie bekam von ihm ein Flugblatt geschenkt und versuchte es zu entziffern. Mit dem Finger zeichnete sie
Wort für Wort auf dem Pergament nach. Als sie es
gelesen hatte, drehte sie sich zu Jaspar um und sah
ihn an. Auf ihrem Gesicht stand noch die Frage.

»Wir müssen beide ein Joch durchschreiten, das
aus zwei in den Boden gerammten Hellebarden und

44

einem Spieß darüber besteht. Anschließend werden wir dem Kommissar vorgestellt, ein Artikelbrief wird verlesen und danach lernen wir die Befehlshaber kennen. Zuletzt sagt uns der Profoss, was im Heer alles verboten ist. Nicht Saufen, nicht Raufen, nicht Fluchen, nicht Würfeln und nicht Kartenspielen. Am Ende sprechen wir die Eidesformel nach und sind Soldaten«, antwortete ihr Tönnjes an Jaspars Stelle und trat hinter sie. Auf ihre Verblüffung hin fügte er leise hinzu: »Vertrau mir, Melchior, ich habe bereits gedient.«

Jaspar musterte darauf Tönnjes aus den Augenwinkeln heraus, und verzog verächtlich die Mundwinkel: »Dann wird es für einen Großprotz wie dich ja ein Leichtes sein, dich im Heer zurechtzufinden.« Sein Interesse galt jedoch sofort wieder Marie und dem Flugblatt. »Du verstehst die Bilder zu lesen?«, fragte er, nahm er ihr den Zettel aus den Händen und drehte ihn umständlich zwischen den Fingern. Zuletzt hielt er ihn auf dem Kopf.

Marie musste über das seltsame Gebaren lächeln. »Du musst es richtig herum halten, damit du die Zeichen unter den Bildern lesen kannst. Dies Flugblatt hier ist ganz neu und mit gewandter Feder geschrieben. Es enthält Heeresnachrichten.«

Ihm schien seine Unkenntnis im Lesen vor dem Trossbuben peinlich zu sein. Er mimte Gleichgültigkeit, gab ihr das Flugblatt rasch zurück, zuckte mit den Schultern und bemerkte: »Es kann ja nicht so Wichtiges sein, was darunter geschrieben steht?«

Trotzdem schielte er heimlich zu einem der gedruckten Bilder, auf dem er seinen Wohltäter Gustav Adolf erkannt hatte und der verstorbene Tilly angeprangert wurde, und schaute ihr dabei über die Schulter, als sie mit einem verschmitzten Lächeln auf dem Gesicht vorlas: »Es steht, dass die Weiber ihre Kinder, die sie dem Feinde zum Raube und zur Tyrannei nicht hingeben wollten, ins Feuer geworfen haben und sich teils selbst hinterher gestürzt hätten.«

»Ach nee …?« Jetzt grinste er breit. Mit Erstaunen musste Marie feststellen, dass die Ehrlichkeit aus dem vorher so heiteren Gesicht gewichen war. Geringschätzig, fast kalt, ruhten jetzt die wasserblauen Augen auf ihr. »Was siehst du mich so an, Bursche? Ich bin Soldat, so ist eben unser Leben.«

Die seltsame Wandlung erschreckte sie und so vertiefte sie sich rasch wieder in das Geschriebene, um die Enttäuschung vor ihm zu verbergen. Was ist er nur für ein seltsamer Mann, dachte sie, der wie ein Narr die Maske wechselt und den die Zeichen der Schrift in einen ungehobelten Klotz verwandeln … Langsam las sie weiter. »So geschehen in Magdeburg. Während der großen Schlacht …« Dabei kam ihr eine Idee. »Soll ich dir das Lesen beibringen, Jaspar?«

Doch Hans, der wilde Riese, machte dem Gespräch ein Ende. Er fuhr plötzlich mit seinen Pranken dazwischen und entriss ihr das Flugblatt. »Seine Zeit mit diesem Teufelszeug, dem Lesen und Schreiben, zu vertrödeln«, donnerte er. »Der Krieg ist viel interessanter. Da braucht es keiner gelehrigen Feder.«

Mehrere Wochen verbrachten Marie und Tönnjes nun im schwedischen Heer, einem Militärstaat mit eigenen Gesetzen und eigener Zügellosigkeit. Jaspar hatte sie bis in das Wirtshaus begleitet und ihnen dann zum Abschied zugerufen: »Auf ein Wiedersehen im schwedischen Haufen, Kameraden!« Damit hatte er nicht ganz unrecht gehabt. Denn nachdem Tönnjes und sein Knecht Melchior von einem Offizier an einem der Werbetische nach der Nennung ihres Namens und ihres Herkunftsortes ihr Handgeld bekommen hatten, wurden sie alsbald mit dem Leben im Heer bekannt. Zunächst hatte es Tönnjes fertig gebracht, das Laufgeld auf das dreifache des monatlichen Solds auszuhandeln. Frohen Mutes hatte er Marie zugezwinkert und leise geflüstert: »Die brauchen unbedingt Leute! Sie machen sogar Unfreiwillige betrunken und verschleppen sie dann mit Gewalt.« Heimlich wies er dabei zu einem Tisch in einer der dunkelsten Ecken der Wirtsstube. Vor dem Holztisch saß ein Handwerker. Sein barhäuptiger Kopf war auf die Holzplatte gesunken. Völlig betrunken schnarchte er seinen Rausch aus. Der Offizier ihm gegenüber, im scharlachroten Rock mit einem prächtigen Federbusch, grinste zufrieden, drückte rasch dessen Daumen auf das beschriebene Pergament und soff dann zufrieden den Bierkrug des Ahnungslosen aus, während die herbeigerufenen Landsknechte den wehrlosen Körper zum Ausgang schleiften.

Im Wirtshaus war es stickig. Landsknechte, Dragoner, Kürassiere, Freiwillige und viele dunkle Gestalten soffen miteinander, würfelten oder wickelten ihre zwielichtigen Geschäfte ab. Dazwischen drängten sich Marketender und Dirnen mit grellen Gesichtern, prallen weißen Brüsten und zotteligen Haaren. Ihr Gekreische klang so laut und schrill, dass Tönnjes den Soldaten in seinem Rücken kaum verstand, als der ihm zuraunte: »Bauer, du hast dem Schweden deine Haut jetzt mit Leib und Seele verkauft. Mach was draus, lass deinen Trossbuben mit einschreiben und bewirb dich gleich bei mehreren Fähnlein. Kassierst dort nochmals Vorschuss. Ich bin Caspar Reusche aus Stöckheim, ein Freund, der es gut mit dir meint, Kamerad.«

Nur kurz hatte Marie das Gesicht des Mannes gesehen. Zu schnell war er in dem Gewühl untergetaucht. Es war das typische Gesicht eines Spitzbuben gewesen. Glatt, mit einem eingefrorenem Grinsen um die schmalen Lippen und listigen, kleinen, hellen Augen über einer stark gebogenen Nase.

Später, nach der Musterung, hatten sie sich dem üblichen militärischen Drill unterziehen müssen. Marie lernte in Windeseile etliche verschiedene Handgriffe beim Laden und Abfeuern der Schießgeräte kennen und musste sich die Geschosse selbst zusammenbauen. Beim Schießen passierte ihr ein Missgeschick. Die Waffe explodierte ihr in der Hand und Tönnjes, der zunächst dröhnend in das allgemeine Gelächter mit einstimmte, verband dann rasch die Verletzungen an ihren Händen, während er schuldbewusst murmelte: »Herrgott im Himmel, lass so etwas nie wieder zu. Sie ist doch noch ein Kind.« Als er ihre Tränen sah, vergewisserte er sich, dass es niemand außer ihm mitbekommen hatte, wischte ihr mit dem Lappen den Pulverruß vom Gesicht und beruhigte sie: »Was ist schon ein fehlender Finger. Stopfst du eben den Handschuh aus. Wir werden reiche Beute machen. Das wird dich für den Verlust entschädigen. Musst mir nur versprechen, dass du dir keine Kugel einfängst«, fügte er hinzu, wobei seine Stimme leise zitterte.

Noch nie hatten sie so viele Karren mit Gepäck, Reitpferde, Marketenderinnen, Frauen mit Kindern, Lakaien und zerlumpte Bettler gesehen. Da sie nur zwei Reitpferde hatten und keinen Hausstand mit ins Feld brachten wie die meisten der Landsknechte, kampierten sie die ersten Nächte zwischen den Wagenburgen und wärmten sich an den warmen Pferdeleibern. Das bunte Leben im Lager weckte sie sehr früh morgens. Zimmerleute waren geschäftig dabei, Geschützbatterien aufzubauen, Schanzknechte hoben Gräben aus, Büchsenmacher reparierten Waffen und die Weiber eilten zum Brunnen, in den Körben die Wäsche der Offiziere. Währenddessen brodelte das Essen in eisernen Behältern, Töpfe und Schüsseln klapperten und Soldatenfrauen liefen gebückt zwischen den Wagenburgen umher auf der Suche nach Verletzten, um Verbände zu wechseln, selbst gebraute Heiltränke zu verabreichen oder die Notdurft in Lederkübeln wegzuschaffen. Vor dem Feldlazarett warteten jeden Tag von Neuem geduldig Krüppel und Kranke. An einem solchen Morgen saß auch Marie, mit dem Rücken an ein Wagenrad gelehnt, in der Schlange der Verletzten und betrachtete in Gedanken versunken ihre verbundenen Hände. Sie hatte sich längst an die Schreie aus dem offenen Feldlazarett gewöhnt, die sich irgendwann im Trommelwirbel, in den Gewehrschüssen, in derben Flüchen und im Kindergeschrei verloren. Als sie vor sich hinträumte, wurde sie von einem Weib aufgeschreckt, das von einem Reiter verfolgt wurde und zwischen den Wagenburgen Schutz suchte. Schreiend war sie auf Marie zugerannt, ausgerutscht und bäuchlings im Dreck gelandet. Doch flink hatte sie sich wieder aufgerappelt, warf Marie noch einen flehenden Blick zu, und wechselte rasch die Richtung.

»Er wird ihr etwas antun, Vater.« Marie erhob sich und lief hinüber zu Tönnjes. Er hatte einen Topf überm Feuer und rührte mit einem Eisenlöffel darin. Neben ihm lagen Pulvermasse, ein Zündkraut- und ein Ölfläschchen. Er goss Bleikugeln und baute sich sein Geschoss zusammen. »Wir müssen ihr helfen«, bemerkte sie und griff rasch nach seiner Pike.

Aber Tönnjes schob blitzschnell seine Pranke

über ihre Hand. »Das wirst du schön bleiben lassen. Willst du uns in Gefahr bringen, dumme Trine?« Er knurrte vor sich hin und beruhigte sich erst, als er bei seinem Gaul einen geschwollenen Vorderfuß bemerkte. »Der Braune hat sich einen Stein einge-treten, halt keine Maulaffen feil, besorg mir lieber Hufmesser und Hanf«, befahl er ihr.

Unterdessen hatte der Reiter das Weib eingeholt, sich vom Pferd gebeugt und ihr in das offene Haar gegriffen. Dann brüllte er etwas zu ihr hinab, wen-dete sein Pferd und schleifte sie hinter sich her. Auf einem freien Platz, vor einer Gruppe Musketiere, zügelte er sein Pferd, sprang aus dem Sattel und trat auf sie ein. Die Musketiere hatten ihre Mäntel auf dem Boden ausgebreitet und würfelten. Marie hörte, wie sie zotige Witze rissen und den Reiter anfeuer-ten, das Weib noch kräftiger zu bearbeiten. Da hielt Marie es nicht länger aus. Hastig zog sie den Degen aus dem Riemen an der Satteltasche und lief zu dem Korporal von der Hauptwacht, der das Würfelspiel von seinem Zelt aus beaufsichtigte. Mutig baute sie sich vor ihm auf und schrie erbost: »Wollt Ihr nicht eingreifen, Herr Offizier? Oder dürfen die Soldaten ihre Weiber im Heer totprügeln?«

Der Korporal, er war noch jung, seine Wange zierte eine breite, noch frische Narbe. Das fein geschnittene Gesicht erinnerte sie an den Löwen aus Mitternacht, nur das schwarze krause Haar irritierte sie. Doch während sie noch überlegte, was so ein edler Mann zwischen diesen rauen Gesellen suchte, bewegte der sich keinen Schritt von seinem Bierkrug weg und entgegnete ihr: »Geh zu deinem Herrn zurück, Knecht. Deine Jugend scheint es nicht besser zu kennen. Der Jaspar wird sich hüten, sein Weib totzuprügeln. Er züchtigt sie nur ein wenig, dass sie ihm ordentlich zu Willen ist.«

»Der Jaspar …?« Jetzt rollte sie verblüfft mit den Augen. Welcher Zauber hatte ihr nur das Hirn vernebelt, dass sie den neuen Freund nicht erkannt hatte?

»Genau von dem spreche ich, dem Freyreuter Jaspar Hanebuth, du Idiot. Ein solches Schauspiel bekommst du im Lager jeden Tag geboten. Willst du nicht mit mir wetten, ob sie ihm hinterher dafür die Füße leckt? Ich setze einen Groschen.« Er blickte Marie ins Gesicht, weidete sich einen Moment an ihrem überraschtem Anblick und lachte schallend. »Bist wohl noch nicht lange im Tross, Bursche?«

Enttäuscht verließ sie den Korporal und drängte sich flink durch die Musketiere, bis sie hinter Jaspar stand, stellte sich auf die Zehenspitzen und brüllte aus vollem Hals: »Hey, du Scheusal, willst du dein Weib totprügeln?«

Jaspar drehte sich überrascht zu ihr um und ließ sein Weib zurück in den Schmutz fallen. »Du schon wieder«, knurrte er und knirschte mit den Zähnen. Hochrot im Gesicht von den heftigen Tritten, mit wütend aufeinandergepressten Lippen, erschien es ihr einen Moment, als wollte er sich auf sie stürzen. Allerdings besann er sich ebenso rasch und seine

Miene hellte sich wieder auf. Sich mit einem Knaben zu prügeln – damit gab er sich nur der Lächerlichkeit preis. »Du bist ganz schön mutig, Trossbube«, bemerkte er, nachdem er sich gesammelt hatte, und schlug Marie auf die Schulter, dass sie unter dem Handschlag zusammenzuckte. »So schnell mischt sich niemand in meine Streitigkeiten. Aber weil dein Herr mein Kamerad ist, will ich großzügig darüber hinwegsehen. Aber von nun an werde ich mir deinen Namen einprägen, Bursche. Wie war er …, Melchior?«

Das Weib hatte sich wieder auf die Beine gerappelt. Sie schwankte leicht, putzte sich den Schmutz von den Röcken, ordnete das wirre Haar und trat jetzt unterwürfig zu ihrem Ehemann. Dann lehnte sie sich an seine Schulter, wie eine reuige Hündin und maß Marie aus dem heilen Auge mit neugierigem Blick. Das linke war blaurot zugeschwollen, zudem zierten Striemen und Kratzer die üppige Brust und die nackten Oberarme.

Sie hat sich von ihm behandeln lassen wie ein Stück Vieh, nein, unser Vieh haben wir besser behandelt, dachte Marie, während sie ihr in das entstellte Gesicht sah. Währenddessen kam ihr der Gedanke, dass so ein Weib keine Ehre und Selbstachtung hat und sie wünschte sie zum Teufel. Recht ist ihr geschehen, überlegte sie wütend, wenn sie sich züchtigen lässt und ihm nachher die Füße leckt. Rot geworden unter seinem bohrenden Blick, fiel ihr lediglich die belanglose Bemerkung ein: »Es ist dein Weib, Jaspar. Du kannst mit ihm machen, was du willst. Aber lass Güte und Einsicht vor Strenge walten, wie Gott befohlen.«

In diesem Moment kam Tumult auf. Ein Trupp Reiter galoppierte über den Platz, gefolgt von Hundescharen, lärmenden Kindern und Marketenderinnen. Gewehrschüsse krachten, die Männer johlten und Marie wurde abgedrängt. In dem Lärm erschallte immer wieder der Ruf: »Auf nach Moosbach! Wir plündern Moosbach!«

Noch war es friedlich im Dorf. Gerade war ein kurzer Hagelschauer herniedergegangen. Nun begann die Sonne, wieder durch die dunklen Wolkenfetzen zu blinzeln und schickte ihre Strahlen bis zur Holzbrücke, auf der ausgelassen ein paar Bauernbuben spielten. Ein Hirte trieb gemächlich seine Schafherde vorbei am Pastor, der mit ernsthaftem Gesicht und gebeugtem Haupt von seinem seelsorgerischen Gang durch die Gemeinde zurückkam. Auf seinem Weg blieb er abrupt stehen, starrte sekundenlang auf die blökenden Schafe und sah dann angestrengt in die Richtung, aus welcher der Wind wehte. War es ihm nur so vorgekommen, oder hatte der Wind ihm Trommelwirbel und Gegröle herübergeweht? Während er dastand und darüber nachdachte, wurde es Gewissheit, denn der wunderliche Lärm zog bereits die Straße unterhalb der Wiesen hinauf. Es war ein Trupp wüster, lärmender Reiter, gefolgt von mehreren Trosswagen.

»Herrje, die Schweden«, murmelte er. »Gebe Gott, dass sie uns verschonen.« So schnell der Rock es ihm erlaubte, rannte er zur Kirche, kletterte auf den Turm und läutete die Sturmglocken. Im Handumdrehen sammelte sich ein Haufen Menschen in der Kirche, Weiber und Männer, laut fluchend und jammernd, auch Kinder, die an der Hand mitgeführt wurden. »Die Schweden kommen!«, brüllte der Pastor. »Rafft zusammen, was ihr fassen könnt und versteckt es gut.«

Doch noch bevor sie sich und ihr Habe in Sicherheit bringen konnten, jagten wohl an die sechzig Reiter um die ersten Höfe, gefolgt von den Trosskarren und seltsam herausgeputzten Soldatenweibern.

Tönnjes und Marie hatten sich dem Tross angeschlossen. Sie benötigten dringend einen eigenen Hausstand, eine Kuh, einen Kessel, Hirse, Hanf, Holzlöffel, Schemel und Becken. Der Reitertrupp wurde von Jaspar angeführt. Mit scharfen Blicken spähte er über die ärmlichen, teilweise verwüsteten Höfe, bevor er den Arm hob und das Zeichen zum Halt gab. Einen Moment herrschte Ruhe. Ein Schweigen, das ein Vorbote des Todes war. Den kurzen Halt nutzte Marie, um aus der Masse der Pferdeleiber herauszureiten. Sie galoppierte nach vorn und zügelte neben Jaspar ihr Pferd. Ihre dunklen Augen blitzten herausfordernd. »Wir plündern, aber wir brennen und morden doch nicht …?«, rief sie.

»Du bist gegen das Töten?«, schrie er überrascht zurück. »Es lässt sich nicht vermeiden. Wir sind nun mal im Krieg und ziehen aus, um zu brennen und zu töten, Bursche.«

»Das weiß ich, Jaspar.«

»Weshalb bist du dann mitgekommen?«

»Weil mein Herr sagt, dass wir einen Hausstand brauchen«, bekannte sie kleinlaut.

»Na also.«

Er drehte ihr das Gesicht zu, grinste breit, dass man die Zähne im Mund blitzen sah, und brummte: »Gott verfluche deine Dummheit, Bursche.« Dann kümmerte sich nicht weiter um sie, stellte sich in die Steigbügel und brüllte: »Die Weiber auf die Felder. Wir brauchen Futter für die Pferde. Und die Männer, holt euch was euer Herz begehrt, leert die Scheunen, Kammern und lasst keinen Geldtopf unbeachtet. Uns erwartet fette Beute!«

Ein Jubelschrei aus sechzig Kehlen zerfetzte den sonnigen Morgen. Marie riss wütend ihr Pferd herum. Sie wurde im Gewühl mitgerissen. Grölend jagte die Horde auf das Dorf zu, zertrampelte die Wiesen und das Saatgut, zerrte das Federvieh aus den Ställen und schoss zwischen die Schafe in den Wiesen.

Als die Reiter lärmend um die Kirche stoben, verstummte das Läuten. Die Menge sprang auseinander und verteilte sich auf den umliegenden Gehöften. Jaspars Pferd tänzelte nervös vor dem Kirchentor. »Kommt heraus ihr Feiglinge!«, brüllte er und winkte

Tönnjes zu sich. »Sicher haben sie sich in der Kirche vor uns verkrochen oder sie sind in ihre Hütten gerannt. Ich glaube, ich habe ihre Gesichter hinter den Butzenscheiben gesehen. Wir nehmen uns den Meierhof zur Linken vor. Es scheint der größte zu sein. Wahrscheinlich ist es die Hofstelle des Gemeindevorstehers.«

Hans und Caspar freuten sich. Sie waren einverstanden und winkten einen Marketenderwagen herbei. Dann galoppierten sie, gefolgt von dem polternden Gespann, auf das noch unversehrte Gehöft zu.

Krachend gab das Hoftor nach, das Holz splitterte unter den Pferdehufen. Auf dem Hof sprang Jaspar als Erster vom Pferd. Er trat kräftig gegen die Haustür, sodass sie aufsprang. Während Marie noch nach einer Gelegenheit suchte, ihr Pferd anzubinden, hörte sie Jaspar bereits aus dem Haus mit heiserer Stimme brüllen: »Hier sind wir am rechten Platz. Wo ein so großer Stall ist, muss viel zu holen sein. Wir wollen uns eine Zeit lang bei Euch als Gäste einquartieren.«

Erst als sie den Hausherrn vernahm, wie er mit fester Stimme entgegnete: »Wir beugen uns Eurer Willkür, vergesst aber nicht, dass Ihr einem höheren Richter Rechenschaft geben müsst, wie Ihr in diesem Kriege haust«, trat sie befangen hinter Tönnjes in die Stube.

Jaspar führte sich auf, als sei er der Hausherr. Er fläzte, die langen Beine weit von sich gestreckt, in einem Lehnstuhl. Den Säbel hatte er abgeschnallt und neben sich auf den Steinfußboden gelegt. Hohngelächter ertönte. »Spar dir deine Worte, Bauer, und heiß lieber dein Weib, dass sie uns etwas auf den Tisch bringt, wir haben Hunger und Durst! – Warum zögert Ihr, habt wohl Weib und Mägde vor uns versteckt?«

Gelassen antwortet ihm der Gemeindevorsteher: »Frau und Magd haben das Haus verlassen. Ich will sehen, ob ich sie bei den Nachbarn finde.«

Jaspar war zwar ein Hitzkopf, aber schnell hinters Licht zu führen war er nicht. Er gab Hans und Caspar, dem Spitzbuben mit den guten Ratschlägen aus dem Wirtshaus, den Befehl, das Haus und die Stallungen zu durchsuchen. Laut polternd begannen die Landsknechte im Keller und in der Räucherkammer. Bereits nach wenigen Minuten kamen sie mit leeren Händen und wütenden Gesichtern zurück. Jaspar stieß daraufhin den Bauern mit der Peitsche vor die Brust, wedelte ungeduldig mit dem Handschuh und knurrte: »Die Bauernliste, her damit!«

Mit blassem und finsterem Gesicht reichte der Mann ihm die Liste. Jaspar gab sie an Marie weiter und forderte: »Lies, was da geschrieben steht. Lies es laut vor, damit es jeder hier versteht.«

Mit zitternden Fingern nahm sie das Papier entgegen. Sie schluckte und suchte im Gesicht des Bauern nach einer Antwort. Ihre Augen bettelten, gib ihm freiwillig, was er von dir verlangt. Dann wird dir dein Leben geschenkt. Doch der Blick des

Mannes ging über sie hinweg und verlor sich an irgendeinem Punkt an der Wand.

»Zehn Meyer, fünf Halbmeier, achtundzwanzig Kötner und neun Brinksitzer«, las sie ohne aufzublicken.

»Na, da ist ja 'ne Menge zu holen«, grinste Jaspar zufrieden.

Doch der Gemeindevorsteher fiel ihm ins Wort: »Ja, aber sechs Meierhöfe sind verbrannt, die Leute verstorben, zwölf Stätten liegen wüst und die Kötner sind geflohen – und, Herr, bedenkt, dass der Winter lang und kalt war, kälter als jeder Winter zuvor, und wir uns allesamt das Saatkorn vom Amtmann in Moosbach borgen mussten!«

Diese Frechheit raubte Jaspar die Beherrschung. Wütend, mit rot angelaufenem Gesicht und Augen, die Blitze schleuderten, sprang er auf, ergriff seinen Säbel und schrie: »Was, Ihr habt nichts?«, packte den Bauern und drückte ihn auf die Knie.

Der Mann war schon alt, sein Haar eisgrau. Aber sein Körper war noch stark. Erfahrungsgemäß wehrte sich niemand unter dem stahlharten Griff und deshalb verlegte er sich aufs Bitten. »Herr, verschont uns in Gottes Namen. Sicher habt Ihr auch ein Weib und Kinder. Von was sollen wir leben, wenn Ihr uns alles nehmt?« Zur Unterstützung faltete er die groben Hände vor der Brust und murmelte ein Vaterunser. Aber Jaspar blieb unerbittlich.

»Was ich gesagt habe, habe ich gesagt. Wenn du

nicht zahlst, setze ich dir den roten Hahn aufs Dach.
Oder willst du Pisse saufen?«

Als Marie das hörte, verzog sie das Gesicht und
blickte sich nach Tönnjes um. Der kam gerade mit
einem freudigen Grinsen auf dem Gesicht durch die
Tür. »Das hat sich gelohnt, Wurst, Schinken und
Brot habe ich mitgebracht. An Broyhan und Wein
fehlt es auch nicht. Der Bauer hatte es gut vor uns
versteckt.«

»Ich wusste, dass ich mich nicht getäuscht habe«,
grinste Jaspar und sein Gesicht hellte sich auf, »den
Schwedentrunk heben wir uns für später auf. Erst
einmal werden wohl alle hungrige Mäuler haben.«
Dann befahl er Caspar: »Hol rasch die anderen herbei!«


Später war er wieder der Freund, der Kamerad, der
lachte und scherzte, als sie sich gegenseitig zupros-
teten, ihn mit Wurstpelle bewarfen und gemeinsam
grölten: »Wir zogen in das Feld, wir zogen in das
Feld, da hatten wir weder Säckl noch Geld …«
Auf dem Hof wurden Fässer angestochen und
Mäntel für das Würfelspiel ausgerollt. Die Trosswei-
ber und Buben kamen lärmend herbei, um das Spiel
zu verfolgen. Zwischendurch wurden immer wieder Wagen, Leitern und Stalltüren aus den Scheunen
und aus den Ställen gerissen und ins Feuer geworfen. Es wurde geschlachtet, gebraten, gefressen und
gesoffen. Gierig stürzten sich die Weiber auf den
Inhalt der Kisten der Bäuerin, die der vierschrötige

Hans auf dem Hof zwischen ihnen verstreute. Sie balgten und rauften sich, rissen sich an den Haaren und jaulten wie ein Rudel wilder Wölfe, bis alles untereinander aufgeteilt war.

Nach zwei Tagen Schlemmen und Saufen sprang Jaspar betrunken und mit schweißverklebten Haaren mit einem Mal auf, ergriff den Hausherrn am Kragen, zog ihn über den Tisch und schrie ihm ins Gesicht: »Hey, Bauer, wo hast du die Geldtöpfe vergraben? Her damit, ich weiß genau, dass bei dir noch mehr zu holen ist! Und schaff endlich dein Weib her. Wenn du dich weigerst, wirst du gebrannt. Kein Balken wird auf dem anderen stehen bleiben, das schwöre ich dir!«

Da wurde der Bauer bleich wie die gekalkte Stubenwand. Mit seiner Geduld war es zu Ende. Seine Kaumuskeln arbeiteten wild, die Fäuste schrien nach Vergeltung. Wütend schleuderte er Jaspar in das vom Broyhan und Wein erhitzte Gesicht: »Ihr habt mein Korn vom Boden geholt, meine Vorräte aufgefressen, mein Vieh geschlachtet, ist es Euch noch nicht genug, Herr, dürstet Euch nun auch noch nach meinem Weib?« Dann riss er sich los, schlug Jaspar mit der Faust auf die Nase, hastete nach draußen und suchte verzweifelt nach einer geeigneten Waffe. Er war bereit, den Hof mit seinem Blute zu verteidigen. Als hätte der Herrgott ihm plötzlich die Kräfte eines wilden Ebers gegeben, griff er nach dem Dreschflegel an der Wand, richtete ihn gegen seine Verfolger und brüllte: »Lieber krepiere ich wie mein Hund, den Ihr gefressen habt, Ihr Bastarde, als Euch mein Weib zu überlassen!«

In diesem Moment stürzte die Bäuerin mit der Tochter und einem dreijährigen Knaben an der Hand durch das Scheunentor auf ihn zu. Bisher hatten sie in einem selbst gegrabenen unterirdischen Gang unterhalb des Hauses ausgeharrt. Doch jetzt, wo der Ernährer des Hofes in Bedrängnis geriet, hielt sie nichts mehr in ihrem Versteck. Mutig eilten sie herbei, um ihm beizustehen. Ebenso griffen die Knechte, die in ihren Löchern nur darauf gewartet hatten, zu den Waffen. Ob Forken, Sensen, Messer oder Dreschflegel, alles war willkommen. Im Nu entstand auf dem Hof ein wüstes Handgemenge. Es wurde gehauen und gestochen, bis die Knechte der Übermacht wichen oder entseelt und blutüberströmt am Boden lagen.

Jaspar hatte den Bauern mit einer Bullenkette gebändigt und ihn im Gemenge an das Scheunentor gefesselt. Höhnisch grinste er nun den Aufsässigen an. »Du weißt, Bauer, sobald ein Soldat geboren wird, sind ihm drei Bauern auserkoren: der erste, der ihn ernährt, der zweite, der ihm ein schönes Weib beschert und der dritte, der für ihn zur Hölle fährt. Zu welchem du gehörst, ist dir doch wohl klar?« Zur Antwort spie ihm der Bauer mitten ins Gesicht. Jaspar verzog keine Miene. Er fuhr sich mit dem Handschuhrücken über das Kinn und gab dann Caspar und Tönnjes, die wie eine Eskorte hinter ihm standen, den Befehl: »Kameraden, kettet die Sau richtig fest an die Wand. Der Bauer soll mit ansehen, wie wir es mit seinem Weibe und seiner Tochter treiben. Damit er auch seine helle Freude daran hat, schneidet ihm die Fußsohlen auf, bestreut sie mit Salz und lasst die Ziegen ordentlich daran lecken. Ach ja, und vergesst nicht, ihm unseren Schwedentrunk einzuflößen, füllt ihn ordentlich mit Jauche voll, damit er endlich preisgibt, wo er das Geld vergraben hat.«

In solchen Momenten verfluchte es Marie, Jaspar begegnet zu sein. Dann hasste sie sich dafür, dass sie seine blauen Augen immer wieder von neuem beeindruckten, dass ihr seine Wildheit imponierte und dass ihr seine Freundschaft so viel bedeutete. Denn dieser Unhold war nicht der Jaspar, der Kamerad, der mit seinem Witz, seiner Hilfsbereitschaft und seinem großen Heereswissen ihr Leben im Tross bestimmte. Am liebsten hätte sie ihm wie der Bauer eins auf die Nase gegeben. Aber da sie nur ein schwaches Weib war, schob sie entschlossen das Kinn nach vorn, trat mit einer Reihe Würste über der Schulter und ein paar neuen Stiefeln auf ihn zu und tippte ihn an die Schulter. Gestört in seinem Eifer, drehte sich Jaspar wütend um und schnaufte hörbar durch die Nase. Einen Moment war es danach ganz still. Nur Maries Augen sprachen zu ihm. Dann ging ein Raunen durch die Runde, als sie mit zittriger, aber deutlicher Stimme sagte: »Jaspar, du bist doch auch ein Meier. Willst du es nicht genug sein lassen? Gott wird uns bestrafen für das, was du jetzt vorhast.«

Dabei wies sie auf den Knaben, der ängstlich die Knie der Schwester umklammert hielt und zu dem Weib, das vor dem Haus auf dem Boden lag und ihn und Gott um Erbarmen anflehte. »Sieh sie dir an Jaspar, es könnten dein Weib und deine Kinder sein.«

»Was bist du nur für ein seltsamer Kauz?« Jaspar musterte Marie höhnisch. Schlagartig erinnerte er sich wieder. »Ach ja, du wolltest mir ja das Töten ausreden.« Mit einem zynischen Grinsen zog er an dem Seil über ihrer Schulter, sodass die Würste allesamt vor ihre Füße fielen. Maries Blick traf ihn wie ein Musketenschuss. »Wie hast du denn das hier angestellt? Haben die Bauern dir das vielleicht freiwillig gegeben?« In seine Angelegenheiten ließ er sich nicht gern reinreden, gleich gar nicht von so einem Buschen. Er packte Marie am Kragen. »Sag mal, Melchior, suchst du etwa wieder Streit mit mir?« Marie rang nach Luft und zappelte wie ein Fisch an der Angel über dem Erdboden. »Einmal, habe ich, deiner Jugend wegen, Nachsicht walten lassen. Diesmal werde ich dich dafür erschießen. Ich mag es nämlich nicht, wenn man mich dauernd an meiner Arbeit hindert.«

Aber wie bereits zuvor wendete sich das Blatt mit Gottes Hilfe. Ein Fähnlein kam auf seinem verschwitzen Gaul angeprescht, nahm sich nicht die Zeit, sein Pferd zu zügeln, sagte etwas, hob dann den Arm mit der Flagge und brüllte, während es vom Hof sprengte: »Landsknechte, Marketender, sammelt Euch! Wir ziehen gen Nürnberg!«

»Das ist ja wie im Märchen«, murmelte Jaspar und grinste erst den Bauern und dann Marie böse an. »Ihr beiden habt einen vom Herrgott gesandten Schutzengel.«

Sie sah, wie schwer ihm die Entscheidung fiel. Aber genauso schnell, wie sich die Wut bei ihm aufgestaut hatte, verpuffte sie wieder. Er stellte Marie zurück auf die Erde, rückte den zerknautschten Kragen an ihrem Hals zurecht, tätschelte ihr versöhnlich die Wange und drehte ihr dann den Rücken zu. Eine Minute lang ließ er seinen Blick über das Treiben auf dem Hof schweifen. Dann formte er mit den Händen einen Trichter und rief: »Mal herhören, Landsknechte. Kein Überfall mehr, kein Plündern, keine Weiber mit Gewalt. Der Schwede ist in dieses Land gerufen worden, um es von den Katholischen zu befreien. Wir kämpfen unter des Schwedenkönigs Flagge. Also benehmt euch auch nicht wie die Teufel, sondern wie Menschen. Verstaut die Beute in Wagen, auf Pferden und Eseln. Wir reiten zurück.«

»Was für ein zwiespältiges Wesen«, sagte Marie später zu Tönnjes, als sie ihm half, die erbeuteten Sachen in einem Wagen zu verstauen. »Mal ist er hitzig und kaltschnäuzig, dann wieder sanft wie ein Schaf. Erinnerst du dich, wie wir ihm begegnet sind? Mit welcher Geduld er mir den Umgang mit den Heereswaffen beigebracht hat? Oder als mein Gaul krank war und ihm kein Pferdedoktor helfen wollte? Da hat er dem Pferd nur in die Augen

sehen müssen, um zu wissen, woran es litt. Als wir
über den Lech setzten und einige Reiter ihre Pferde
zurücklassen mussten, weil kein Platz mehr auf den
Booten war. Da hat mein Herz geweint, als ich mit
ansehen musste, wie er sich von seinem Hengst
verabschiedete. Er hat das Tier umarmt und Kose-
worte zu ihm gesprochen, wie zu einer Frau. Verab-
schiedet hat er sich von ihm wie von seinem besten
Freund. Gleich darauf hat er es kaltblütig erschossen. Weißt du noch, wie er dir das Leben gerettet hat, als dieser Caspar dich hinterhältig mit dem
Säbel angriff, weil du angeblich falsch gespielt hast.
Wäre Jaspar nicht rechtzeitig dazwischen gesprun-
gen, hätte er dir den Schädel gespalten. Überhaupt,
benimmt er sich ganz anders als die anderen Soldaten. Während er seine kleinen Töchter abgöttisch
liebt, Tod und Teufel in Kauf nimmt, wenn sie Not
leiden und für einen Kameraden sein letztes Hemd
opfert, ist er andererseits wie ein wildes Tier, reizbar, launisch und kaltschnäuzig. Mit einem Lächeln
auf dem Gesicht quält er Menschen, wie den armen
Bauern oder das Vieh, oder setzt unbeherrscht dem
Freund kaltblütig die Pistole auf die Brust. Aber
jeder im Heer bringt ihm Respekt entgegen. Er kann
mit Menschen spielen wie mit den Würfeln. Wer ist
dieser Jaspar? Ein Wolf im Schafspelz? Muss man
sich vor ihm in Acht nehmen?«

»Ach! Alles Weibergeschwätz. Du siehst alles
noch mit den Augen eines Kindes. Die Welt um
uns herum ist schlecht, sie wird durch so einen wie

Jaspar nicht schlechter. Er ist eben ein echtes Raubein. Das Heer und dieser verdammte Krieg hat aus einem Schaf einen Wolf gemacht. Kriege verändern die Menschen. Aber sollen wir deswegen betteln gehen oder uns die Hosentaschen voll Heu stopfen? Jeder erfolgreiche Raubzug lässt Jaspars Herz mehr zum Stein werden. Nur deshalb kann er und können wir überleben. Durch ihn kommen wir zu etwas und haben vielleicht bald wieder einen eigenen Hof.« Schwärmerisch schweifte dabei sein Blick über die Pferde und Planwagen hinweg in der Ferne. »Ich werde mir ein neues Weib nehmen und einen Sohn bekommen, einen wie Johann … Dann werde ich mir neue Pferde kaufen und ihm das Reiten beibringen.«

»Solltest ihm lieber das Töten und das Plündern beibringen.« Aufmunternd boxte Marie den Vater in die Seite, warf ein Seil über die Kisten und überließ ihn seinen Träumen. Doch seine Worte hatten sie nachdenklich gemacht. Da war noch etwas anderes. Etwas, das sie beunruhigte. Schon seit Längerem versuchte sie, sich zu erinnern. Immer öfter sah sie Bilder vor Augen, die sie nicht deuten konnte, und fast in jeder Nacht wurde sie von seltsamen Albträumen heimgesucht. Aber je mehr sie darüber nachdachte, umso mehr zersprang ihr der Kopf. Irgendetwas blockierte diese Erinnerungen. »Wer ist Johann, Vater?«, fragte sie aus dem Schweigen heraus und band ihr Pferd neben das des Vaters an den Wagen.

Tönnjes zuckte leicht zusammen, kam zu ihr und nahm ihr die Zügel aus der Hand. »Wie meinst du das, wer ist Johann? Bist du verrückt geworden? Hast du deine ganze Erinnerung verloren oder hat dir die Völlerei jetzt das Hirn vernebelt?« Marie lächelte ihn an, ohne ihn zu verstehen. Da schlug er die Hände über dem Kopf zusammen und jammerte: »Herrgott warum strafst du mich nur so?«

❧

Noch am gleichen Tag fanden sie sich wieder in einem wogenden Meer von Pferdeleibern, Wagenzügen, Pikenieren und Musketieren. Sie zogen als ein Teil jenes spießstarrenden Gewalthaufens, begleitet von Kälte, Nässe, Hunger, Dreck, Läusen, Mücken, Blasen, Müdigkeit und Schulterschmerzen nach Nürnberg, einem neuen Sieg des Schwedenkönigs entgegen. Ab jetzt hieß es, bis zum Umfallen zu marschieren auf schlammigen, schwer begehbaren Wegen, manchmal mit bohrendem Hunger in den Eingeweiden. Auf ihrem Weg starben die Pferde, und die Männer, infiziert von der roten Ruhr oder der Syphilis, siechten zu ausgemergelten Gerippen dahin. Oft genug waren das freie Feld, Laubhütten oder Erdhöhlen ihr Nachtlager. Hinzu kam, dass die Stimmung im Heer wie in einem Kessel brodelte. Furcht und Zuversicht wechselten pausenlos unter dem bunt zusammengewürfelten Soldatenvolk. Es kam zu Revolten, und immer wieder musste die Truppe Rückschläge hinnehmen durch den kaiserlichen Pappenheim, der sie wie ein Spürhund verfolgte und das Heer aufs Neue in heftige, blutige Scharmützel verwickelte. Hinzu kam die Angst vor dem Heerführer des Kaisers, Wallenstein, dessen Taten man sich im Heer abends am Feuer erzählte, und der längst zu einer Legende geworden war, und sich ihnen nun, ausgestattet mit weitreichenden Vollmachten des Kaisers, entgegenstellte. Vom Stab drang es bis hinunter zum kleinen Landsknecht, dass der große Heerführer mit einem Heer von fünfzigtausend Söldnern vor Nürnberg auf sie wartete.

»Der Schwede wird sich in der Stadt verschanzen. Sie ist gut gerüstet, mit hohen Verteidigungsmauern und ausreichend Wasser und Vorräten. Es ist schwer, gegen sie anzurennen«, sagte eines Abends Jaspar zu Tönnjes beim Wasserschöpfen. Sie standen zu zehn Mann um einen Brunnen und füllten die Ledereimer mit Wasser. Jaspar sah zu den Trossbuben hinüber, unter denen auch Marie war, welche die Pferde vor den Holztränken beaufsichtigten. »Doch wenn Wallenstein nicht dumm ist und die Straßen und Wege blockiert, den Nachschub abfängt und die neuen anrückenden Truppen, noch bevor sie das Hauptlager erreichen, vernichtet, was für ihn bei der Übermacht eine Leichtigkeit ist, sitzen wir hier wie in einer Mausefalle. Dann klappt der Deckel zu und wir sind ...« Er machte eine Handbewegung, die das Halsabschneiden andeutete. »Ich bin jedenfalls kein Mensch, der das Land mit der Keule erobert. Lass mich nicht gern abschießen. In Augsburg und München war der Schwede erfolgreich. Jetzt dreht sich der Spieß um. Schlecht für uns. Denn der Schwede wird Wallenstein niemals in einer offenen Schlacht besiegen können.« Er zog das Barett tiefer in die Stirn und beobachtete die Burschen, wie sie die Pferde absattelten. Ein imposantes Bild. Es waren fast zweihundert Gäule, gesattelt mit prallen Säcken voller Kriegsgut. Pferde, die keine Entfernung kannten, die fauliges Stroh von den Hausdächern ebenso fraßen wie saftiges Gras und die so mutig waren wie ihre Reiter. Plötzlich lenkte er das Gespräch in eine andere Richtung: »Wenn ich mir den Melchior so ansehe, dann denke ich immer, ich sehe ein Weib vor mir. Woher kommt das, Kamerad, dass ich Brüste sehe, wo keine sind?«

»Ein Irrtum, den Satan erfunden hat«, brummte Tönnjes, zog den Eimer hoch, blinzelte in die Sonne und suchte zwischen den Pferden nach der Tochter. Er machte sich Sorgen.

Marie hatte sich gegen ein Pferd gelehnt. Es soff ruhig weiter, nur die Ohren bewegten sich. Mit offenen Augen träumte sie in die untergehende Abendsonne. Dieser Jaspar ist schon ein stattlicher Mann. Die Weiber im Tross erzählen sich, die Deutschen seien im Heer die Kavaliere in der Liebe. Nicht so ungehobelt und grob wie die Kroaten und Russen. Sie würden ein Weib erst streicheln und küssen, oder ihr Geschenke machen. Dieser Jaspar ist bestimmt nicht ungeübt in der Liebe. Unter seinen Blicken kann einem heiß und kalt werden. Wenn ich nur wüsste, wieso mein Herz in seiner Nähe, anstatt aus Liebe, vor Furcht zu klopfen beginnt? Jedes Mal, wenn mich die blauen Augen ansehen, und ich am liebsten, als ein Weib, in seine Arme fliegen möchte, hält mich etwas Seltsames zurück, so etwas wie ein abgrundtiefer Hass, den ich mir nicht erklären kann. Mit zusammengekniffenen Augen schielte sie zu ihm hinüber. Er beobachtet mich jetzt, denkt, mir fällt es nicht auf und überlegt, ob ich Brüste habe. Viel zu oft sieht er mich an. Irgendwann wird er es bemerken, dass ich kein Trossbube bin. Auch der Vater hat es gemerkt und zermürbt sich in der ständigen Sorge, ich könnte als Mädchen entdeckt werden. Erst gestern hat er zu mir gesagt: »Marie, es geht nicht anders, aber ich muss dich ab und zu treten und schlagen. Du bist nun mal mein Bursche. Die anderen halten es auch so.«

Maries Lippen umspielte ein Lächeln, als sie daran denken musste, wie sie ihn daraufhin angesehen und ihm geantwortet hatte: »Wenn es sein muss, dann tu dir keinen Zwang an. Ich vertrage es schon.«

Daraufhin war er wie ein Irrer vor ihr auf und ab gelaufen, hatte sich die Haare gerauft und gestöhnt: »Aber ich kann es nicht. Ein Schlag von mir wird dir den Kiefer brechen und jeder Tritt von mir wird auf deiner weißen Haut blaue Flecke hinterlassen.«

Einen Tag später war er zu Jaspar gelaufen, hatte mit ihm Streit angefangen und sich in Worten ausgetobt, bis er sich allen Druck von der Seele geschrien hatte. Jaspar hatte daraufhin mit den Fäusten auf ihn eingehauen, bis er nicht mehr aufstehen konnte. Beim Broyhan lagen sich dann beide wieder in den Armen und Jaspar hatte ihm gegen die Stirn geklopft und gefragt: »Fehlt dir da vielleicht etwas, Tönnjes?«

Und der Vater hatte ziemlich zerknirscht geantwortet: »Da nicht, Jaspar. Es sitzt hier«, und sich ans Herz gefasst. »Aber das verstehst du nicht.« Er war eben ein gutmütiger Bär und der andere ein Wolf.

»Hey, Melchior! Hältst du Maulaffen feil?«

Die Pferde hielten ihre Köpfe gesenkt, die Nüstern im Wasser, und es war ein Stampfen, Schnaufen und Schmatzen, sodass Marie selbst einen Kanonenschuss überhört hätte. Erst als Jaspar sie mit dem Degenknauf an der Schulter berührte, erschrak sie. Wie bei etwas Verbotenem ertappt, verbarg sie ihr Gesicht hinter dem Pferdekörper und nestelte verlegen am Sattelzeug.

»Sieh einer deinen Burschen an, er pennt mit offenen Augen. Glaubst du, dass er heute noch aufwacht?«, rief Jaspar Tönnjes belustigt zu, der unter dem Joch mit vier gefüllten Ledereimern hinter ihm ächzte und Hans einen wütenden Blick zuwarf, weil der sich vor Lachen ausschütten wollte, anstatt mit anzufassen. Er goss das Wasser Eimer für Eimer in die langen Holzbottiche und knurrte: »Ständig hat man Ärger mit dem Burschen.« Dabei blinzelte er mit einem Auge verschwörerisch in Maries Richtung und dachte, während er sich das Joch von den Schultern zerrte: kluge Tochter. Verhält sich, wie Gott ihr befohlen. Dann gab er ihr sogleich zur Aufmunterung einen kräftigen Tritt in die Kniekehlen und befahl ihr: »Pack heute Abend alles zusammen, Melchior, wir verlassen noch heute Nacht das Lager.«

»Waaas?« Marie vergaß vor Überraschung den Bauchgurt festzuziehen und landete, den Fuß bereits im Steigbügel, wieder auf der Erde. Das Pferd scheute, in der Herde kam Panik auf und die Landsknechte hatten Mühe, die Tiere am Ausbrechen zu hindern. Jaspar bändigte gleich sechs Pferde auf einmal. Mit den aufgeregten Tieren an der Hand, kam er auf sie zu.

»Hey, Melchior, irgendwann werde ich dich verprügeln, das schwöre ich dir. Danke deinem Schöpfer, dass mir jetzt die Zeit dazu fehlt. Wir haben nämlich gerade beschlossen, noch heute Nacht das Lager zu verlassen. Unser Ziel ist Hannover. Die Wagen sind bereits beladen. Nur Waffen und Ersatzpferde müssen wir uns noch besorgen. Wir werden in der Nacht reiten, vorwiegend durch feindliches Gebiet. Wenn du nicht im Schwedenhaufen krepieren willst, Bursche, dann mach es wie wir und zögere nicht.«

Marie sah Tönnjes an. Bisher hatten sie nur das eintönige Lagerleben kennengelernt, das Schlachtgetümmel lediglich aus der Ferne erlebt. Der Vater hatte den Ernstfall beim Attackereiten gegen Stroh- puppen und Pfähle geübt, bis es ihm zum Halse heraushing, und sie hatte ihm geduldig wohl hun- dertmal die Muskete geladen, die Pike hinterher geschleppt und das Pferd versorgt. Die Beute aus den Raubzügen ging bereits zur Neige. War der Vater jetzt übergeschnappt, auf diesen Unsinn ein- zugehen? Hatte er je daran gedacht, dass sie gefan- gen oder getötet werden könnten? Hatte er verges- sen, dass sie ein Mädchen war? Ohne den Schutz des Heeres waren sie verloren.

Sie schwieg weiterhin und schielte von Tönnjes zu den drei Landsknechten, die bereits auf ihren Gäu- len saßen und sich um die Antwort eines Trossbu- ben wenig scherten. Sie erwarteten, dass sie Tönnjes folgte. Auch der Vater schien das so zu sehen. Denn er hatte schon die Zügel in der mächtigen Pranke und den Fuß im Steigbügel, als er leise knurrte: »Mach jetzt kein Gezänk. Willst du dein Leben ewig als Trossbub weiterführen? Oder hast du gänzlich vergessen, weshalb wir unterwegs sind?«

Der Frühling war ins Land gezogen. Er hatte es nicht gut mit ihnen gemeint. Kalte, fast winterar- tige Stürme, immer wiederkehrende heftige Regen- güsse und über die Ufer tretenden Flüsse erschwer- ten ihre Reise in den fernen Norden. Immer wieder wurden sie zu ungewollten Aufenthalten gezwun- gen, sei es durch Parteigänger, die es auf ihre Wagen

74

und Pferde abgesehen hatten, kleinere Kriegswirren, die sie umreiten mussten oder durch das Fieber von Jaspars Weib Dorothea, das sie zwang, mit den Töchtern Anna, Catarina und Lisbeth auf den Wagen umzusteigen. Jaspar ritt wie der Teufel. Bei Tag und in der Nacht war er von einer ständigen Unruhe getrieben, gönnte Tieren und Menschen nur selten Ruhepausen und suchte Quartiere lediglich auf, um die Vorräte aufzufüllen. Als es Dorothea immer schlechter erging und das Fieber ihren Köper auszehrte, trug er sein Weib im nächsten Ort auf den Armen zum Henker, der ihm Hilfe und Unterkunft versprach. Zwei Wochen dauerte der Aufenthalt und Dorothea schien es nach der ungewollten Pause wieder wohler zu gehen. Knurrend überließ Jaspar dem Henker für die Heilung seines Weibes eines seiner besten Pferde. Als sie endlich nach einigen Hundert Meilen die Grenzsäule mit dem Wappen der Stadt Hannover erreichten, verneigte er sich schweigend und schwang sein Barett über der Steinsäule. Kurze Zeit später überquerten sie die Brücke über dem Schiffgraben an der Zollstation. Doch Jaspars Weib sprang auf einmal vom Wagen, raufte sich die Haare, beschmierte das Gesicht mit Torf und kreischte laut: »Herrgott, warum? Für was strafst du uns so?«

Erschrocken riss Jaspar die Stute herum, kletterte vom Pferderücken auf den Wagen und erschien wenige Augenblicke später mit der entseelten Anna auf dem Arm. Ihr kleiner Körper glühte noch im

Tode. Marie empfand Mitleid mit ihm und suchte nach Worten des Trostes. Aber so sehr sie sich auch bemühte, den klappernden Zähnen entwich kein Laut. Stattdessen blies sie nachdenklich in die steifgefrorenen Finger und hüllte sich wie die anderen in Stillschweigen. Sie dachte dabei an den Hunger, an ihre schmerzenden Knochen, an das blutig gerittene Hinterteil und daran, dass sie seit Tagen nicht aus dem Sattel gekommen war. Für Jaspar war es normal, dass Menschen starben. Die unbewegten Züge, mit denen er das Kind in seinen Armen betrachtete, verrieten es. Bereits einen Augenblick später übergab er das tote Mädchen wieder der Obhut seines Weibes und bestieg sein Pferd. Er kannte nur eine Aufgabe, den Heimatort noch vor der Dämmerung zu erreichen.

Wenige Stunden später lag das Dorf vor ihnen, ein Ort wie eine alte Festung, umgeben von einer mächtigen Landwehr. Rasch überquerten sie den Graben. Unter der altehrwürdigen Holzbrücke rauschte und brodelte das sumpfige Gewässer. Am vierten Schlagbaum, vor der Zollstelle, brach Jaspar das Schweigen. Er zügelte seine Stute vor der Pinkenburg, einem großen Turm aus Stein, hinter dem ein Meierhof sichtbar wurde und erklärte: »Kameraden, wir sind angekommen. Das hier ist meine Heimat.« Dann beugte er sich vom Pferd, schlug mit einem Ring an das Eisen am Schlagbaum, um den geforderten Zoll von drei Groschen zu entrichten. Der Zöllner, ein Bauer in einem eisernen Harnisch, mit der Pike in der Hand und einem mächtigen Hund an der Seite, erkannte Jaspar wieder und tuschelte leise mit ihm. Dann wies er mit dem Arm zum Dorf, schlug ihm zum Abschied auf die Schulter und umarmte ihn.

Nachdem die Groschen im Lederbeutel des Bauern verschwunden waren, wendete Jaspar noch einmal sein Pferd, trabte an Marie und ihrem Vater vorbei, holte die Kinderleiche aus dem Wagen und galoppierte mit ihr zurück zum Dorf. Marie sah, dass er den toten Körper dem Moor übergab. Während die kleine Leiche in der schwarzbraunen Masse versank, machte er dem Schmerz auf seine Weise Luft, indem er der Stute die Sporen gab, sodass sie wiehernd in die Luft stieg. Er galoppierte, die hohen Binsenpolster und die mächtigen Pappeln hinter sich lassend, den Weg zurück. Sein Mantel flatterte, die Feder am Hut bauschte sich im Wind, während die dunklen Wolken gespenstisch über ihn hinwegjagten.

Wie der Leibhaftige selbst, dachte Marie und nahm das seltsame Bild mit auf ihr Strohlager, auf dem sie und Tönnjes wenige Zeit später erschöpft einschliefen.

# III

Es mag den Anschein haben, als hätten unsere Helden bis dahin die Spur der Mörder aus den Augen verloren. Da Tönnjes die Stimme des Mörders seines Sohnes nicht kannte, ahnte er zudem nicht, dass er ihn längst gefunden hatte. Durch das harte Leben im Heer und die lange, entbehrungsreiche Flucht in den Norden, wichen ihre Gedanken vorerst von ihrem Ziel ab und konzentrierten sich lediglich auf ihr eigenes Überleben. Aber auch der Traum, sich in der Fremde neu anzusiedeln, sollte rasch an den neuen Kriegswirren zerbrechen. Auch wenn die großen kriegerischen Auseinandersetzungen sich derzeit im Süden abspielten, so war das Jahr 1632 für die Stadt und das Land Hannover doch das gefährlichste und blutigste aller Kriegsjahre. Die Stadt selbst schien wie belagert und saß zwischen drei Feuern. Trotz heftigen Widerstandes quartierte sich der Lüneburgers Herzog Georg mit sechshundert Soldaten innerhalb der Stadtmauern ein, während bereits zwei seiner Kompanien auf der Neustadt gemeinsam mit den Schweden die Stadt belagerten. Hinzu kam, dass fast täglich die Zahl der Angeworbenen des herzoglich-braunschweigerischen Werbeoffiziers von Rottorf wuchs, welchem die Räte verpflichtet waren, allen Angeworbenen Laufplatz und Unterhalt zu gewährleisten. Im Juni rückte die schwedische Armee General Banners vor Calenberg und wich erst zurück, als die Kaiserlichen unter Pappenheim heranrückten. So verging kein Tag, an dem nicht kaiserliche oder schwedische Soldaten die umliegenden Dörfer auspressten. Demzufolge wurden die Äcker und Wiesen kaum noch bestellt, Weidevieh und Geflügel fehlten ganz und die Bauern litten unter den zu entrichtenden Steuern wie noch nie zuvor.

Marie hatte inzwischen gelernt, Eicheln, Tierhäute und Gras zu kochen, um den schmerzenden Hunger zu bändigen. Gleichzeitig musste sie es billigen, dass Jaspar seine Hunde und Katzen erschlug und mit ihren Kadavern die Speisekammer füllte, während Tönnjes die in der Scheune getöteten Ratten auf dem Markt für ein bisschen Saatgut verkaufte. Am schlimmsten war es abends, wenn die Sonne unterging und die Dämmerung hereinbrach. Dann erklang ringsherum ein schauriges Wolfsheulen. Die Nacht kam mit ihrer Finsternis und ihren unzähligen Geräuschen; die großen grauen Schatten schlichen zwischen den Gehöften umher und rissen gar oft die letzte Kuh oder das letzte Pferd.

In einer solchen Nacht, in der sich das Heulen mit dem Getöse des aufziehenden Sturmes, den Ambossschlägen in der Schmiede und dem Todesschrei eines Schafes vermischte, saß eine Gruppe Bauern, unter ihnen Jaspar, Tönnjes und Marie, im Wirtshaus unterhalb der Pinkenburg zwischen dicken Sandsteinmauern an einem Tisch. Das Wirtshaus lag an einer Einmündung. Durch seine gute Lage nahe der Zollstelle fielen die Gäste, auf welchem Gefährt auch immer, fast von selbst in seine Tür. Auch diesmal hatten sich wieder einige versprengte Reiter aus der Stadt auf die Pinkenburg gerettet. Die hiesigen Landleute duldeten es, wenn auch mit etwas Widerwillen, dass Schweden, Kaiserliche und Ligisten das Wirtshaus aufsuchten, und waren seitdem nie mehr ohne Waffen anzutreffen.

Nach einer halben Stunde gesellten sich Jaspars Bruder Hinrich und Schwager Elias aus dem Nachbarort Bothfeld zu ihnen. Doch anstelle des üblichen Würfelspiels brüteten die Männer nur dumpf über ihren Krügen und starrten verschlafen in die gelbe Flüssigkeit. Irgendwann schielte Hinrich zu den Soldatentischen und sagte leise: »Eine verdammte Nacht ist das. Vielleicht sollte man mit den Landsknechten gemeinsame Sache machen und sie dann bestehlen.«

»Gute Idee, Hinrich!« Jaspar grinste verächtlich und hob die breiten Schultern. »Wir schaffen es ja nicht einmal, den Torf und das Vieh am Zöllner vorbeizuschmuggeln.« Er starrte Marie aus müden Augen an, dachte sich, dass der Melchior doch Brüste hat und lenkte seinen Blick zum Nachbartisch, an dem Anton, der alte Untervogt von Kirchrode und die Bauern Henning Gregor und Jürgen Wienecken die Köpfe zusammensteckten. »Der Vogt, das alte Schlitzohr, wäre uns vielleicht eine Hilfe, unsere Waren ohne Verluste nach Hannover zu bringen.«

Hinrich schüttelte die dunkelblonde Mähne und schnaufte tief. »Der Alte ist doch ewig besoffen. Man sieht, dass du noch nicht lange im Lande bist, Bruder. Um den Schmuggel zu unterbinden, haben wir extra einen doppelten Graben ausheben müssen. Er ist achtzehn Ruten lang und reicht bis in das Moor. Da blüht kein Schmuggel mehr.« In Erinnerung an den harten Frondienst kroch er tiefer in den dichten schwarzbraunen Wolfspelz über seinen Schultern. Das Fell trug er zur Abschreckung. Jeder sollte sehen, dass er, Hinrich Hanebuth, es mit jedem Wolf aufnahm. Er blickte sich im Wirtshaus um, und musterte jeden Einzelnen mit wachen Augen.

»Macht euch nicht in die Hosen, es existiert längst ein Trampelpfad durch den Hasenwinkel«, mischte sich Elias, der Sohn eines Schützen aus Salzwedel und Soldat aus Brandenburg, in das Gespräch ein. Seine großen Ohren gaben öfter Anlass zu Spötteleien. Ansonsten war er ein kleiner drahtiger Mann mit einem nervösen Zucken über dem Auge und Fingernägeln, an denen er immerzu herumknabberte. Jeder im Raum wusste, dass man ihn nicht unterschätzen durfte. Man erzählte sich, dass er flinker war als ein Reh, gelenkiger als ein Wiesel und schlauer als jeder Fuchs. »Der Zöllner übrigens ist ein Hasenfuß. Er begibt sich nicht gern selbst in Gefahr. Lieber verzichtet er auf den Zoll.«

»Dann könnten wir ja auch die Gäule ohne Risiko an der Pinkenburg vorbeischmuggeln.« Bei dieser Vorstellung begannen Jaspars Augen zu leuchten.

»Recht hast du, Kamerad! Die Steuern und Zölle, die uns die fürstliche Kammer aufbürdet, sind viel zu hoch. Für jeden Fuder Tallen zahlen wir zwei Stück, vom Fuder Dielen ein Stück und zwei Ochsen werden gleich einem Pferd gerechnet. Nicht genug, dass uns die Schweden, die Lüneburger und die Pappenheimer auspressen? Erst gestern haben mir die Leute vom Tross den Ochsen von der Wiese geholt. Ich musste mich selbst vor den Pflug spannen. Für den Ochsen habe ich mir das Geld beim Amtmann geliehen. So kann es nicht weitergehen. Wir müssen etwas unternehmen.«

Tönnjes schob die Daumen unter den Gürtel, an dem sein Krummschwert und eine Pistole hingen.

Elias kaute nachdenklich an der Unterlippe. Plötzlich platzte er heraus: »Ich hätte da vielleicht eine Lösung.«

»Was denn für eine? Spuck es aus, sonst erstickst du daran.« Interessiert beugte sich Jaspar nach vorn. Er war wieder hellwach.

»Du kennst doch sicher noch den Bauern aus der List. Den, bei dem du vor den Schweden gedient hast. Als der Hof noch deinem Vater gehörte.«

Jaspar zog die Stirn in Falten. Das Thema schien ihm unangenehm. »Ach der«, brummte er leise und schielte zu Marie.

»Kannst ruhig reden«, sagte Tönnjes zu Elias. Er sah, dass Marie der Grund war, weshalb Jaspar nicht weitersprach. »Mein Knecht hat schon mehr erlebt als ihr alle zusammen. Den erschüttert nichts mehr.«

Beleidigt tippte sich Jaspar an die Stirn und grunzte: »Es muss ja nicht jeder die Geschichte mit der Bauernhure erfahren. Der Bauer soll sich ja vor mir hüten. Wenn ich ihm begegne, schneide ich ihm noch nachträglich sein Gemächt in Scheiben.«

»Nichts wirst du. Du warst noch ein Bub und solltest in die fleischlichen Gelüste eingeführt werden. Der Bauer hat es nur gut mit dir gemeint und sein Weib hatte nun mal ein Auge auf dich geworfen.« Die Erinnerung an die bereits länger zurückliegende Geschichte entlockte Elias erst ein Grinsen, dann lachte er und blies die Luft durch die Nase wie eine Trompete, bevor er mit nassen Augen weitersprach: »Eher wirst du seinen Schwanz noch in Gold aufwiegen. Du weißt genau, er ist ein über die Grenzen hinaus bekannter Hehler und sehr wohlhabend. Für Gaunereien hat er immer ein offenes Ohr. In diesen Zeiten müssen die Landleute zusammenhalten. Wir klauen Gäule und lassen sie von ihm an das Herr verkaufen. Da haben wir den Zoll gespart.«

Jaspar machte eine abfällige Geste und bemerkte: »Die Idee hätte auch von mir sein können.«

In diesem Moment öffnete sich die Tür und auf der Schwelle erschien zögernd ein junger Bursche. Er knetete die Mütze zwischen den Fingern und schien offenbar nach jemandem zu suchen. An seiner einfachen Kleidung, den dunklen Beinlingen aus

Wollstoff und dem braunen Leinenwams, das durch einen Strick um die Hüfte geschürzt wurde, war unschwer der Marketenderbub zu erkennen. Das merkwürdigste an ihm war sein übergroßer Degen, der ihm bei jedem Schritt gegen den Oberschenkel schlug. Ohne Scheu schlängelte er sich durch die Anwesenden bis zum Tisch, an dem Jaspar und seine Gesellen saßen, nickte Marie zu und ließ sich dann ihr gegenüber nieder. Sein Durst schien der eines Ochsen nach dem Pflügen zu sein, denn er bestellte sich gleich zwei Krüge Broyhan auf einmal beim Wirt.

Für Marie war der neue Gast eine willkommene Abwechslung. Sie fühlte sich zu dem Burschen mit dem knabenhaften Aussehen sofort hingezogen. Ob es die großen Augen waren, die interessiert auf ihr ruhten, oder das fein geschnittene Gesicht unter dem braunen Pagenkopf, wusste sie nicht. Dafür sprach sie ihn zuerst an und fragte: »Du bist mutig, Bursche, so allein unterwegs. Hast du keine Angst, Spitzbuben in die Hände zu fallen?« Der Junge schüttelte den Kopf, setzte die Kanne an und nahm einen kräftigen Schluck. Marie beobachtete, wie sein Adamsapfel auf und nieder hüpfte, und wartete, bis er den Krug wieder absetzte. »Deine Kleidung verrät den Kaufmann?«

Der Bursche nickte und beäugte Marie neugierig. »Ich heiße Jonas und bringe neue Pferde für meinen Obristen«, sagte er, während sein Blick weiter auf ihr geheftet blieb. »Meine Mutter ist Marketenderin im schwedischen Heer. Wir brauchen das Geld für meinen verwundeten Vater.«

»Du bist aus dem Schwedentross? Hast du denn niemand, der dich begleitet?« Marie empfand Mitleid mit dem Jungen.

»Nun, ich bin erwachsen und kann sehr gut auf mich selbst aufpassen. Auch verstehe ich es mit dem Degen umzugehen. Außerdem führe ich immer ein Rohr mit am Pferd. Ich bin der Schutz meiner Mutter, denn sie hat nur noch mich.« Er lächelte und zeigte eine Reihe blendend weißer Zähne.

Allerdings war sein Lächeln etwas zu selbstsicher. Es erregte Jaspars Aufmerksamkeit. Er hatte das Gespräch schon eine Weile verfolgt. Jetzt rutschte er neugierig näher, fläzte sich über den Tisch und nahm den Burschen in Augenschein. »Was habe ich gehört?«, fragte er. »Was bist du denn für ein Aufschneider, Schwede?«

»Ich bin kein Schwede, Herr«, antwortete der Bursche seelenruhigruhig. »Ich bin hier geboren. Aber es ist Krieg und der verlangt Opfer. Weder bin ich ein Aufschneider noch wehrlos. Ich kann mich sehr wohl verteidigen, auch gegen Euch.«

Seine Äußerung erzeugte Heiterkeit. Tönnjes und Hinrich lachten lauthals, Elias wieherte wie ein Gaul und Jaspar, angespornt durch die Lacher, unternahm erneut den Versuch, ihn zu provozieren. »So, du beleidigte Leberwurst, willst es also mit einem Mann wie mir aufnehmen. Sieh einer das vorwitzige Bürschchen an. Glaubst du, dass deine

Mutter sich darüber freut, wenn du unterwegs Händel anfängst?«

»Meine Mutter lasst aus dem Spiel, Herr. Ich kämpfe für meine Ehre und niemand beleidigt mich ungestraft.«

»Ach nee.« Jaspar grinste über das ganze Gesicht. Gleichzeitig fuhr seine Hand nach vorn. Blitzschnell packte er den Burschen am Kragen und zog ihn über den Tisch. »Welches Fuder Heu hat dich denn verloren? Niemand kämpft mehr für seine Ehre. Bist wohl so ein feines Obristensöhnchen. Gezeugt auf dem Schlachtfeld, mit einer Marketenderhure?« Er ließ ihn wieder zurückschnellen und rieb die Hände aneinander, als wollte er sie sich säubern. »Sei froh dass du noch so jung bist, du Aufschneider«, sagte er lächelnd und stellte fest: »Was ist denn mit dir los, Melchior? Du bist ja blass wie ein Ziegenkäse.«

Marie schluckte und zischte leise: »Sei froh, dass ich nur ein Knecht bin. Wäre ich ein Bauer, würde ich dir eine Tracht Prügel versetzen, dass du glaubtest, die Auferstehung und das Fest der Heiligen Drei Könige falle auf einen Tag. Was bist du nur für ein ungehobelter Klotz?« Ihre Augen schleuderten Blitze. Mindestens zweimal am Tag gerieten sie aneinander und Jaspar schien es zu genießen. Er lachte dann immer jenes spöttische Lachen, mit dem er ihr zeigte, dass er sie nicht ernst nahm.

»Lasst es gut sein«, mischte sich jetzt Hinrich ein. »Was streitet ihr euch wegen eines Zigeuners? Wir haben ganz andere Sorgen.«

»Ja, die habt Ihr auch«, unterbrach ihn der Bursche, erhob sich, kam um den Tisch herum und blieb vor Jaspar stehen: »Wir Kaufleute vertreiben nicht nur Seife, Fleisch und Brot oder Pferde an Soldaten. Wir erfahren auch Neuigkeiten. Da mir Euer Knecht der einzige ehrliche Mensch zu sein scheint, will ich Euch um seinetwillen warnen. Verstaut Eure Habe, sofern Ihr noch welche habt, und begebt Euch umgehend in den Schutz der Stadtmauern. Die Kaiserlichen bedrohen Hildesheim. General Banner und seine Soldaten werden zurückgedrängt. Ich weiß aus sicherer Quelle, dass er nicht davor zurückschreckt, Eure Güter zu brandschatzen.«

»Ist das wahr oder willst du uns nur auf den Arm nehmen?« Jaspar war aufgesprungen. »Wenn du uns hinters Licht führst, jage ich dir mein Messer durch die Rippen.«

Doch Anton, der graue Vogt, dem sie einen Arm abgeschossen hatten, der jedoch mit der einen Hand ebenso gut wie mit zwei gesunden das Schwert führen konnte, verhinderte, dass es dazu kam. Er erhob sich plötzlich und kam schwankend zu ihnen an den Tisch. »Ich habe Euer Gespräch unfreiwillig mit angehört«, fing er an und drückte Jaspar zurück auf die Bank. »Wenn Ihr mich fragt, ich glaube dem Burschen. Zu nahe schon sind die Geschütze der Infanterie zu hören. Hier im Kirchspiel darf es vor allem zu keinem zweiten Gemetzel kommen, so wie in den Gärten vor dem Nikolaikirchhof, wo viele ehrbare Leute gestorben sind. Wir sollten es ihnen nicht nachmachen und versuchen, unsere Habe vor ihnen zu retten, sondern noch heute Nacht die Pferde satteln und in der Stadt unser Heil suchen.«

»Du kommst von Hannover, Bursche. Wie sieht es dort aus?«, fragte Elias.

»Im Moment ist die Stadt ohne Verteidigung. Die Lüneburger Kompanien sind abgezogen und Herzog Friedrich Ullrich hat die Stadtsoldaten nach Wolfenbüttel abgefordert. Nur Rottorf mit seinen Soldaten befindet sich noch in den Stadtmauern.«

Nachdenklich zog Elias die Augenbrauen über der Nasenwurzel zusammen, sodass eine tiefe Falte entstand. »Sind wir denn dort auch sicher? Was ist, wenn Pappenheim die Stadt angreift?«

»Dummes Geschwätz.« Jetzt erhob sich auch Hinrich. Würdevoll, ein Muskelberg unter einem Haufen Fell. »Pappenheim wird dem Schweden Banner eins aufs Maul geben und dann nach Sachsen weiterziehen, um Wallenstein beizustehen.« Er war einer der wenigen Meier, die noch etwas zu verlieren hatten und den Zehnten immer pünktlich bezahlten. Des Öfteren hatten Landsknechte bei ihm Quartier bezogen, ihn aber stets unbeschadet gelassen. »Morgen in aller Frühe verlassen wir unsere Höfe und ziehen gemeinsam in den Schutz der Stadtmauern.«

In dieser Nacht konnte Marie nicht schlafen. Zu viel ging ihr durch den hübschen Kopf. Unruhig warf sie sich hin und her und ließ die letzten Tage und

Wochen der Angst, Entbehrungen und Hoffnungen an sich vorbeiziehen. Allerdings immer dann, wenn sie sich an die Zeit erinnern wollte, als sie noch Mädchenkleidung trug, streikte ihre Gedächtnis und sie bekam wieder heftige Kopfschmerzen. So war es auch in dieser Nacht. Der Druck in ihren Schläfen marterte sie so lange, bis sie es nicht mehr aushielt und hinaus auf die Wiesen lief, wo sie ihre Füße irgendwann in die Nähe der Zollstation trugen. Eigentlich hatte sie in der klaren Nachtluft nur ihre Gedanken ordnen wollen, hatte gehofft, danach besser schlafen zu können. Nachdem sie bemerkte, wohin sie gelaufen war, war es bereits zu spät. Mit einem Mal sah sie sich umgeben von sumpfigem Gelände und hohen Urwaldriesen, und das Heulen der Wölfe bekam einen noch unheimlicheren Klang. Zudem beunruhigte sie die Vorstellung, versprengte Soldaten und Spitzbuben könnten sie berauben und erschlagen. Rasch vergewisserte sie sich, dass die Waffe noch im Gürtel steckte, und atmete wie befreit auf, als sie den Knauf des Kurzschwertes zwischen den Fingern spürte. Die Waffe gab ihr die Sicherheit zurück. Dann besann sie sich auf ihre Instinkte und hob wie ein Tier die Nase, schnupperte prüfend gegen den Wind und beschloss, den Weg, den sie gekommen war, zurückzulaufen. Nach einer viertel Meile bemerkte sie zwischen den Baumstämmen graue Schatten. Gespenstisch zogen sie ihre Kreise, während sie mit phosphoreszierenden Augen jede ihrer Bewegungen beobachteten. Sie begann, Hals über Kopf zu rennen, immer ängstlich die Bäume im Auge behaltend. Nach einer Weile vernahm sie hinter sich ein seltsames Geräusch. Es kam näher. Es hörte sich an wie Hufgetrappel und trieb sie weiter bis zu einem ausgehöhlten Eichenbaum ohne Rinde und ohne Blätter, aber mit einem Loch im Stamm, wie eine riesige Wunde. Mit einem Sprung war sie bei dem Baum, quetschte sich durch die verkohlte Öffnung, die der Blitz in den Stamm geschlagen hatte, presste die Hand auf das klopfende Herz und wartete. Eine geraume Weile geschah nichts. Sie wollte ihr Versteck bereits wieder verlassen, da knackte es auf einmal im Unterholz und ein Reiter mit drei reiterlosen Pferden erschien. Im hellen Schein des Mondes glaubte sie, in dem Reiter den Burschen aus der Schänke zu erkennen. Da vergaß sie alle Vorsicht und kletterte rasch aus der Höhle. Im gleichen Moment ertönte ein kurzer, schriller Pfiff. Ihm folgte ein Schuss, krachend zeriss er die nächtliche Stille. Im gleichen Moment entfuhr dem Jungen ein spitzer Schrei und er fiel, am Kopf getroffen, hintenüber auf den Waldboden. Noch im Tode umkrampften seine Finger das Seil, an dem die drei Pferde hingen. Da er die Gäule zusätzlich mit einem Strick aneinander gebunden hatte, drohten sie, ihn mit ihren Hufen zu zertreten. Panisch drehten sie sich auf der Stelle, schnauften, wieherten und keilten aus.

Doch bevor Marie dem Leblosen zu Hilfe eilen konnte, teilte sich das Dickicht und es erschienen drei weitere Reiter. Vor Schreck vergaß sie das Atmen und erkannte mit Entsetzen in dem Reiter, der als Erster aus dem Sattel sprang, Jaspar. Eng an den Stamm gepresst beobachtete sie nun, wie er die Pferde beruhigte, dann in die Knie ging und den Jungen abtastete. Sie sah, wie er den Burschen schüttelte, den leblosen Körper anhob und ihn wieder fallen ließ. Plötzlich drehte er das Gesicht in ihre Richtung und pfiff durch die Zähne. Leise hörte sie, wie er seine Kameraden rief: »Hey, ihr könnt rauskommen. Der Bursche ist hin. Ein glatter Kopfschuss. Bindet die Pferde solange an den Bäumen fest. Wir werfen den Leichnam in den Graben. Sollen ihn die Wölfe fressen.«

Die Gerufenen eilten herbei, um die Anweisungen auszuführen. Sie schlugen hastig ein dickes Seil um eine Pappel und banden die Pferde daran fest. Alles verlief rasch und ohne Lärm, wie abgesprochen. Als sie die Gesichter in ihre Richtung drehten, glaubte sie, zwei von den Bauern aus dem Wirtshaus wiederzuerkennen. Wie abscheulich, dachte sie und holte sich das Antlitz des Jungen in ihr Gedächtnis. Wenigstens erinnerte sie sich an seinen Namen: Jonas. Wehmütig schloss sie die Augen und bewegte die Lippen. Ihre Seele murmelte ein Gebet. Als sie die Augen einen Spaltbreit öffnete, sah sie die Mörder den Leichnam zum Schiffgraben schaffen. Auch das ging ihnen leicht von den Händen, so als beseitigten sie einen Hundekadaver. Jaspar schien dabei gelöst und heiter wie noch nie. Er ist ein Mörder, ein feiger Mörder, hämmerte es in ihr und sie hörte, wie er einem der Bauern zuraunte: »Nun, habe ich dir zu viel versprochen? Es sind edle Pferde, dafür habe ich einen Blick. Jeder Gaul bringt wenigstens sieben Taler.«

Dann hoben sie gemeinsam den Leichnam an, und als sie ihn mit Schwung in den Graben warfen, begann Jaspar aus Übermut über die reiche Beute eine Melodie zu summen. Eine Melodie, die in ihrem Kopf zu einem Orkan anschwoll und in ihr ein Toben auslöste, so schmerzhaft, dass sie glaubte, das Hirn würde ihr herausgerissen, so wie damals, als ihr die Muskete den Finger weggefetzt hatte. In ihrer Not presste sie die Hände an die Schläfen. Das Gesicht verzerrt, den Mund verschlossen, versuchte sie, den Schmerzensschrei zu unterdrücken.

Aber der Herrgott hatte ein Einsehen. Eine Hand, rau und warm, legte sich plötzlich auf ihren Mund. »Still!«, zischte es leise an ihrem Ohr. »Es ist alles in Ordnung.« Sie spürte den vertrauten Atem, den warmen Körper in ihrem Rücken und entspannte sich. Es war der Vater, der Retter in der Not. Regungslos stand er hinter ihr und schob mit der anderen Hand lautlos die Zweige zur Seite. Dabei hielt er sie fest an sich gepresst und schwieg. Endlich kam Bewegung in seinen Körper, er lockerte den Griff, gebot ihr mit einer Geste, sich leise zu verhalten und zog sie rückwärts mit sich. »Still, Trampel«, mahnte er einmal, als ein Ast unter ihren Füßen knackte. Als sie außer Gefahr waren, schlug die Erleichterung bei Marie in Misstrauen um und sie biss wütend in die Hand auf ihrem Mund.

»Au«, entfuhr es ihm leise. »Bist du verrückt geworden?« Ärgerlich ließ er sie los und schubste sie vor sich her. »Willst du, dass sie uns entdecken?«

»Du schlägst dich auf die Seite von Mördern?«, fauchte sie über die Schulter und hastete enttäuscht weiter.

Geräuschlos lief Tönnjes hinter ihr her. »Welche Hexe hat dir das denn geflüstert?«

Hinter sich hörte sie das Radschloss seiner Pistole einrasten. Es gab ein kaum hörbares Klicken von sich. »Ich mache mit niemandem gemeinsame Sache. Aber der Jaspar wird schon wissen, was er tut.« Er keuchte jetzt leise neben ihr. Sie sah, dass er sich nach jedem Schritt umsah und beim kleinsten Geräusch mit der Pistole umherfuchtelte.

»Weshalb flüchten wir dann vor ihm?«

»Weil Weiber in der Nacht allein nichts verloren haben. Er würde dich sofort niederknallen. Hast sein Misstrauen schon zu oft geschürt.«

»Ich bin kein Weib, bin dein Knecht, Melchior.«

»Noch schlimmer.« Tönnjes stoppte seinen Lauf vor einer Erle, befummelte den Stamm, bis seine Hände die Kerbe spürten und wich aus: »Hier irgendwo habe ich den Gaul gelassen.« Er spähte angestrengt in die Dunkelheit und pfiff leise durch die Zähne. Aber kein Wiehern und kein Hufeklappern erklang. »Wir müssen auf die Anhöhe. Da oben sind die Wiesen saftiger, der Sumpf ausgetrocknet und keine Schweden. So ein Tier ist viel schlauer als wir. Es wittert die Gefahr.«

Als Marie nicht gleich reagierte, gab er ihr einen Stoß und trieb sie vor sich her, die Anhöhe hinauf. Kurz vor dem Ziel versperrte ihnen ein Ast den Weg. Tönnjes stieß seine Tochter zur Seite und hieb mit dem Schwert auf das Hindernis ein. Dann lauschte er in die Dunkelheit und blickte sich nach Marie um, die von der Nacht verschluckt worden war. »Was ist? Wo bist du?«, fauchte er ungeduldig. Er bekam Angst, dass die Wölfe sie anfallen könnten, bevor sie die Anhöhe erreicht hatten.

Aber da bekam die Finsternis wieder ein Gesicht und sprach mit ihm. »Vater, Jaspar hat den jungen Marketender erschossen! Er war noch ein Kind und er hat uns vor den Schweden gewarnt!«

»Hm.« Seine Augen suchten angestrengt nach ihr. »Das stimmt. Aber ändert das was am Krieg? Und musst du deshalb ohne Schutz in die Nacht hinauslaufen?«

»Doch, Vater, es ändert etwas. Denn das hier ist unser Krieg. Jaspar ist ein feiger Schlächter. Er hat nicht nur den Marketender kaltblütig getötet, sondern auch Johann. Vater, wir sind blind einem Mörder gefolgt, ohne es zu wissen. Wir haben ihm vertraut und er hat unsere Gutgläubigkeit ausgenutzt. Meine Erinnerungen waren ausgelöscht, bis zu dieser Stunde, Vater, aber unter dem Wams bin ich ein Weib, und mein Herz, es schlägt für einen feigen Mörder. Oh, ich hasse ihn und ich hasse mich für meine Blindheit!« Sie war fast erleichtert, als es endlich heraus war, und fügte im gleichen Atemzug hinzu: »Ich habe das Lied wiedererkannt. Das Lied, Vater, er hat es wieder über seinem Opfer gesungen. Erinnerst du dich noch, was ich dir damals an der Felsschlucht sagte? Ich würde diese Melodie unter Tausenden heraushören.«

»Waaas?« Tönnjes musste sich an dem Aststumpf festhalten, so sehr hatte ihn Maries Eröffnung getroffen. Aber er schob die Wahrheit von sich und schimpfte stattdessen: »Das hast du dir doch nur ausgedacht. Oder hat dir der Gaul etwa das Hirn so durcheinandergewirbelt, dass du Gespenster siehst, die es gar nicht gibt.« Dann rannte er die letzten Meter vor ihr her, als hätte ihn der Hafer gestochen. Oben angekommen rief er leise nach dem Hengst, der raschelnd aus dem Dunkel auftauchte und schnaubend vor ihm stehen blieb. »Brav, Brauner, hast du gut gemacht«, lobte er das Pferd und stieg in den Sattel. Dann beugte er sich herunter, reichte Marie die Hand und forderte: »Steig auf!«

Vor ihm auf dem Pferd, gehalten von seinen starken Armen, suchte Marie Schutz an seiner Brust. Sie spürte, was in ihm vorging und erwartete keine Antwort. Trotzdem fragte sie ihn leise: »Vater was soll nun werden?«

Da strich ihr Tönnjes über die Wange: »Es ist gut, dass deine Erinnerungen jetzt zurückgekehrt sind. Aber wir sind nun einmal Gottes Kinder und in Gottes Händen. Der Herr leitet und der Herr lenkt. Wahrscheinlich wollte er, dass es genau hier geschieht, dass du dich wieder erinnerst. Vielleicht musste der Marketender für Johann sein Leben lassen, damit Johann Gerechtigkeit widerfährt. Gott sei seiner armen Seele gnädig.«

Verwundert ließ sich Marie vom Pferd gleiten. Es war das erste Mal, dass sie ihn hatte so reden gehört. »Was hast du vor, Vater?« Sie spürte Gefahr. Der Hengst begann, unruhig zu tänzeln und blies den Atem pfeifend durch die Nüstern.

»Wir werden Buchholz im Morgengrauen verlassen und in die Stadt reiten«, sagte er. »Vorher aber …«, er machte eine Pause und starrte einen Augenblick in die Richtung, wo sich dunkel die Umrisse von Jaspars Hof abzeichneten. Dann gab er dem Hengst die Sporen und schrie: »Warte hier!« Im gleichen Augenblick preschte er im gestreckten Galopp durch das Hoftor. Sein Körper verschmolz mit dem seines Pferdes, während er das Tier nach rechts auf die Scheune zu lenkte und mit der Pistole auf das offene Scheunentor zielte.

Als Marie einen Schuss hörte, wusste sie, was der Vater vorhatte. Hals über Kopf rannte sie hinter ihm her und schrie: »Was machst du denn da, Vater?« Dann, als sie um die Stallungen bog, knisterten die ersten Flammen aus dem Gebälk. Rasch fraßen sie sich durch die Scheune. Die Hufe des Hengstes klapperten wieder ganz in ihrer Nähe, als ein zweiter Schuss fiel. Sofort gab sie die Verfolgung auf, änderte die Richtung und rannte zum

Brunnen auf dem Hof. Als sie den gefüllten Eimer hastig aus dem Brunnenschacht zog, jammerte sie vor sich hin: »Oh, Herrgott! Wir werden beide sterben, noch bevor Johanns Tod gerächt ist.«

Wie aus dem Nichts war ihr Vater neben ihr und schlug ihr das Gefäß aus der Hand, sodass es zurück in den Schacht polterte. Sein Hengst stampfte wild. »Was soll das?«, fragte er von oben herab. »Habe ich dir nicht befohlen, auf mich zu warten?« Das Pferd drehte sich auf den Hinterbeinen. Sie sah die Anstrengung in Tönnjes' Gesicht, ihn zu bändigen. Der Nachthimmel hinter ihm leuchtete blutrot während die Flammen bereits meterhoch aus dem Scheunendach loderten.

»Sieh nur hin, Tochter, so haben es die verfluchten Kerle mit uns gemacht!«, brüllte er. »Jetzt bekommen sie zurück, was sie verdienen. Auge um Auge und Zahn um Zahn!« Er war blind vor Wut. Wenn sie sich ihm in diesem Augenblick entgegenstellte, würde er sie töten und sie hinterher beweinen.

Trotzdem schrie sie wütend zurück. »Was bist du für ein störrischer, alter Esel, hast du kein Hirn im Kopf? Sein Weib und seine Töchter schlafen im Haus. Sie sind unschuldig! Willst du Unschuldige opfern? Willst du, dass uns Jaspar fortan wie Wild jagt?«

»Ich werde Jaspar alles das nehmen, was er uns genommen hat. Mütter fressen ihre Kinder und die Hungernden Leichen. Wen stört es da, dass die Brut mitstirbt?«

»Oh Gott!«, schrie Marie wie irre zurück. »Wir sind doch keine wilden Bestien.« In diesem Moment drehte der Wind und die Flammen züngelten am Strohdach des Wohnhauses. Im Dunkel wurden Stimmen laut, Männer, Frauen, Kinder. Das Feuer hatte sie geweckt. Sie schrien wild durcheinander: »De Schweden san komma!«

Dies schien Tönnjes wieder zur Besinnung zu bringen. Er sah, was er angerichtet hatte. Vor seinen Augen erschien plötzlich sein eigener Hof. Wie aus einem Nebel vernahm er die Schreie seines Weibes und die der Magd und der Knechte. Völlig überrascht blickte er auf die Tochter herab, die auf die Knie gesunken war und Gott um Hilfe anflehte.

»Was habe ich getan?«, fragte er reuevoll. »Ich wollte mich an Jaspar rächen. Aber, Herrgott vergib mir, ich will nicht, dass sein Weib und seine Kinder sterben.«

Maries Hilflosigkeit hatte sich in Hoffnung verwandelt. Sie griff dem Hengst in die Zügel. »Bitte, Vater, wir müssen sie aus dem Haus herausholen!«

Ihr Bitten wirkte Wunder. Tönnjes sprang vom Pferd, überließ ihr den Hengst und hetzte zum Wohnhaus. Mit einem gezielten Tritt trat er die Holztür ein, hielt sich den Hut vor den Mund und schlich gebückt durch die Kammer. Es war dunkel, überall knisterte es und der Rauch reizte ihn zum Husten. Mühevoll tastete er sich durch die Räume. Seltsam, warum hatte er nur das Empfinden, dass Jaspar seinen Hausrat schon gepackt hatte? Die Räume erschienen ihm so leer, wie ausgeräumt. Unverrichteter Dinge wollte er das Gebäude verlassen, als er unerwartet von einem Geräusch abgehalten wurde. Es klang wie ein Stöhnen und schien aus dem Keller zu kommen. Rasch schob er den Tisch zur Seite und öffnete die Kellerluke, die in den Boden eingelassen war. Beißender Qualm strömte ihm auch aus diesem Teil des Hauses entgegen. Er stieg die Holzstufen hinab und rief: »Ist da unten jemand?«

Ein Rascheln und eine schwache Stimme antwortete: »Komm nicht näher, guter Mann.« In diesem Moment sah er im Schein des Talglichtes das Weib auf dem Strohlager. Ein einziger Blick genügte ihm, um zu wissen, warum Jaspars Weib hier unten lag. Entsetzt trat er einen Schritt zurück. Dabei stand er Marie auf den Füßen, die neugierig herangeeilt war. Er hatte sie nicht kommen gehört.

»Musst du schon wieder hinter mir herrennen?«, zischte er leise und befahl ihr zugleich: »Geh zurück, so weit dich deine Beine tragen! Ich mach das allein, und fass ja nichts an!«

Aber Marie rührte sich nicht. Lähmendes Entsetzen hatte sie an die Stelle gebannt. Das Weib auf dem schmutzigen Strohlager fieberte stark, sie schien sehr abgemagert und ihr Gesicht war von schwarzroten Pusteln übersät. Im Arm hielt sie eines der beiden Mädchen. Es hatte die Hände unter das Köpfchen geschoben, als schliefe es ruhig. Tönnjes zerstörte das friedliche Bild jedoch sofort. »Das Kind hat es nicht überstanden«, bemerkte er trocken. Suchend blickte er sich um. »Wo ist die Schwester?«

»Hier Vater!« Marie hatte das andere Kind entdeckt. Wimmernd hatte es sich in einer Holztruhe versteckt.

»Vater, der Jaspar wollte doch nicht etwa ohne sein Weib und seine Kinder weggehen?« Ein Hustenschwall unterbrach sie, und Tönnjes schob sie hastig von dem Kind weg. »Es ist die Pest. Bist du verrückt geworden? Verlass sofort den Keller!«, befahl er ihr.

»Aber wir können sie nicht den Flammen überlassen.«

»Sie sind schon fast in Gottes Reich! Wir müssen raus hier!«, brüllte er fast unmenschlich und prügelte mit den Fäusten auf Marie ein, bis sie vor ihm die Treppe hinauf floh. Das Feuer fraß sich bereits durch die zweite Stube. Ein lichterloh brennender Holzbalken krachte aus dem Gebälk vor Maries Füße. Sie schrie auf, bekam einen Stoß in den Rücken und stolperte durch die Tür ins Freie. Der Vater hastete hinter ihr her. Dann sah sie, wie er kurz vor der rettenden Tür kehrt machte und in das Feuer zurücklief. Sie sah seine gebückte Gestalt gegen brennende Balken und glühendes Stroh ankämpfen. Als er hinter der Feuerwand verschwand, schrie sie laut auf und wollte sich in ihrer Verzweiflung erneut in die brennende Hölle stürzen. Da wurde sie roh von hinten gepackt. Sie spürte zwei Arme, die sich wie ein eiserner Ring um ihren Brustkorb spannten und blickte erschrocken in Jaspars Gesicht.

»Lauf nicht hinein, Melchior. Man wirft sein Leben nicht einfach weg. Was scheren dich die anderen. Niemand kann ihnen mehr helfen. Es ist Gottes Wille. Lass ihn sein Werk vollenden«, flüsterte er. »Komm mit uns. Der Schwedentross hat bereits den Schiffgraben überquert. Es wird nicht mehr lange dauern und sie sind hier und werden nicht nur meinen Hof niederbrennen.«

Verstört, mit weit aufgerissenen Augen, unfähig, etwas zu erwidern, vernahm Marie die Worte aus seinem Mund. Jaspar wirkte auf sie wie eine Erscheinung, wie ein böser Engel. Ihr erster Gedanke war, sich ihm zu erkennen zu geben. Dann dachte sie daran, ihn zu töten. Sie brauchte nur die Waffe zu ziehen und dem Mörder durch den Kopf schießen. Aber sie war unfähig sich zu rühren, lauschte nur dem Klopfen seines Herzens, während es in ihrem Kopf rumorte. Warum will er mir das Leben retten. Warum? Er ist ein Mörder. Ein Druck von seinem Arm und ich bin tot. Warum drückt er nicht zu? Doch nichts geschah und nichts an ihm verriet, dass er Verdacht geschöpft haben könnte. So musste sie annehmen, dass er den Brand den Schweden zuschob und verspürte etwas Erleichterung.

Auf einmal geschah ein Wunder. In dem lichterloh brennenden Rahmen erschien Tönnjes. Über seiner Schulter baumelte bäuchlings Jaspars Eheweib. An der Hand schleifte er einen leblosen Kinderkörper ins Freie. Das Wams klebte verbrannt an seinem Oberkörper und die Hose hing ihm in Fetzen. Er schwankte und schaffte es gerade bis zum Brunnen. Dann brach er zusammen, hustete und übergab sich. Diesen Augenblick nutzte Marie, um sich aus Jaspars Umklammerung zu befreien. Sie verschwendete keinen Gedanken mehr an den Mörder, der sie soeben davon abgehalten hatte, in den Tod zu laufen. Für sie existierte nur noch ihr Vater, der sich in verbrannter Asche wälzte und sich ins Leben zurückröchelte.

»Vaaater!«, schrie sie und vergaß, dass sie sein Trossbube war. Mit einem Sprung war sie bei ihm. Glücklich warf sie sich über ihn, strich ihm über die rußigen Wangen, streichelte das versengte Haar und küsste die aufgeplatzten Lippen. Dabei vergaß sie die Bauern, die sie jetzt neugierig umstanden. Erst als Tönnjes sich mühsam erhob und sich aus dem Ledereimer das Wasser über den Schädel goss, bemerkte sie Elias Anspach und Hinrich, Jaspars Bruder. Sie standen etwas betreten hinter ihr und wechselten irritierte Blicke. Der seltsame Ausbruch des jungen Melchior schien sie sichtlich zu verwirren.

Hinrich fand als Erster die Worte wieder. »Du bist ein tapferer Mann«, sagte er. »Ich habe gesehen, wie du ins Haus gelaufen bist.«

»Ihr tut mir unrecht«, entgegnete Tönnjes beschämt. Es war nicht zu erkennen, was hinter seiner Stirn vorging. Stattdessen beugte er sich rasch über den Brunnen, um den Eimer erneut mit Wasser zu füllen.

Inzwischen schlich sich Marie neugierig zu Jaspars Weib, die ganz ruhig im Staub neben dem Brunnen lag. Sie hatte ihre Hand noch nicht ganz ausgestreckt, als sie energisch am Wams zurückgezogen wurde.

»Berühre sie nicht! Es könnte dein Tod sein.«

Erschrocken wich sie ein paar Schritte zur Seite. »Aber wir können sie doch nicht hier liegen lassen?« Fragend starrte sie zuerst auf Hinrich, dann auf das Weib, dessen einziger Hinweis auf Leben ihre Finger waren, die nach ihrer Tochter suchend den Sand abtasteten. Das Mädchen, nach dem sie suchte, lag wenige Meter von ihr entfernt. Es war erstickt. Marie bemerkte es und blitzte Hinrich herausfordernd an: »Es ist deine Schwägerin, Hinrich.«

»Und was bist du? Ein Bursche, der wie ein Weib flennt. Die beiden haben die Pest. Wahrscheinlich von dem Schwedenpack.« Er senkte den Blick zur Erde, um seinen Hass auf die Schweden vor ihr zu verbergen.

Verzweifelt suchte sie Hilfe beim Vater und wartete darauf, dass er etwas sagte. Doch Tönnjes rührte sich nicht. Gestützt auf den Brunnenrand stierte er auf die Flammenhölle, die die Dorfbewohner nun vergeblich versuchten mit Gefäßen und Eimern zu löschen.

»Wo ist überhaupt Jaspar, gerade habe ich ihn noch gesehen.« Suchend blickte sich Marie um.

Da kam ihr Elias zu Hilfe. »Jaspar ist bereits auf dem Weg nach Hannover. Ich vergebe meinem

Schwager. Er hat das Schicksal seiner Familie in Gottes Hände gelegt. Vielleicht wollte Dorothea es so. Denn die Flammen hätten nichts hinterlassen. So aber müssen wir uns jetzt nicht nur vor den Schweden, sondern vor einem weitaus schlimmeren Feind fürchten, der Pest.« Wie eine Anklage kam dieser Vorwurf aus seinem Mund, während sich auf seinem Gesicht die Angst vor der verheerenden Seuche widerspiegelte.

Dann stapften die beiden steif zu ihren Gäulen. Als Hinrich im Sattel saß, wendete er noch einmal das Pferd und sagte: »Der rote Hahn hat sein Werk vollendet. Wer immer auch den Hof angesteckt hat, er zeigt uns, dass wir uns beeilen müssen, unser Leben und unser aller Habe zu retten.«

∽✲✦

Wenige Stunden später sah man zwei Reiter westlich der Lüneburger Landwehr in Richtung Hannover galoppieren. Der erste kämpfte bei jedem Galoppsprung, den das Pferd machte, mit den Töpfen und Pfannen am Sattel, und murrte zeitweise ärgerlich vor sich hin, weil er kein Packpferd hatte auftreiben können. Das kleinere, zweite Pferd war so schwer behangen, dass sein Reiter mit den Felldecken und Beuteln aussah wie ein Trommler zwischen zwei mächtigen Pauken. Sein Pferd kam nur langsam vorwärts und das fuchsfarbene Fell war so verschmiert und nass, dass es aussah, als hätte es gerade im Tintengraben gebadet. Als die Giebel des Zollturmes Sturendieb zwischen den Bäumen hindurchschimmerten, zügelte der erste Reiter sein Pferd. Er atmete die Waldluft tief ein und lächelte dann. Bis hierher war ihnen der Herrgott wohlgesonnen und hatte sie unbeschadet ihres Wegs ziehen lassen. Nur wenige Meilen noch und das rettende Ziel Hannover lag vor ihnen.

# IV

ZWEI JAHRE WAREN inzwischen vergangen. Jahre, in denen unsere Helden zwischen die Kriegsereignisse der Stadt Hannover gerieten, ohne jedoch jemals einer ernsthaften Gefahr ausgesetzt zu sein. Denn als im Herbst 1632 Pappenheim den Stadträten in einem Drohbrief ankündigte, die Stadt anzugreifen, sorgte der Stadtkommandant angesichts dieser großen Gefahr rasch dafür, dass die Gärten vor der Stadt geräumt, die Batterien auf dem Stadtwall in Ordnung gebracht und vier Kompanien Hilfstruppen aus Wolfenbüttel zur Verteidigung herangezogen wurden. Doch ein Schutzengel wandte die Gefahr von der Stadt ab und berief Pappenheim im November nach Sachsen zur Lützener Schlacht. Seitdem blieben die Stadträte wachsam und sorgten für eine noch stärkere Befestigung der Stadtmauer. Unabhängig davon litt die Stadt unter Einquartierungslasten und einer daraus resultierenden wirtschaftlichen Not. Im folgenden Jahr im Juni besiegten die Lüneburger und Braunschweiger Truppen unter Herzog Georgs Führung die Kaiserlichen bei Stadtoldendorf und Hameln. Die ligistischen Truppen unter Graf Waldeck rückten daraufhin 1634 gegen das Hildesheimer Besatzungsheer vor und gerieten bei dem Ort Heisede in das Artilleriefeuer des Obristen von Uslar. Aus Rache steckten die ligistischen Landsknechte den Ort Heilsede an, worauf sich vor Gleidingen ein blutiger Kampf entspannte. Letztendlich musste der Feind kapitulieren und nur wenige der Flüchtenden retteten sich auf die Pinkenburg. Tausende fanden ihren Tod im Moor. Auf den Wällen aber führten die Bürger derweil ein wildes Landsknechtleben. Sie waren der rohen Soldateska in allem gleich. Ihnen stand der Sinn nach Völlerei, Fressen und Saufen. Anstand und Sitte waren längst lächerlicher Hoffahrt gewichen. Patrizier kämpften für das krause Haar der Frauen und Töchter oder stritten sich um den Prunk eines Leichenlakens. Aus ehrbaren Bürgern und Bauern waren Landzwinger, Wegelagerer und Straßenräuber geworden, die auf eigene Faust, bald im Kampf, bald im Bunde mit verwilderten Landleuten, ihr unheimliches Gewerbe betrieben.

Inmitten dieser Kriegswirren häuften sich plötzlich vor der Stadt eine Reihe seltsamer Morde, die so gar nichts mit den kriegerischen Auseinandersetzungen gemein hatten. So auch an jenem Augusttag des Jahres 1634, als ein Wagen, gezogen von zwei schweren Friesen und bepackt mit allerlei Waren, vor der Fuhrmannsschänke ›Zum weißen Kreuz‹ anhielt. Das Fuhrwerk erregte sogleich die allgemeine Aufmerksamkeit unter den Fuhrleuten, die mit ihren mit Torf und Holz beladenen Ochsenkarren schon lange kein so prächtiges Gespann zu Gesicht bekommen hatten. Der Mann, der staubbedeckt vom Bock sprang, übergab den herbeieilenden

Knechten die Zügel und sagte: »Achtet auf meine Waren und tränkt mir die Pferde gut. Ich habe noch eine weite Reise vor mir.«

Währenddessen verließ eine Gruppe Fuhrleute das Wirtshaus. Neugierig blieben sie stehen und bestaunten die muskulösen Gäule.

»Du bist leichtsinnig, Fremder, so ohne jeden Schutz durch Hannovers Gärten zu fahren«, sagte einer von ihnen und kam in freundschaftlicher Absicht näher. Es war schwer auszumachen, ob er ein Bauer, ein Landsknecht oder ein Patrizier aus der Stadt war, da seine Gestalt von einem weiten, dunklen Mantel fast völlig umhüllt wurde. In den Händen hielt er eine sechzehn Millimeter Laufkaliber-muskete, auf der ein mit Steinen besetztes Luntenschloss saß. Das Gesicht des Mannes wurde bis auf das energische Kinn von einem Hut mit breiter Krempe und einer buschigen Feder verdeckt.

Dem Fremden war es in seiner Nähe unangenehm und er versuchte, ihm auszuweichen, indem er geschäftig um den Wagen herumlief. Aber was er auch tat, der andere folgte ihm.

»Bist du aus dieser Gegend?«, fragte er den Mann, um Zeit zu gewinnen und heftete seine Augen auf das tief herabhängende Dach der Fuhrmannschänke.

»Wohl Fremder bin ich, und wohin führt dich dein Weg?«

»Ich bin auf dem Weg nach Hamburg. Habe in Hannover Geschäfte mit Tabak gemacht. Vielleicht meint es das Glück heute gut mit mir und ich bekomme mein Hengstfohlen noch an den Mann. Dann werde ich guten Mutes Heimwärts ziehen«, antwortete er und wies auf den am Ende des Wagens angebundenen schwarzen Jährling.

Ein zweiter Mann hatte die Worte gehört. Er ließ den Huf seines Pferdes los, den er gerade auf Steine überprüfte, und kam neugierig näher. Auch er war fast vollständig von einem Reisemantel umhüllt. Lediglich den Hut hatte er abgenommen. Was er aber besser nicht getan hätte, denn er besaß ein so grobes, von Narben entstelltes Gesicht, dass selbst das verunglückte Grinsen, das er aufsetzte, ihn nicht sympathischer machte. »Ihr habt aber Mut, Fremder, ohne Schutz zu reisen, bei so einer weiten Wegstrecke«, stellte er fest, rüttelte an den Wagenrädern und prüfte mit Kennermiene das Geschirr.

Der Fremde sehnte sich nach einer Kanne Bier und einer kräftigen Mahlzeit. Sehnsüchtig wanderte sein Blick zu den Holzfloskeln am Einfahrtstor. Das Holzbrett darüber, auf dem mit ungelenken Zügen ›Steuerndieb‹ stand, hing schief und war bereit, hinunterzufallen. Das Tor stand offen und gab einen Einblick vom Vorschauer in die Diele. Derbe Flüche, zotige Sprüche, Weibergekreische und Schalmaienklänge drangen bis auf den Hof hinaus und bekräftigten seinen Entschluss, einzutreten. Aber er wollte nicht unhöflich sein und antwortete: »Ich danke Euch, meine Herren, für Eure Sorge. Aber bisher hat der Herrgott mich begleitet und mich gut beschützt.«

Der erste Mann ergriff nun wieder das Wort und lüftete ein wenig den Hut. »So etwas kann sich schnell ändern.« Schon eine geraume Weile beäugte er intensiv die Friesen. Plötzlich fasste er dem Handpferd in die dichte Mähne und sagte: »Du hast viel zu auffällige Gäule vor dem Wagen, Fremder. Das könnte Neid erwecken. Viele Leute haben nichts mehr zu fressen, und in den Gärten der Eilenriede lauern die Räuber. Schon mal etwas vom Räuberhauptmann Hänschen von Rode gehört?«

Der Fremde verneinte. Er spürte, dass man ihm Angst machen wollte und so drängte es ihn jetzt mehr denn je in das Wirtshaus.

»Das ist ein edler Räuber aus Hannover. Der fackelt nicht lange, sondern setzt dir den roten Hahn auf den Wagen und schießt dir ein Loch in den Kopf. Baff!« Der Mann grinste und machte eine Bewegung mit der Hand, als zielte er wie zum Spaß mit einer Flinte auf seinen Rücken, während der andere ihn am Ärmel festhielt und fragte: »Wie wäre es, wenn wir dich begleiten, Fremder? Wir haben gerade nichts anderes vor, unsere Geschäfte sind erledigt.«

Doch der Fremde schüttelte die Hand ab wie eine lästige Fliege, lächelte, als wollte er sich dafür entschuldigen, dass er es eilig hatte, und sagte: »Verzeihen Sie, meine Herren, aber ich werde im Wirtshaus erwartet.« Dann ließ er die beiden Schelme mit verdutzten Gesichtern stehen und trat rasch durch die Diele in die Wirtsstube. Auf der Schwelle hielt er inne und versuchte, sich in dem spärlich beleuchteten Raum zurechtzufinden. Dabei wehrte er unwillig zwei neugierige Ziegen ab, die sich bei seinem Eintritt mit lautem Gemecker auf seine Stiefelschäfte stürzten. Ärgerlich trat er mit dem Fuß nach dem allzu ehrgeizigen Ziegenbock. Der Bock ließ es sich nicht gefallen und parierte mit einer Attacke. Er scharrte mit den Hufen, senkte den Kopf mit dem kräftigen Gehörn und versperrte ihm meckernd den Weg. Als er einen Schritt nach vorn machte, stürmte das Tier wütend auf ihn los. Um ein Haar wäre ihm das spitze Gehörn in den Oberschenkel gefahren, hätte nicht ein gezielter Blattschuss den Bock zu Boden gestreckt. Das Geschoss durchbohrte das Tier noch im Sprung. Schwer getroffen fiel es auf die Dielenbretter, wo es sich noch einmal streckte, wie verwundert die Schnauze öffnete und dann in seinem Blute verschied. Erschrocken schaute der Fremde sich um und war nicht überrascht, die ihm bereits bekannte Stimme zu vernehmen: »Siehst du Fremder, Gefahren lauern überall. Du solltest ruhig unser Angebot noch einmal überdenken.«

Die Verblüffung stand ihm ins Gesicht geschrieben. Denn sein Herz schlug für den armen Ziegenbock. Deshalb sah er nur verächtlich auf den noch rauchenden Lauf in der Hand des Mannes und antwortete verärgert: »Ihr hättet das Tier nicht gleich töten müssen. Ich wäre schon mit ihm fertig geworden.«

Der Schütze schien daraufhin einzusehen, dass es keinen Sinn ergab, weiter auf ihn einzudringen. Er ließ die Flinte unter dem Mantel verschwinden, zuckte mit den Schultern und antwortete leise: »Ich denke, Ihr seid mir etwas schuldig. Um den Bock ist es nicht schade. Aber lasst Euch sagen, Fremder, es ist nicht gut, die Hilfe von Freunden zurückzuweisen.« Dann trollte er sich mit steifen Schritten zum Ausgang.

Jetzt erst bemerkte der Fremde, dass er von mehreren Augenpaaren beobachtet wurde. In der Wirtsstube herrschte nach dem Schuss Totenstille, während zuvor reichlich Weiberfleisch zwischen den Tischen umherschwirrte, der Spielmann seine Laute spielte, die Fuhrleute derbe Witze rissen und die Landsknechte sich beim Glücksspiel und Wettsaufen überboten. Lediglich das Feuer der offenen Feuerstelle prasselte leise unter dem Kessel. Anspannung knisterte im Raum. Doch nicht der Tod des Ziegenbockes war dafür verantwortlich. Eher hatte er das Empfinden, Angst hielt die Leute davon ab, den Schützen zur Rechenschaft zu ziehen. Aber bevor er sich weitere Gedanken machen konnte, warum niemand eingegriffen hatte, wurde er von einem Mann in einem grünen Rock an den Tisch neben der Feuerstelle gewunken. Er vergaß die seltsame Begebenheit und eilte mit ausgebreiteten Armen auf den Mann zu.

»Mein Freund!«, rief er, »wie freue ich mich, Euch wiederzusehen.« Im gleichen Atemzug verbeugte er sich artig vor der Jungfer, die sich vom Tisch erhob und ihm lachend die Hände entgegenstreckte. »Ich bin wie immer geblendet von Eurem Liebreiz, Jungfer.« Er küsste ihre Hand und verschlang sie dabei mit den Augen.

Es waren Tönnjes und seine Tochter, denen wir in der Fuhrmannsschänke wieder begegnen. Aus Melchior war Marie geworden, mit Haaren, die längst zu ihrer ursprünglichen Länge nachgewachsen waren. Zu einem dicken Zopf gebunden, hingen sie ihren Rücken herab und glänzten bei jeder Bewegung wie feuchtes Ebenholz. Mittlerweile zwanzig Jahre alt, gab es nichts mehr an ihr, was sich noch zur Frau hätte entwickeln müssen. Ihre Brüste waren hart und stramm und ihre Schenkel wohl gerundet. Das Gesicht hatte die kindliche Rundlichkeit verloren, die es ihr noch vor zwei Jahren gestattet hatte, als Bursche durch die Welt zu ziehen. Sie war in eine aparte Persönlichkeit mit einer eigenwilligen Schönheit hineingewachsen, mit freundlichen, dunkelbraunen Augen, weich geschwungenen Lippen und zwei Wangengrübchen, die sich zeigten, wenn sie lächelte. Dann strich ihre Zunge schlangenschnell über die vollen Lippen und der Fremde, den sie erfreut mit Onkel Hans anredete, träumte davon, diesen Mund zu küssen.

»Wir kennen uns nun schon ganze zwei Jahr, Curd. Du weißt, dass mir deine Tochter ans Herz gewachsen ist. Wie gern würde ich sie zu meinem

Weibe machen, bevor es ein anderer tut«, sagte er und blinzelte Tönnjes dabei schelmisch zu. Er war kein Mann von großen Worten, eine Eigenschaft, die Tönnjes an ihm schätzte. Den Tabakhändler hatte er gleich nach ihrer Ankunft in Hannover kennengelernt und es mit seiner Hilfe geschafft, einen kleinen Bierhandel aufzubauen, der ihm ein gutes Auskommen einbrachte. Der Tabak und sein Bier fanden bei der Soldateska auf der Neustadt einen reichlichen Absatz. Es störte ihn nicht, dass Hans fast genauso alt war wie er. Zu gern hätte er dem ehrlichen Mann seine Tochter zur Frau gegeben. Lediglich die Vorstellung, dass ihm ein Bauernsohn lieber wäre, weil er immer noch vom eigenen Hof träumte, hielt ihn davon ab, seine Zustimmung zu geben.

»Ach, Freund«, entgegnete er wie des Öfteren zuvor, »wärst du doch nur ein Landmann und kein Krämer, dann würde mir die Entscheidung leichter fallen. Auch ist dir sicher nicht entgangen, dass sie Pfeffer im Arsch hat wie meine junge Stute und noch eingeritten werden muss. Mit der Flinte kann sie besser umgehen als ein Mann. Glaubst du wirklich, dass sie dir eine gute Hausfrau wäre? Lass ihr noch ein bisschen Zeit, bevor du sie an die Kandare legst, und lass uns lieber über dein Hengstfohlen verhandeln. Dafür wäre ich eher bereit, den Handschlag zu geben.«

Hans nahm sein Barett vom Kopf und legte es neben sich auf den Tisch. Er hatte schulterlanges, schon leicht ergrautes Haar, und seine Stirn zierte eine gezackte Narbe. Sie stammte von einem Schwertstreich aus seiner Zeit als Soldat. »Hm«, machte er, während Marie ihn unschuldig auf die Wange küsste und geschmeichelt kicherte.

»Vater, ich gehe die Pferde tränken.« Wie ein Reh lief sie an ihm vorbei zur Tür. Sie trug ein dunkelrotes Kleid mit einem weißen Spitzenkragen unter einem dunkelbraunen Wams mit einem Koller, in dem ein Messer und eine Pistole steckte.

»Du machst noch ein Mannweib aus ihr, Curd«, sagte Hans und blickte ihr schmunzelnd hinterher. »Wie eine Räuberbraut sieht sie aus. Aber muss sie denn unbedingt Pistolen tragen? Seit Herzog Georgs Herrschaft treiben sich immer weniger schwedische Landsknechte umher. Außerdem hat der Herzog begonnen, die Neustadt zu befestigen. Wozu die übergroße Sorge?«

»Das Holz ist heimtückisch, mein Freund«, seufzte Tönnjes. »So mancher Schelm hat im Wald an der Heerstraße sein Zuhause und wartet gemeinsam mit den Wölfen auf fette Beute. Auch du solltest nicht immer so arglos durch die Welt reisen.«

»Eine Begleitung durch die Stadtknechte, Curd, sind unnötige Kosten. Ich vertraue auf Gott und den Rechtschaffenen auf dieser Erde hat er schon allemal geholfen. Du kannst mir ja deinen Hund leihen«, antwortete er und wies scherzhaft auf den großen grauen Bullenbeißer an Tönnjes Seite.

»Um Gottes willen, Bojan gehört Marie. Um nichts auf der Welt würde sie sich von ihm trennen. Was willst du denn für den Hengst haben?«, kam er jetzt zum Geschäftlichen. »Ich würde dir zwanzig Taler geben. Das wäre er mir wert. Gesund ist er, oder?«

»Mein Freund, meine Stute bürgt für seine Gesundheit. Sie hat die fetteste Biestmilch weit und breit. Er ist jetzt schon fast ein Jahr und sie säugt ihn immer noch.«

»Deine Hand darauf«, sagte Tönnjes und hielt ihm die breite Pranke über den Tisch. Hans biss noch einmal kräftig von der Wurst ab, die auf dem Teller vor ihm gelegen hatte, und hob dann den Krug mit dem Bier, rülpste und prostete ihm zu: »Auf unser Geschäft, mein Freund!«

Tönnjes' Augen leuchteten. Er sah bereits den Meierhof vor sich mit grünen Wiesen, auf denen sich prächtige Friesen tummelten. Sah ihre lockigen Mähnen im Winde wehen und hörte die Erde unter ihren kraftvollen Hufen beben.

Inzwischen stand Marie bei den Pferden. Sie hatte ihnen mithilfe der Knechte das Kummet abgenommen und die Lanken von den Schwengeln gelöst, sodass die Pferde frei aus den Eimern vor ihnen saufen konnten. Nachdenklich sah sie ihnen zu, wie sie mit den Lippen im Wasser spielten, bevor sie mit kräftigen Zügen das Gefäß leer schlürften. Heimlich, ohne dass es jemand bemerkte, lenkte sie die Blicke zu den Wagen und Pferden unter dem Vorschauer. Irgendwie wollte ihr der Schütze, der den Ziegenbock erschossen hatte, nicht aus dem Kopf.

Sie wurde das Gefühl nicht los, dass er sich absichtlich im Hintergrund gehalten hatte. Keiner von den Fuhrleuten hätte einfach so durch die Tür auf den Ziegenbock geschossen. So etwas brachte nur ein Soldat oder ein fremder Landsknecht fertig. Sie sah sich nach dem Hund um. Aber Bojan war ihr nicht gefolgt, und so wagte sie sich nicht vom Hof. Nachdenklich und mit einer seltsamen Vorahnung lief sie zurück in das Wirtshaus.

»Onkel Hans, Ihr solltet heute nicht weiterreisen, oder zumindest unser Angebot annehmen, Euch durch das Holz zu begleiten. Vertraut dem Gespür eines Weibes, bitte«, warnte sie Hans, nahm seine Hände und sah ihm flehentlich in die grauen Augen.

»Siehst du, so sind die Weiber«, grunzte Tönnjes und biss herzhaft in das Fladenbrot in seiner Hand. »Wenn es ums Heiraten geht, laufen sie schneller weg als ein Hase. Aber irgendwann kommen sie dann reumütig zurück und schüren erneut das Feuer.« Tönnjes wischte sich den Mund ab. »Gibt es überhaupt eine Erklärung für die Seele einer Frau?«

Der Fremde seufzte tief. Aus einer Ecke im Wirtshaus ertönte wehmütiger Schalmaiengesang. »Es ist wirklich kompliziert mit ihr.«

»Wer in der Liebe nach dem Warum fragt, bekommt nie eine Antwort«, sagte Marie. Sie lachte ihn an. Ihre Grübchen tanzten auf den Wangen, ihre dunkelbraunen Augen blitzten. Doch dann verdüsterte ein Schatten das Leuchten auf ihrem Gesicht.

»Ihr schweigt? Nehmt Ihr meinen Vorschlag nun an, Onkel Hans?«, fragte sie ihn noch einmal.

»Nein, mein schönes Kind«, antwortete er, kaute nachdenklich an den Nägeln und versetzte Marie in Staunen. Er sah die Knospen durch den Stoff ihrer Bluse, dachte: Sie macht mich wahnsinnig. Während sein Mund etwas anderes sagte: »Dein Angebot, Jungfer Marie, ehrt mich, aber ich will Euch nicht in Gefahr bringen. Soeben habe ich meinen schönen Hengst an Euren Vater verkauft und er hat mir zwanzig Taler dafür gegeben. Ich würde es mir niemals verzeihen, wenn ich Euch jetzt einem Unheil aussetzte. Ich vertraue auf Gott und die Schnelligkeit meiner Pferde. Auch kann ich sehr gut mit der Muskete umgehen. Mein Rohr hat schon so manchen Schelm umgehauen. Noch ist die Sonne nicht gänzlich untergegangen. Ich werde mich also sputen und schnell auf den Heimweg begeben. Wie ich sehe …«, er griff lächelnd nach ihrem Zopf, in dem einige Haferkörner und Strohhalme glänzten, »… sind meine Pferde gut versorgt.«

Sprach es, erhob sich und dachte wieder, mir wird das Herz stillstehen, wenn ich sie jetzt in meine Arme nehme. Dann reichte er Tönnjes den Arm, zog den Freund zu sich hinauf und umarmte ihn. »Mach's gut, alter Freund, bis zum nächsten Sommer. Bei Gott, dann sehen wir uns wieder.«

Tönnjes schluckte. Er kam sich schäbig vor, den Freund allein seines Weges ziehen zu lassen. Aber seinen Wunsch musste er respektieren. Er klopfte

Hans noch einmal auf die Schulter, während dieser Marie in den Armen hielt und sie zum Abschied auf die Wange küsste. Dann schnallte er sich den Degen um, nahm seinen Hut, zog ihn sich tief ins Gesicht und verließ das Wirtshaus. An der Tür sah ihn Marie ein letztes Mal eine Verbeugung andeuten und lächelnd das Barett mit der Feder schwenken.

»Du hättest ihn halten sollen, Vater. Es lag in deinen Händen. Wir lassen ihn mit zwanzig Talern in den Tod ziehen.«

»Es ist sein Wille. Ich habe den Hengst. Er hat die Taler und Gott, der ihn beschützt«, brummte Tönnjes. »Aber ich werde wahnsinnig, wenn ihm etwas passiert.«

❧

Der Fremde lenkte seinen Wagen in der sich schnell ausbreitenden Dunkelheit in einiger Entfernung an seinen Verfolgern vorbei, ohne sie zu sehen. Seit geraumer Zeit spürte er, dass er beobachtet wurde. Er stieß einen derben Fluch aus und kramte nach seiner Waffe. Seit Stunden lag sie griffbereit neben ihm. Denn vereinzelt streiften noch versprengte Schweden oder Kaiserliche umher, die jetzt lieber einen Kaufmann töteten als den Soldaten aus dem feindlichen Lager. Als er das erste Mal bemerkt hatte, dass es verfolgt wurde, änderte er den Weg und vermied es, anzuhalten. Doch der Abstand zu seinen Verfolgern verringerte sich, denn die taten etwas, womit er nicht gerechnet hatte. Sie fingen sich kurzerhand mit dem Halfter frische Pferde von den Wiesen und kamen so schneller vorwärts als er mit seinen müden, stolpernden Gäulen. Es waren zwei wilde Gesellen und es dünkte ihm, dass es die beiden vom Weißen Kreuz waren. Mehrmals hatte er ihre Schatten zwischen den Bäumen dahinjagen sehen. Sie belauerten ihn, gewährten ihm Vorsprung, beobachteten ihn und umkreisten ihn wie hungrige Wölfe. Sie spielten ein Spiel mit ihm, wollten ihn wie einen Hasen hetzen, ihn mürbe und ängstlich machen, bis er einen Fehler beging. Vor ihm lag jetzt die Eseler Heide. Es war nur noch eine kurze Meile bis zur Zollstation in Mellendorf und er nahm sich fest vor, sich von da aus bis zur Landesgrenze von den Stadtknechten begleiten zu lassen. Bei dem Gedanken schickte er wie zur Entschuldigung, weil er die Hilfe des Freundes ausgeschlagen hatte, einen Blick hinauf zum Himmel und flüsterte mit bebenden Lippen: »Lieber Gott, der du deine Hand schützend über mich hältst, vergib mir meine Torheit. Ich habe mich dir allein anvertraut, mein Leben ganz allein in deine so allmächtigen Hände gelegt, nun lass mich nicht allein.« Gleichzeitig schwang er die Peitsche und ließ den Lederriemen im Bogen über die breiten Rücken der Gäule klatschen.

Den Friesen klebte das verschmutzte Fell schweißnass am Körper. Schaumspritzer bedeckten ihre Nüstern und Flanken. Ihre Hufe berührten kaum den Boden, während sie mit dem heftig schaukelnden Wagen im Rücken durch die Heide jagten. Der Mann auf dem Bock versuchte breitbeinig mit vornüber geneigtem Oberkörper das Gleichgewicht zu halten.

Dabei stemmte er die Stiefel fest gegen das Holz. Er hatte das Leinenende am Bock befestigt, um den Wagen in der Spur zu halten und behielt vorsichtshalber die Muskete schussbereit in den Händen. Während er mit den Augen das Unterholz absuchte, dachte er an Marie, an ihr Lächeln, an ihr weißes Fleisch und die zarten Brüste unter ihrer Bluse.

Irgendwann waren die Schatten verschwunden und auch seine Angst. Erleichtert blickte er sich in der Dunkelheit um und ließ sich dann, als er nichts Verdächtiges mehr wahrnam, auf das Fell unter sich fallen, streckte die Füße von sich, brüllte kurz »Ho!« und lockerte langsam die Leinen.

Gehorsam gingen die Gäule in den Trab über. Der Planwagen schaukelte wieder gemächlich in der Spur, sodass er erneut Zeit fand, dankbar einen Blick zum Himmel zu schicken. Aber genau in diesem Augenblick passierte es. Urplötzlich ging ein Ruck durch das Gefährt, die Pferde scheuten, der Wagen schleuderte heftig aus der Spur und der Fremde wurde schmerzhaft an die Planken gedrückt. Die Ursache war ein einzelner Reiter, der wie aus dem Nichts aufgetaucht war und den Weg blockierte.

Vor Schreck entglitten ihm die Zügel, und während die führerlosen Pferde versuchten, dem Reiter auszuweichen, lud er mit zitternder Hand die

Muskete. Dabei traute er sich nicht aufzustehen, und zielte deshalb in der Hocke, das Gewehr an die Wange gepresst, auf den Brustkorb des Reiters, der weiterhin unbeweglich auf der Stelle verharrte. Du hältst mich nicht auf, mein Freund, dachte er, ich war ein Meisterschütze im Korps – und drückte ab. Ein lauter Knall zerriss die Stille im Gehölz, während das Gespann im Galopp an dem Reiter vorbeipreschte. Doch nichts geschah. Der fremde Reiter stand immer noch an der gleichen Stelle.

»Ich muss ihn getroffen haben. Ich habe es genau gesehen, wie die Kugel seine Brust durchschlagen hat«, murmelte er und begann erneut vor Angst zu schwitzen. Unheimlich war ihm die Situation geworden und er bereute nun bitterlich, dass er die Warnungen der Freunde in den Wind geschlagen hatte. Verwirrt und mit fahrigen Fingern zügelte er das Gespann. Als die Pferde schnaubend anhielten, sah er sich noch einmal nach der Stelle um. Nachdem er dachte, den Platz entdeckt zu haben, an dem der Reiter verharrte, glaubte er, einem Trugbild erlegen zu sein. Die Stelle, an der der Reiter gestanden hatte, war leer. So wie er aus dem Nichts aufgetaucht war, war er auch wieder verschwunden. »Teufelszeug«, entfuhr es ihm leise und er spuckte wütend aus. »Der Bursche hat sich bestimmt festgemacht. Er ist unverwundbar.« Langsam breitete sich in seiner Kehle ein trockenes Gefühl aus und das Herz pochte bis zu den Ohren, während er wieder angestrengt in die Dunkelheit lauschte.

Vorsichtig bewegte er das Luntenschloss. Dann hörte er ein knackendes Geräusch. Im nächsten Moment raschelte es neben ihm. Wie ein geölter Blitz fuhr er herum und rief: »Wer da?« Daraufhin zuckte es vor seinen Augen grell auf. Gleich darauf verspürte er einen dumpfen Schlag gegen den Kopf. Er verlor den Halt und stürzte rücklings vom Wagen. Als sein Körper den noch warmen Erdboden berührte, sah er Marie, engelhaft, in einem weißen Kleid, wie sie leichtfüßig mit ausgebreiteten Armen auf ihn zukam, er spürte ihr weiches Haar auf seiner Haut, sah ihr Lächeln und nahm es mit in sein Grab.

»Der ist hinüber«, tönte es kalt neben ihm, und eine Stiefelspitze trat roh gegen den leblosen Körper. »Ja, so enden die Leute, die aus Überheblichkeit Warnungen in den Wind schlagen.«

Der Mann, der das leise gesprochen hatte, stand über sein Opfer gebeugt und schnitt ihm zufrieden, als sei es das Selbstverständlichste der Welt, den Beutel mit den zwanzig Talern vom Gürtel. Den Leichnam ließ er achtlos neben dem Wagen am Wegrand liegen. Dann verschwand er, so lautlos wie er gekommen war, wieder in der Dunkelheit.

Am nächsten Morgen zogen ein paar Soldaten in der schwarzen Uniform der Stadtknechte neben einer kleinen Gruppe von Packpferden und Wagen die große Heerstraße entlang. Unter ihnen Tönnjes und Marie, in der Begleitung eines halbwüchsigen schwarzen Hengstfohlens und zwei mit Fässern beladenen Mauleseln. Um sicher reisen zu können, hatten sie sich der bewachten Gruppe fahrender Händler angeschlossen. Mit dem Fohlen zu reiten war nicht einfach. Es galoppierte übermütig umher und Marie hatte Mühe, es festzuhalten. Einmal sprang es wie ein Zicklein auf das Hinterteil ihres Reitpferdes, ein anderes Mal boxte es die Stute in die Seiten und versuchte, zwischen ihren Hinterbeinen zu saugen. Tönnjes sah, wie sie sich mühte, und trieb sein Pferd an ihre Seite.

Doch Marie lachte und rief ihm zu: »Sieh, Vater, es hat sich schnell getröstet und eine neue Mutter gefunden.« Dann verfinsterte sich auf einmal ihre Miene. Verlegen wich sie seinem Blick aus. »Was glaubst du, Vater«, fragte sie leise, »ob Onkel Hans sicher durch das Holz gekommen ist?«

Tönnjes zuckte mit den Schultern und meinte, um sie zu beruhigen: »Ich schätze, der alte Schelm wartet schon längst im nächsten Wirtshaus auf uns.« Wohl war ihm allerdings dabei nicht. Denn auch ihn plagte, seit sie unterwegs waren, der Gedanke, dass dem Freund etwas passiert sein könnte. Die Gefahren, denen sie ständig ausgesetzt waren, hatten sie beide empfindlich für kommendes Umheil gemacht. Deshalb folgte sein Blick öfter als sonst den noch frischen Wagenspuren in dem ausgetretenen Pfad, und seine Augen waren wachsamer als gewöhnlich auf das Gebüsch gerichtet. Auch Marie verfolgte aufmerksam das Geschehen vor sich und gab

unversehens ihrem Pferd die Sporen, als sie Hans'
Planwagen gewahrte. Sie erreichte gleichzeitig mit
den Stadtknechten das Hindernis, während der Rest
der Gruppe den ungewollten Aufenthalt zum Tränken der Pferde und Esel nutzte. Ihr Gefühl hatte sie
nicht getäuscht. Rasch band sie die Stute und das
Fohlen am Wagen fest und stürzte als Erste zu dem
Körper, der ausgestreckt auf dem Rücken neben der
Deichsel lag. Das Gesicht des Toten war ganz friedlich, als schliefe er nur. Lediglich das tiefe gezackte
Loch auf seiner Stirn und das Blut unter seinen Haaren überzeugte sie vom Gegenteil.

Leichen, ob mit Schusslöchern, abgehackten
Gliedmaßen, herausgerissenen Eingeweiden oder
geschändete Weiber waren für sie zur Alltäglich-
keit geworden. Dinge, an die sie sich längst gewöhnt
hatte und mit denen sie tagtäglich leben musste.
Deshalb war ihr der Schmerz, den sie beim Anblick
des getöteten Freundes empfand, nicht anzusehen.
Mit einem eher ausdruckslosen Gesicht beugte sie
sich über den Toten und durchsuchte als Erstes seine
Taschen, bevor sie das Ohr an seine Lippen legte,
um zu überprüfen, ob die Seele ihn schon verlassen hatte.

»Den Räubern ging es wohl um das Geld«, mutmaßte sie und sah Tönnjes fragend an, der jetzt
neben ihr kauerte.

»Ein guter Schuss. Er hat ihn exakt zwischen den
Augen erwischt. So genau treffen nur Landsknechte
oder Jäger«, stellte er fest, während er zusah, wie

einer der Stadtknechte eine Schere mit nach außen gebogenen Schneiden aus dem Beutel holte, den Schusskanal fachgerecht erweiterte und gleich darauf mit einer Zange die stark deformierte Kugel herauszog.

»Was meinst du, Vater, könnte es der Schütze aus dem Weißen Kreuz gewesen sein?« Marie sah, wie der Soldat die Kugel in die Sonne hielt und sie prüfend zwischen den Fingern drehte.

»Möglich … Aber wir können es nicht beweisen. Wir haben ihn ja nicht einmal gesehen. Uns bleibt nur noch, unseren Freund zu begraben.« Seine Stimme hörte sich in diesem Augenblick belegt an. Da drehte ihm der Soldat das Gesicht zu und Tönnjes stieß Marie heimlich an und sagte: »Tochter, siehst du auch, was ich sehe? Oder ist es ein Trugbild des Teufels?«

Auch der Stadtknecht schien überrascht und er blickte verwundert zu Tönnjes. Dann zog er langsam das Barett vom Kopf und Tönnjes entfuhr es: »Jaspar – du? Was für eine seltsame Begegnung!« Verlegen kratzte er sich am Scheitel und trat von einem Bein auf das andere.

Jaspar war älter geworden und sah gepflegter aus. Die aschblonden Haare ringelten sich zu strengen Locken onduliert über einem langen weißen Spitzenkragen. Auch die Armabschlüsse des schwarzen Kollers endeten in weißer Spitze. »Verdammt noch mal, mein alter Freund Tönnjes! Ganz Hannover habe ich nach dir abgesucht und ausgerechnet ein Toter ist es, der uns wieder zusammenführt. Wie seltsam sind doch Gottes Wege.«

Marie hatte sich wohlweißlich hinter dem Vater versteckt und überlegte, warum er ihr in der Gruppe der Stadtsoldaten nicht aufgefallen war. Jaspar umarmte Tönnjes freundschaftlich, dabei sah er ihm interessiert über die Schulter und fragte leise: »Wen versteckst du denn da vor mir hinter deinem Rücken, alter Freund? Ich dachte, diesen glutvollen Augen schon einmal begegnet zu sein?«

Tönnjes war es gar nicht recht, dass er sich für Marie interessierte. Jeder Soldat, der ein Auge auf seine Tochter warf, war für ihn eine Gefahr. »Es ist Marie, mein Kind, und du kennst sie. Aber hüte dich vor ihr. Sie kratzt wie eine Wildkatze und ihre Hand ist schneller am Abzug als der Stachel einer Wespe in deiner Haut.« Vorsichtshalber zog er es vor, sie weiterhin mit seinem breiten Rücken zu verdecken. Aber Marie trat nun keck hinter ihm hervor und sah Jaspar offen ins Gesicht. Sie steckte wie früher in Männerkleidung. Lediglich die langen Haare hingen ihr vom Wind zerzaust und wild in der Stirn, was ihren Liebreiz nur noch erhöhte.

Für einen Moment wirkte Jaspar sprachlos. Fast ein wenig verlegen verneigte er sich vor ihr, drehte den Hut umständlich zwischen den Fingern und suchte nach den richtigen Worten. Doch dann erkannte er rasch den Zusammenhang. »Melchior …?«, krächzte er heiser. »Du bist nicht etwa der Trossbub Melchior?«

Marie nickte und sagte nicht ohne ein gewisses Triumphgefühl: »Wieso siehst du mich so erstaunt an? Habe ich dir etwa als Trossbube besser gefallen?«

»Oh nein, in Gottes Namen. Ich war nur nicht darauf vorbereitet, einer solchen Rose an einem solchen Ort zu begegnen.« Jaspar hatte sich wieder gefangen und lächelte artig.

Eine seltsame Wandlung, dachte Marie und konnte sich an den herben männlichen Zügen nicht satt sehen. Was für ein schöner Mann er geworden ist, so sittsam, so ritterlich. Ich muss auf mein Herz aufpassen. Bevor jedoch diese Gedanken ganz von ihr Besitz ergriffen, loderten wieder die Feuer vor ihren Augen und sie sah Johann und den Marketender in ihrem Blute.

Tönnjes schien ihre Gedanken zu erraten und sagte an ihrer Stelle: »Melchior war immer Marie, meine Tochter. Ich musste sie schützen, deshalb hat sie mich in Männerkleidung begleitet. Das hat sie ganz gut gemacht, oder? Aber sag mir lieber, in welchem Regiment dienst du, Jaspar? Dir scheint Gott seit unserer letzten Begegnung recht gewogen zu sein. Wie ich sehen muss, geht es dir gut?«

»Ich kann nicht klagen«, antwortete Jaspar und behielt Marie im Auge. »Vor Kurzem habe ich meine wüste Hausstätte in Buchholz für sechzig Reichstaler an den Zöllner der Pinkenburg verkauft. Davon habe ich mir das Bürgerrecht in Hannover erworben und jetzt diene ich beim Rate zu Hildesheim.

Aber warum nur ist mir so viel Schönheit verborgen geblieben?«, kam er wieder auf Marie zurück. Er ergriff jetzt ihre Hand und küsste sie.

»Wir sind eben keine Stümper. Was wir machen, machen wir richtig«, knurrte Tönnjes und atmete befreit auf, als die Händler unruhig wurden und verlangten, weiterzuziehen.

Er vergaß Jaspar und begann sich eifrig nach Steinen zu bücken, wobei er Hilfe aus der Gruppe bekam, und deckte dann den Leichnam zu, bis ein kleiner Hügel über dem Toten gewachsen war. Als er zum Schluss mit ernster Miene die Muskete von Hans obenauf legte, spürte er Jaspars Hand auf seiner Schulter. »Nimm es nicht so schwer, Kamerad. So viele Leute sterben in diesem Krieg. Ich verspreche dir, den Fall an den Amtmann von Coldingen weiterzugeben, damit man sich damit befasst. Aber viel lieber würde ich unsere Freundschaft bei einem Fass Broyhan erneuern. Wenn du Lust dazu verspürst, dann findest du mich in der Schänke bei den drei steinernen Kreuzen. Und vergiss nicht, deine hübsche Tochter Marie mitzubringen.«

∽✧∽

Der Bauer kroch auf allen vieren über den Dachboden und schaufelte das Korn in den Getreideschacht. »Beeilt euch, faules Pack!«, rief er zwischendurch hinunter zu den Knechten auf der Diele, welche Säcke aufhielten, mit einem Strick aus Hanf zuban-

den und dann auf dem Rücken zum Wagen schleppten, auf dem der Großknecht sie stapelte. Der Bauer
schwitzte. Der Schweiß rann ihm in Strömen über
das pockennarbige Gesicht. Staub drang ihm durch
Nase, Augen und Mund. Er wischte mit dem Ärmel
über das Gesicht, hielt abrupt in der Bewegung inne
und lauschte. War da nicht ein entferntes Wiehern
gewesen, das in seinen Ohren klang? Es kam rasch
näher. Er konnte das Hufgetrappel bereits hören
und zählte in Gedanken die Hufschläge. Das sind
Stadtknechte, dachte er und band beunruhigt das
Tuch von der Hüfte. Umständlich wickelte er den
haarigen Stoff auseinander, der ihm als Gürtel, Beutel und Lappen zugleich diente, und wischte sich
damit den Schmutz vom Gesicht. »Meine Klepper
wittern die fremden Gäule«, grunzte er, »es müssen ihrer vier sein«, kroch zur Luke, nahm das Licht
von der Wand und kletterte ächzend die Holzstufen
hinab. Er hatte die letzte Stufe noch nicht erreicht,
als ihm gedämpftes Hufgetrappel, unterbrochen von
leisem Gemurmel, aus der Diele entgegenschlug. Er
beugte sich über das Geländer und atmete erleichtert auf, als er die Knechte sah, die nun anstelle der
Säcke die Musketen schussbereit in den Händen
hielten. Auf seine Knechte war Verlass. Und Bertram, der Vollmeier aus der List, lächelte. Er hatte
seinen Hof gegen unliebsame Fremde und Plünderer wie eine Festung gesichert.

»Lasst den Unsinn, ihr Dummköpfe«, zischte es
leise und die Gewehre senkten sich wieder. »Meldet

mich lieber dem Hausherrn.« Der Reiter, der dies gesprochen hatte, kannte sich gut aus auf dem Hof. Ohne die Meldung abzuwarten, machten er und sein Begleiter rasch die Pferde an den dafür vorgesehenen Eisenringen fest. Die Hufe der Tiere waren mit Stofffetzen umwickelt. Alles lief schnell und leise ab, so als ob eine gewisse Übung in den Handbewegungen lag und die Reiter den Bauer nicht zum ersten Mal zu so später Stunde aufsuchten.

Neugierig schlurfte Bertram näher. Ein Blick und ein Kopfnicken zur Verständigung musste genügen, da die zwei es vorzogen, aus Sicherheitsgründen ihre Namen nicht auszusprechen. Es war ausgemacht, dass sie ihn nur mit Vormund anredeten. Denn wem konnte man in dieser Zeit vertrauen, wenn selbst die Wände Ohren hatten. Sogleich lief er geschäftig um die zwei reiterlosen Pferde herum, beklopfte ihre Hälse, befühlte die Ganaschen und prüfte den Behang. Dabei schob er seinen mächtigen gewölbten Leib vor sich her und keuchte wie ein dämpfiger Klepper. Das graue, mit Staub bedeckte Haar hatte er im Nacken rasiert, das Kinn zierte ein nach oben gezwirbelter Bart. Seine Nase war das Bemerkenswerteste an ihm. Mit ihr roch er besser als jeder andere, ob er ein gutes Geschäft einging oder sich der Gefahr aussetzte, übers Ohr gehauen zu werden. Ausdrucksvoll glänzte sie in der Farbe eines blauroten Kohlrabis und war fast ebenso rund. Aber niemand sollte annehmen, dass man ihn seiner fülligen Trägheit wegen übers Ohr hauen könnte.

Seine Figur war mächtig und trotz der Leibesfülle nicht zu unterschätzen. Er konnte mit der flachen Hand einen Holzklotz durchschlagen und die Schnelligkeit seines Gewehrlaufes war bis über die Grenzen Bothfelds hinaus bekannt.

»Ich habe dich schon beim letzten Mal gewarnt, solche Pferde nicht bei mir unterzustellen. Die Klepper haben keinem Soldaten gehört«, brummte er leise und wies auf den Brand auf der Hinterbacke. »Die Gäule hast du sicher einem Patrizier abgenommen. Das Brandzeichen ist hier unbekannt. Es wird Ärger bringen.«

»Ach was! Das Gespann ist eines Fürsten wert und bringt wenigstens zwanzig Taler. Du willst nur um deinen Anteil feilschen, so wie immer. Halsabschneider. Ohne meine Gäule würdest du doch den Mist aus deinem Hühnerstall fressen«, zischte der Angesprochene leise und sah sich misstrauisch um. Danach rieb er sein Pferd mit Stroh ab, um es vom Schweiß zu befreien.

»Du klaust die Gäule nicht nur, sondern gehst neuerdings auch auf Partei, hat mir ein Vögelchen gezwitschert?« Der Bauer hatte dem Friesenhengst das Maul geöffnet und unterzog die langen gelben Zähne einer kritischen Musterung.

»Warum nicht, wenn mir fette Beute über den Weg läuft? Es sind schlechte Zeiten. Man muss sich als Bauer wehren.«

Bertram ließ von dem Hengst ab und leuchtete wortlos erst dem einen und dann dem anderen Reiter in das Gesicht. Offensichtlich traute er den beiden Gesellen nicht über den Weg, obwohl ihm der Wortführer recht gut bekannt war. Doch seitdem er bei ihm als junger Bauernbursche im Dienste gestanden hatte, schien der Teufel von ihm Besitz ergriffen zu haben. Er kannte ihn zwar seit jeher als einen unbeherrschten, rasch aufbrausenden Burschen, der sich bereits damals gern mit den Knechten herumprügelte, nicht lesen und schreiben wollte und mit dem kirchlichen Glauben nichts Rechtes im Sinn hatte. Lediglich für die Gäule, da hatte er schon immer ein Händchen. Selbst wenn so ein Gaul einmal den Doktor brauchte, war er der richtige Mann dafür. Und reiten konnte der Bursche. Schon damals klebte er wie festgewachsen auf dem bloßen Pferderücken und nichts auf der Welt hätte ihn abschütteln können. Von den Hirten erfuhr er, dass er die Pferde von den Wiesen klaute und auch Schafe und herrenlose Ochsen nicht verschmähte. Nur, was ihn in den letzten Jahren in den wilden unheimlichen Gesellen verwandelt hatte, der er heute war, würde ihm immer ein Geheimnis bleiben. Nur Gott allein wusste wohl die Antwort darauf. Das Mördergesicht des anderen passte ihm überhaupt nicht. Ohne den Kameraden hätte er nie einen Fuß auf seinen Hof setzen dürfen.

»Du solltest dich vorsehen, mein Sohn«, brummte er, wandte sich wieder dem Hengst zu und rüttelte an den klobigen Hufeisen. »Es ist immer gut, wenn die Schweden die Bauernfaust zu spüren bekommen. Lässt du aber deine unstillbare Gier an den einheimischen Landleuten aus, wird dich Gott dafür bestrafen. Noch nie hat ein Bauer seine Hand gegen Bauerngut erhoben.«

Der Mann war es leid, ihm länger zuzuhören. Er grinste schief. »Was soll das Gefasel, Vormund? Du steckst doch seit Langem bis zum Hals mit drin. Wir zwei, wir kaufen die Pferde billig und verkaufen sie wieder. Dadurch helfen wir solchen Schelmen wie dir. Also, mach endlich das Maul auf und sag, ob du die Gäule verkauft kriegst, sonst bringen wir sie zum alten Schwicheldter Stall«, drohte er ihm leise.

Der andere hatte dem Wortgeplänkel bisher still im Hintergrund zugehört. Nun kam er näher, nahm dem Bauern das Hufmesser aus der Hand und sagte: »Vormund, wir bringen die Gäule nur zu dir, weil dein Hof auf unserem Weg liegt. Außerdem, du kennst doch die Bedingungen. Was windest du dich wie eine Natter? Mein Kamerad trägt das Risiko. Wenn du weiterhin von uns die Klepper haben willst, dann schlag endlich ein. Den Broyhan bekommst du ja auch dafür.«

»Spitzbuben«, grinste der Bauer, gab sich aber noch nicht geschlagen, sondern sagte nach einer kurzen Überlegung: »Wenn ich es nicht will, werdet ihr die geklauten Gäule nicht los. Ich fordere also eine Gegenleistung. Beim Verkauf trage ich das größere Risiko. Der Käufer kann mir die Stadtknechte auf den Hals hetzen.«

»Teufel, willst du dich mit mir anlegen?« Der

Erste war jetzt aufgesprungen und stand mit gezogenem Schwert vor dem Bauern. Seine Lippen waren schmal geworden, in seinen Augen blitzte es tückisch.

Aber Bertram ließ sich nicht beirren. Schneller als es ihm die anderen zugetraut hätten, winkte er seinen Knechten, setzte eine überhebliche Miene auf und sagte ruhig: »Was willst du von mir, du Schelm?« Breit wie er war, stellte er sich vor ihm auf und schubste ihn mit dem mächtigen Bauch, mit der Gewissheit die Knechte mit den Musketen in seinem Rücken zu haben. »Mich kannst du nicht einschüchtern, mein Junge«, drohte er ihm leise. »Hast jahrelang deine Füße unter meinen Tisch gesteckt, die Tugenden des Lebens und Gottesfürchtigkeit von mir gelernt, und schließlich auch, wie man mein Weib bespringt.«

»Wozu du mich gezwungen hast, du Hurensohn«, verteidigte sich der Mann und verfolgte jede Bewegung des Bauern mit zusammengekniffenen Augen.

Der Bauer lachte dröhnend. »Es hat dir doch gefallen, zwischen ihren weißen Schenkeln. Deshalb wirst du es ihr heute Nacht noch einmal besorgen, oder ihr nehmt die Gäule wieder mit.«

»Eins drüberziehen werde ich dir.« Mit einem wütenden Flackern in den Augen holte der Mann zum Schlag aus. Allerdings sprang der andere dazwischen und parierte mit seinem Degen.

»Sei nicht dumm«, besänftigte er ihn leise durch

die gekreuzten Klingen, »es geht nur um ein Weib.«

»Potthässlich ist die Megäre«, fauchte der Beleidigte zurück. »Er will ihr selbst nicht beiliegen, weil er sich vor ihr ekelt. Aber er will Kinder und die soll ich ihm besorgen.«

»Ach, im Dunkeln sind alle Katzen grau.« Der schwere Mann senkte seinen Degen und schlug ihm freundschaftlich auf die Schulter.

»Angenommen, Bauer«, sagte er und hielt dem Vormund die Hand hin. »Aber mein Kamerad hier bekommt den größeren Part.«

»Schlag ein und ich lass Euch eine Nachricht zukommen, wenn sie verkauft sind.«

Nur unwillig legte Letzterer seine Hand auf die beiden Pranken, um den Pakt zu besiegeln. In seinem Inneren aber loderte es vor aufgestauter Wut und er schwor sich, dem Vormund diese Schmach heimzuzahlen.

༄

Sie saß mit dem Rücken gegen einen Weidenbaum gelehnt, einen Grashalm zwischen den Lippen, und sah den Pferden auf der Wiese zu. Es war einer jener letzten sonnigen Spätherbsttage. Die Sonnenstrahlen tanzten zwischen den braunen und schwarzgesprenkelten Pferdeleibern und die Hitze brachte die Luft zum Flimmern. Es roch nach feuchtem Moos, frischem Gras und Pferdeschweiß. Der Wald war erfüllt von einer ungewohnten, friedlichen Stille. Lediglich die Geräusche in ihrem Rücken, die aus Medefelds Schänke bis zu ihr drangen, störten ein wenig die sanfte Nachmittagsruhe. Manchmal konnte sie sogar Tönnjes' Stimme aus dem Gegröle der Spieler heraushören, laut und donnernd, und es bereitete ihr etwas Unbehagen, wenn sie daran dachte, wie sie sich noch vor Kurzem wegen Jaspar gestritten hatten. Sie hatte den Vater an sein Versprechen erinnert und ihn vor Jaspar gewarnt, vor allem vor dessen zwielichtigem, wandelbaren Wesen, das sie nur zu gut kannten und mit dem er sie schon zu oft getäuscht hatte. Aber Tönnjes schien seit der Begegnung mit dem Stadtsoldaten Jaspar seinen Hass begraben zu haben. Das gab ihr zu denken. Wobei es ihr schien, als ob das Würfelspiel und der Broyhan ihm immer wichtiger wurden. Hinzu kam, dass Jaspar, seit ihrer Ankunft alles unternommen hatte, um ihn zu ködern. Ein schlauer Fuchs war er. Er hatte ihn umschmeichelt, ihm ein besseres Leben vorgegaukelt und ihm geschickt das Leid dieser Welt aufgezeigt. Dabei hatte er ihn an seine Bauernehre erinnert, er solle sich endlich mit ihm gemeinsam gegen das Unrecht zur Wehr setzen, das ging so lange bis Tönnjes' Gehirn gewaschen war und er geschmeichelt einwilligte. Zur Besieglung der neu gefestigten Kameradschaft gab Jaspar ein Fass Broyhan aus.

Nun saß er bereits seit Stunden zwischen Jaspar und seinen merkwürdigen Kameraden in der ebenso seltsamen wie unheimlichen Schänke ›Zu den drei steinernen Kreuzen‹ im Eilenrieder Holz. Um dorthin zu gelangen, hatten sie einen beschwerlichen Weg durch dichtes Unterholz, vorbei an der alten Brennerei am Aegiedientor nehmen müssen. Denn der Schiffgraben, der einzige Weg, der zum Wirtshaus führte, war um diese Jahreszeit meistens verschlammt und selbst für die Flöße und Torfkähne nicht zu nutzen. Deshalb wurde dieser Ort zu einem Treffpunkt für allerlei dunkles Gesindel, und die ehemaligen Holzwächter, die hier einstmals den Holzdieben nachstellten, saßen jetzt einträchtig mit ihnen in fröhlicher Runde beim Broyhan. Das zweischiffige Forsthaus lag ebenerdig und war fast völlig von Buschwerk verdeckt. Lediglich die beiden runden Kuppeln der zwei Türme und der hohe verschnörkelte Giebel mit dem Spitzbogen schimmerten bei Sonnenschein durch die Kronen der Tannen.

»Ein Einsiedlerhaus mitten im tiefsten Wald«, hatte der Vater verwundert feststellen müssen, als sie es nach einem beschwerlichen Ritt durch das Holz endlich gefunden hatten. »Wenn das mal nicht eine versteckte Räuberburg ist?« Aber der Vater war ein mutiger Mann, der keine Furcht kannte. Sie jagten die Pferde auf die angrenzende Wiese und folgten dann mutig dem Lärm aus dem Wirtshause. Am Tor wurden sie von zwei bulligen Hunden empfangen. Mit ihrem schwarzen Fell und den großen Köpfen mit dem kurzen Lefzen sahen sie aus wie

Höllenhunde. Sie bellten laut, und je näher sie ihnen kamen, umso mehr Geifer verspritzten sie.

Als die mächtigen Muskeln sich spannten und Tönnjes Marie vorsichtshalber hinter sich schob, während er noch überlegte, ob es besser war, zu den Pferden zurückzukehren oder die Pistolen zu ziehen, erschien der Wirt im Torbogen, mit einem Lächeln im Gesicht, mit dem er sofort Maries Herz eroberte. Thomas Medefeld lud sie ein, einzutreten und geleitete insbesondere Marie sicher wie ein seltenes Kleinod an den rauen Gesellen in der Wirtsstube vorbei, bis zu einem angrenzenden Raum im hinteren Teil der Schänke. Hier brauchte sie einen Moment, um sich zu orientieren, bevor sie geblendet vom lodernden Feuer über Holzbalken und Fässer auf die Gruppe schwarz gekleideter Gestalten zustolperte. Die Männer, ihrer sechs, saßen um ein frisch angezapftes Fass Broyhan beim üblichen Würfelspiel. Im Gegensatz zu den übrigen Anwesenden verhielten sie sich schweigsam. Es sprach kaum einer von ihnen ein Wort. Lediglich das Klappern der Würfel in den Bechern zeugte von ihrer Anwesenheit. Bei ihrem Erscheinen sprang Jaspar erfreut auf, umarmte Tönnjes wie einen Bruder und beugte sich galant über Maries Hand, nicht ohne dabei ihre Gestalt mit glühenden Blicken zu verschlingen. Doch als einziges Weib in der Wirtsstube zog sie sich rasch, einer inneren Warnung folgend, in den Küchenteil zurück, während Tönnjes von den Spießgesellen in ihrer Mitte aufgenommen wurde. Obwohl ihre

Aufmerksamkeit nun von Medefelds Eheweib beansprucht wurde, die sich über die Anwesenheit einer Frau an diesem düsteren Ort herzlich freute, spürte sie manchmal Jaspars verstohlenen Blick im Rücken. Sie versuchte sich abzulenken, indem sie den aufwendig mit Spitze verarbeiteten Rock der Wirtsfrau betrachtete und überlegte, was dieses seltsame Paar wohl in die Einöde verschlagen haben könnte. Denn Medefelds Weib war ganz das Gegenteil von ihrem großen, eleganten Ehemann, klein und rundlich, mit einem offenen, etwas flachen Gesicht und mit kräftigen Armen, die sicher zupacken konnten. Am meisten faszinierte sie ihr Lachen. Anne vermochte aus vollem Halse herzlich zu lachen, und wenn sie wütend war, dann stand sie im Fluchen keinem Mann nach.

Selbst hier auf der Lichtung, allein mit dem Rauschen der Blätter und den Pferden, musste sie lächeln, wenn sie daran dachte, wie Anne gerade eben noch lauthals einen betrunkenen Torfbauern mit dem Besen aus der Tür gefegt hatte. In ihrer Gegenwart empfand sie die Umgebung längst nicht mehr so düster. Bei Anne und ihrem Ehemann spürte sie eine nie gekannte Geborgenheit, für die sie ihnen auch von ganzem Herzen dankbar war.

»Sucht Ihr oft die Einsamkeit, Jungfer Marie?«

Die Frage war so unverhofft gekommen, dass ihr vor Schreck der Handschuh entglitt, mit dem sie gerade die Hose vom Moos befreite. Sie trug gehorsam, wie der Vater ihr befohlen hatte, Männerkleidung. Diese war praktischer beim Reiten, zumal der Vater der Meinung war, dass die weiten Pluderhosen weniger von ihren weiblichen Formen preisgaben. Auf längeren Reisen griffen sie gern auf diese lieb gewordene Gewohnheit zurück.

»Oh, nein! Eigentlich nicht. Anne hatte mich zum Acker geschickt, um ein paar Rüben zum Hauser zu holen. Nun habe ich die Zeit verträumt«, stotterte sie verwirrt und erkannte erst jetzt, wer sie aus ihren Gedanken aufgeschreckt hatte. Augenblicklich sprang sie auf, legte aus alter Gewohnheit die Hand an die Waffe und funkelte Jaspar misstrauisch an.

»Dann sind es sicher Medefelds herrliche Pferde, die Eure Aufmerksamkeit beanspruchen, Jungfer Marie?«

Er stand vor ihr, lächelte unbeirrt und brachte ihr auf eine seltsame Weise Respekt entgegen. Etwas, was der Trossbube Melchior von ihm nie erfahren hatte. Das verwirrte sie noch mehr, zumal Jaspar sie mit seinen blitzenden, blauen Augen beeindruckte. Sie wollte den Feind in ihm sehen, nach dem sie so lange gesucht hatte, doch irgendwie wollte es ihr nicht recht gelingen. Hier, in der Stille des Waldes, sah sie in ihm plötzlich nicht mehr den Haudegen und Mörder. Hier war er ein ganz normaler Mensch, der lachte, mit einer Reihe blendend weißer Zähne, der sie bei der Hand nahm und sie zu einer der Stuten mit ihren Fohlen führte. Sanft lockte er das Pferd mit Kosenamen und kraulte es zwischen den Ohren, während er fast zärtlich Maries Hand auf dem weißen Fell des Fohlens ablegte. Das Fohlen nuckelte eifrig am Euter der Mutter und stieß bei jedem Zug kräftig mit dem Maul gegen die Zitzen, während der kleine buschige Schweif freudig am Hinterteil kreiste.

»Fühlt Ihr auch die Kraft und die Ruhe, die diese Pferde ausstrahlen, so wie ich sie fühle?«, fragte er und blitzte sie auffordernd an.

Sie wollte ihm mit spitzer Zunge, als Melchior, antworten, blieb jedoch Marie und sagte stattdessen, während sie den Blick verschämt auf den Boden richtete: »Ja, es sind sehr schöne Pferde und ich genieße es, ihnen beim Grasen zuzusehen.«

»Sie sind frei wie der Wind, haben Temperament und Mut wie wir und sie werden sich uns niemals beugen, deshalb müssen wir ihre Seele erkunden und sie für uns gewinnen. Es sind die schönsten Geschöpfe auf Gottes Acker«, sagte er leise, mit einer Stimme, die sie noch nicht an ihm kannte. Erstaunt sah sie zu, wie er die Stute am Hals und an der Brust kraulte, mit den Fingern behutsam durch das dichte Fell strich, die Hände rechts und links an die Ganaschen legte und ihr zärtlich in die Nüstern blies. Die Stute hatte die kleinen Ohren aufmerksam nach vorn gestellt und hielt andächtig still, so als verstände sie ihn. Er sprach mit dem Pferd in seiner Sprache und Marie schaute ihm fasziniert und sprachlos zu.

»Es sind sehr edle Pferde, König Frederiks hat

sie gezüchtet im fernen Dänemark«, redete er verträumt weiter, wobei er Marie nicht aus den Augen ließ. »Medefeld hält sie sich als Gespannpferde. Die Herren Offiziere aber bezahlen für so ein weißes Reitpferd mit schwarzen Punkten viele Taler. Sogar der schwedische Löwe, Gott hab ihn selig, hat einmal ein solches geritten. Sie sind elegant, breit, robust und intelligent, viel intelligenter als wir Menschen. Habt Ihr einmal probiert, mit ihnen zu sprechen?«

»Nein, das habe ich nicht.« Erneut war sie über das Pferdewissen und die Art, wie er mit den Tieren umging, verblüfft. Er überraschte sie immer wieder, und fast begann sie den Vater zu verstehen, warum er diesen Mann, der seinen Sohn getötet hatte, nicht längst in die Hölle geschickt hatte.

Plötzlich schnalzte er mit der Zunge, griff mit beiden Händen in die dichte Mähne und schwang sich auf den Pferderücken. Er drückte der Stute sanft die Schenkel in den Leib, schmiegte sich an den breiten Hals und als die Herde losstob, flog er zwischen dampfenden Leibern und wehenden Mähnen auf ihrem Rücken dahin. Als die kleine Herde an ihr vorbeigaloppierte, sah sie, dass er sie dabei nicht aus den Augen ließ. Dann lenkte er sicher das Pferd zurück und sprang vor ihr auf die Erde. Augenblicklich kehrte auch in die Herde die Ruhe ein. Der Wind hatte sein Gesicht gerötet, die blonden Strähnen umspielten wild seine Stirn. Er roch nach Pferdeschweiß und atmete schwer. Dann ging alles sehr schnell. Ohne dass sie sich wehren konnte, zog er sie, für sie völlig überraschend, an seine Brust, bog ihren Kopf hart nach hinten und küsste sie auf den Mund. Er flüsterte, während er ihren Hals mit wilden Küssen bedeckte: »Werde meine Konkubine, Marie. Ich bin verrückt nach dir. Wir zwei sind füreinander bestimmt, das spüre ich. Ich könnte es nicht ertragen, wenn dich ein anderer Mann freit.« Dabei lächelte er breit, aber die blauen Augen funkelten kalt. Die Augen eines Fuchses, die sich listig an das Opfer heranschleichen.

Doch Marie schnappte wie ein Fisch nach Luft und stieß ihn völlig überrumpelt von sich. »Was erdreistest du dich, Elender«, zischte sie, und wenn Tönnjes immer behauptete, in ihr stecke ein Stück Hexe, so bekam Jaspar das jetzt zu spüren. Unverhofft und schnell wie ein Blitz zuckte ihre rechte Hand hoch, das Messer beschrieb einen Bogen … und hätte Jaspar nicht ebenso schnell in das Messer gegriffen, es hätte ihm die Brust durchbohrt.

Zwischen seinen Fingern wurde es klebrig feucht, doch mit eiserner Faust hielt er ihr Handgelenk fest und knurrte verdutzt: »Teufel, kenne sich einer in den Weibern aus.« Dann kniff er wütend die Augenlider zusammen. Blut rann ihm am Ärmel hinab und färbte das Hemd rot. Die scharfe Klinge hatte seine Handfläche aufgeschnitten. Er konnte es nicht begreifen, verbiss sich den Schmerz und stöhnte: »Ich bringe dich um, Weib.« Mit blödem Blick, stierte er von dem Blut auf Marie und wieder zurück. Dann explodierte er. Die Wut in ihm bekam die Oberhand und es sah ganz so aus, als wollte er Marie die eigene Klinge in die Brust stoßen.

Die seltsame Situation, die Romantik des Augenblicks, hatte Marie kurz die Wahrheit vergessen lassen. Einen winzigen Moment lang hatte sie in Jaspar den Mann gesehen, der er nicht war, was sie nun zutiefst bereute. Denn wie er reagieren würde, wenn sich ihm jemand widersetzte, das würde er ihr nun zeigen. Er stand wie ein Baum über ihr, drückte ihr seine Faust in den Nacken und warf sie mit verzerrter Miene über einen Baumstumpf. Mit dem Knie presste er dabei ihre Beine auseinander. Er war wie toll. Hastig riss er ihr Hemd auf, umfasste ihre Brüste, riss an ihrer Hose, und verfluchte den Gürtel, der sich nicht schnell genug öffnen ließ. Dabei würgte er sie und Marie spürte das Entsetzen bis in die Därme hinein. Mitten in die Szenerie erklang das helle Stimmchen des Fohlens, und dieses noch nicht vollständig ausgereifte winzige Wiehern rettete Marie das Leben. Sie spürte, wie Jaspar von ihr abließ, und hörte ihn zerknirscht murmeln: »Ich habe getötet, aber ich habe noch nie ein Weib geschändet. Das habe ich nicht nötig.« Dann verstärkte sich der Druck in ihrem Nacken. Er griff in ihren Zopf und zog sie wieder auf die Füße. »Weißt du Luder überhaupt, was ein Mann ist?«, zischte er und knirschte mit den Zähnen.

Zur Antwort spuckte Marie ihm vor dir Füße. »Wenn er sich so benimmt wie du, dann verzichte ich darauf und gehe lieber ins Kloster.« Es drängte sie danach, ihm seine Schandtaten ins Gesicht zu schreien. Aber er kam ihr zuvor, griff ihr in ihren Kragen und zog sie nahe an sich heran. Durch das Leder des Kollers spürte sie sein Herz klopfen.

»Und wenn der Teufel es verhindert, du wirst mir gehören, sonst bringe ich dich um.«

»Dann mach es.« Marie zog das Hemd über den Brüsten zusammen, stopfte es in die Hose und sah ihn herausfordernd an. »Los, zier dich nicht. Du tötest doch gern, auch Weiber.«

An seinem Blick hatte sie längst gemerkt, dass sie den Spieß jetzt umdrehen konnte, ohne Gefahr zu laufen, dass er sie noch einmal anrühren würde. Er betrachtete sie mit schmachtenden Augen, stand vor ihr wie ein Kettenhund, dem man das Beißen verboten hatte. Sein Zorn war verraucht, er war wieder der Mann, der dem Pferdchen über die Nüstern strich, weil es ihn davor bewahrt hatte, seine heimlichen Hoffnungen mit seiner Wut zu zerstören. Denn es gibt Konflikte, die tief in der Seele ausgetragen werden, und dazu gehört die Liebe, diese unerfüllte Liebe, die ihn, seit er Marie wiedergesehen hatte, völlig eingenommen hatte und ihn von innen her auffraß. Kein Weib, weder Dorothea, Gott habe sie selig, noch die alte Anna, Heinrich Luttermanns Witwe, hatten je einen solchen Sturm in ihm entfacht. Anna hatte er nur geehelicht, um das Bürgerrecht in Hannover zu bekommen. Der Körper der Witwe war schon bei der Hochzeit vertrocknet gewesen wie ein alter Baum, der keine Früchte mehr trägt. Aber er hatte sich von ihrem Geld ein bürgerliches Leben in Hannover erhofft. Dafür war er bereit gewesen, Opfer zu bringen. Aber nicht nur ihr Schoß war vertrocknet, obendrein war sie auch noch geizig gewesen und hatte auf ihrem Geldsäckel gesessen wie eine fette alte Henne. Als er die von den Räten geforderten fünfundzwanzig Taler für das Bürgerrecht deshalb nicht zahlen konnte, musste er aus dem gemeinsamen Haus an der Mauer wieder ausziehen, obwohl er bestimmt gewillt war, die geforderte Summe zur Hälfte auf Ostern und die andere Hälfte auf Michaelis zu zahlen.

Noch in der gleichen Nacht kam er zu ihr. Sie war gerade in dem Zustand, in dem man in den Schlaf hinabgleitet, als sie wieder geweckt wurde. Jemand zerrte an ihrer Decke, fand ein Loch, wo er hineinschlüpfen konnte und kroch zu ihr in die Wärme. Marie war so verblüfft, dass ihr der Schrei in der Kehle stecken blieb. Doch dann packte sie wie ein Mann zu, um den Verrückten von ihrem Lager zu werfen. Der Geruch von Pferdeschweiß breitete sich aus, sie fühlte weiche Haut und ein nacktes Bein, das sich über ihren Leib schob. Er sagte nicht viel, stotterte nur: »Marie, weise mich nicht von dir, sonst sterbe ich.« Daraufhin stellte sie ihre Gegenwehr ein. Ein Gefühl und ein bisher nie gekanntes Feuer durchströmte sie.

Erregt keuchte er: »Jetzt bist du mein«, und liebte

sie mit einer Zärtlichkeit, die dem zügellosen Jaspar niemand zugetraut hätte. Für diese Nacht war ihr Glück vollkommen, und doch lag eine tiefe Traurigkeit über den seligen Empfindungen. Bei Sonnenaufgang würde ihre Zuneigung wie eine Seifenblase zerplatzen. Dann war er für sie wieder der feige Mörder, den unbedingt seine gerechte Strafe ereilen musste.

Am nächsten Tag war Jaspar wieder im Kreise seiner Kameraden in der Schänke anzutreffen. Neben ihm saß Marie, steif und misstrauisch. Sie schlürfte an einem Krug Wein und beobachtete über den Rand hinaus heimlich die seltsamen Männer, deren Würfel schon viel zu lange in den Bechern klapperten, ohne, wie es sonst üblich war, über den Tisch zu rollen. Ab und zu musste sie sich zotige Bemerkung gefallen lassen, entweder von Jaspar selbst oder von einem seiner Gesellen. Jedes Mal, wenn er neben ihr den Krug absetzte, sich über die Lippen leckte und dabei Medefelds Bier lobte, küsste er ihr ungeniert die Halsbeuge und flüsterte ihr frivole Worte ins Ohr. Sein Arm umschlang dabei ihre Schultern, eine Berührung, die ihr jedes Mal heftiges Herzklopfen bereitete. Doch geduldig ertrug sie die Schmach und die lüsternen Blicke. Sie konzentrierte sich auf Tönnjes' Gesicht, dessen Züge bei all der Heiterkeit unbeweglich blieben, während er düster in sein Bier stierte. Er hatte bisher noch kein Wort mit Jaspar gesprochen. Kein Muskel in dem leeren Gesicht verriet, was in ihm vorging, und die Erinnerung, wie er sie noch am Morgen wütend über den Hof geprügelt hatte, wurde wieder allgegenwärtig. Er hatte ihr sofort angesehen, was geschehen war, hatte es von ihrem Gesicht abgelesen, das heller strahlte als sonst. Einen Moment war er nur verdutzt gewesen und hatte sie still angesehen. Zunächst schien es, als liefe er vor ihr davon, immer vor ihr her zwischen Pferd und Wagen. Einmal nahm er die Futtersäcke, legte sie wieder zurück, lud die Kisten auf den Wagen und lud sie wieder ab, bis er plötzlich nach vorn zum Bock rannte, die Hundepeitsche ergriff und sich mit einem seltsamen Ausdruck von Trauer und Wut zu ihr umdrehte. Dann machte er sich lauthals Luft, indem er sie anschrie: »Gott wird nicht gutheißen, was ich jetzt tue. Aber er wird es mir verzeihen müssen, denn ich kann nicht anders, ich muss dich verprügeln!« Im selben Moment schlug er mit dem Leder auf sie ein, prügelte sie vor sich her, bis sie sich vor ihm, winselnd wie ein Hund, unter dem Wagen zwischen den Rädern versteckte. Wütend tastete er mit der Peitsche nach ihr und keuchte, als stemme er den Wagen gerade durch knietiefen Schlamm. »Du bist in ihn verliebt, in diesen Hurensohn!«

»Ich weiß nicht, was Liebe ist, Vater!«, rief sie in ihrer Angst, wobei es sie schmerzte, ihn so zu sehen. Während sie ihr Gesicht zwischen den Armen verbarg, um es vor den Schlägen zu schützen, jammerte sie: »Aber wenn es das ist, was ich getan habe, dann habe ich es für Johann getan.«

»Was ist, wenn dieser geile Bock dich nun liebt?«

»Dann mache ich einen Menschen aus ihm. Einen, der vor Gott und einem ehrbaren Gericht bereut«, antwortete sie listig.

»Aus einem Mörder?«

»Ja! Jede Pflanze braucht ihre Zeit zum Wachsen. Auch ein Mensch.«

Ihre Antwort erschütterte Tönnjes. Er begann, sich zu beruhigen und zog den Kopf ein, als friere er. Schweigend saß er da und kam sich vor wie ein Narr, weil er sie nicht verstand, aber dafür sie ihn, auch wenn er sie immer noch ungläubig anstarrte.

»Eher machst du aus einem Wolf einen Schoßhund. Warum entleibst du ihn nicht einfach, wenn du ihn so abgrundtief hasst, statt mit ihm ins Bett zu kriechen. Vielleicht bin ich zu alt dazu. Aber man muss auch irgendwann vergessen und vergeben können«, bekannte er kleinlaut. Dann bückte er sich zu ihr hinab und reichte ihr seine schwielige Hand. Er half ihr unter dem Wagen hervor und zog sie an seine Brust. Einen Augenblick lagen sie sich weinend in den Armen, dann schob er sie von sich und entfernte sich mit hängenden Schultern wie ein alter gebrochener Mann.


Es war ein lautes Fluchen, das sie plötzlich aus den Gedanken riss. Eine Hand schoss nach vorn und griff nach Elias' Würfelbecher. Aus Jaspars Augen schlugen Blitze. Sein Gesicht war vor Wut verzerrt, während er die Zähne wie ein Wolf bleckte. »Du Hundsfott! Wolltest mich betrügen!« Er entriss ihm den Lederbecher mit den Würfeln, dabei rollten sie über den Tisch. Ihre Oberseiten zeigten allesamt sechs Augen. Rasch wischte er sie mit der Hand in den Becher und warf sie noch einmal. Doch Elias wartete das Ergebnis nicht ab, sprang wie von einem wilden Eber gebissen auf den Tisch und hielt Jaspar die Degenspitze an den Hals. Auch sein Gesicht war vor Wut verzerrt. Noch unheimlicher war seine Leichenblässe. Im Nu war der Tisch in zwei feindliche Lager gespalten. Wie auf einen stillen Befehl, und ohne viel Worte, gingen die Männer aufeinander los. Degen und Messer blitzten und die Fäuste wurden geschwungen.

Tönnjes nahm die Keilerei zum Anlass, sich für die Schmach an seiner Tochter zu rächen und ließ seine Wut an Jaspars unbedecktem Kopf aus. Mit aller Wucht schlug er ihm in einem unbeobachteten Augenblick den Bierkrug auf den Kopf. Im gleichen Augenblick stierte er jedoch blöde auf das Gefäß in seiner Hand. Jedem anderen hätte er damit den Schädel eingeschlagen. Doch Jaspar prügelte sich ungehindert weiter mit Elias, bis ein Schuss der Auseinandersetzung ein Ende bereitete.

Medefeld stand inmitten der Wirtsstube. Der Gewehrlauf in seiner Hand rauchte noch, als er mit einer Stimme, die keinen Widerspruch duldete, in den Raum hinein sagte: »Gestern habt Ihr meinen

Gästen den Broyhan weggesoffen, Ihr Galgenvögel, und die Zeche geprellt. Heute prügelt Ihr Euch und zerschlagt meine Einrichtung. Wenn nicht sofort Schluss ist, werde ich meinen Einfluss beim Rate geltend machen und Euch die Stadtknechte auf den Hals hetzen, und ich schwöre Euch, Ihr werdet mein Wirtshaus nie wieder betreten.«

Beeindruckt von dem schlanken Mann in dem steifen, mit Gold abgesetzten Kamisol und der modischen Allongeperücke, trat Marie hinter dem Schrank hervor, hinter den sie sich geflüchtet hatte. Aber auch auf die Streithähne schien die Drohung gewirkt zu haben. Als wäre nie etwas gewesen, versammelten sie sich wieder einträchtig am Tisch und würfelten munter weiter. Lediglich Jaspar bedachte den Wirt mit einem vernichtenden Blick. Allerdings war die Schänke für ihre Treffen wichtig und deshalb musste er sich Medefelds Freundschaft erhalten. Medefeld wusste schließlich von ihren Gaunereien, und manchmal, wenn er selbst in Geschäften unabkömmlich war, informierte er auch die Kameraden über die Beute. Von dem Geld, das er dafür von ihren Parts erhielt, gestattete er sich, wie ein Edelmann zu leben.

Medefeld lächelte zufrieden und senkte das Gewehr. »Eine Tonne Bier für alle«, sagte er und führte Marie mit einer galanten Verbeugung zurück an ihren Platz. Als er flüchtig einen Handkuss auf ihre Hand hauchte, sprachen seine Augen mit ihr. Sie sagten: Keine Angst. Ich beschütze Euch vor den Spießgesellen. Ihr müsst mir nur vertrauen. Dann wandte er sich an Jaspar, wobei er die Stimme stark dämpfte: »Mir ist zu Ohren gekommen, ein Marketender mit seinem Sohn und reichlich Ware wird heute noch den Pass an der List überqueren. Der Vormund hat mir das gesungen.«

Sofort steckten die Spießgesellen die Köpfe zusammen und Jaspar ergriff das Wort: »Wenn er zum Pass in der List will, muss er beim Vormund Quartier nehmen und die Pferde tränken. Das verspricht sichere und reiche Beute.«

Marie an seiner Seite hatte er völlig vergessen, nur als sie ihm leise ins Wort fiel und verhalten zischte: »Du raubst nichts mehr«, stieß er sie wütend zurück und befahl ihr: »Geh, Weib! Zum Satan, verflüchtige dich!«

Tönnjes rollte warnend mit den Augen. Jedoch beließ es dabei und sah Jaspar lediglich durchdringend an, als der Marie in die Küche schickte. Denn mit seinen Geschäften stand es nicht zum Besten. Im vergangen Monat, als Herzog Georg ein Soldatenheer von dreitausend Mannen vor Hannover versammeln ließ, hatte er auf einen segensreichen Handel gehofft. Doch wegen der Überfälle auf die Bürger in den Gärten und der vielen Schändungen der Mägde durften sich die Leute eine Zeit lang nicht aus den Toren wagen. Man munkelte auch, dass die Soldaten die Pest wieder in die Stadt gebracht hatten, und so dauerte sein und Maries Aufenthalt bei den Medefelds schon länger, als sie eigentlich vorgehabt hatten.

Jaspar vergewisserte sich, dass Marie weit genug entfernt war und ihm alle aufmerksam zuhörten, dann sah er jedem seiner Kameraden, Anton, dem Untervogt, Hans Stille, Caspar Reusche, Henning Gregor, Jürgen Wienecken, Elias Anspach, Jacob Ehlers, Horst Hermanns, Bruder Hinrich und Curd Tönnjes, durchdringend in das gespannte Gesicht und fragte: »Nun, wer von Euch ist mit vom Part? Du, Anton?« Dabei musterte er den Vogt etwas länger, weil der bereits glasige Augen hatte und blöde einer Fliege auf dem Tisch nachstarrte, die in einer Bierpfütze zappelte und immer wieder vergeblich versuchte, aus dieser herauszukrabbeln.

Der Vogt hob aufgeschreckt den Kopf und zeigte mit der heilen Hand auf die Augenbinde, die seit dem letzten Part sein rechtes Auge verdeckte, und entgegnete: »Bist du übergeschnappt? Soll ich das zweite Auge auch noch verlieren? So wie bei dem letzten Überfall, wo der Messerkerl aus Schmalkalden, dem wir vor Ahrbergen auflauerten, mir eine von den Klingen ins Auge gestoßen hat?«

»Ach, mach dir nicht in die Hose. Wir empfangen den Kaufmann am Pass und entleiben ihn aus dem Hinterhalt. So, wie wir es immer gehalten haben.«

»Wie alt soll denn der Junge sein? Könnte er uns Schwierigkeiten machen?«, fragte Jürgen Wienecken. Seine Wange zierte ein riesiger Schmiss. Deshalb hatte er sein rotes Haar zu einer wilden Mähne wachsen lassen. Bei Ingolstadt war sein

Gesicht einem Säbelhieb zum Opfer gefallen. Er hatte die rohesten Züge von allen und kleine, böse stechende Augen.

»Darüber musst du dir keine Sorgen machen. Anton übernimmt den Marketender, ich den Jungen.«

»Ist er noch ein Kind?«, erhob Tönnjes die Stimme. Er behielt Jaspar dabei fest im Auge.

»Ja. Aber das sollte Euch nicht stören. Wir können ja nachher aus ihm Kerzenwachs machen«, versuchte Jaspar die Stimmung zu beleben und erntete Gelächter. »Die Pferde bringen wir diesmal nach Hannover in Tönnies Scheerens Haus. Bis Gras über die Sache gewachsen ist, wird er sie behalten. Später bringen wir sie nach Peine. Dort lassen sie sich am schnellsten verkaufen. Den Wagen werden wir noch vor Ort auseinandernehmen. Jeder nimmt sich seinen Anteil zu gleichen Teilen. Der Rest des Wagens verbleibt bei Hans in der List.« Er sprach immer leiser und sah sich nervös nach Medefeld um. »Wirt, du bekommst natürlich deinen Anteil für die Information. Dafür hältst du uns die Stadtknechte vom Hals.«

Just in diesem Moment betraten vier mit Säbeln und Pistolen bewaffnete Beamte aus dem Amt Coldingen die Wirtsstube. Ohne sich weiter im Raum umzuschauen, ließen sie sich an einem der Tische neben der Tür nieder und riefen sogleich nach dem Wirt. Als Medefeld der Aufforderung mit vier vollen Krügen Bier in den Händen folgte, zog Jaspar sich das Barett tief in die Stirn, schlug seinen Mantel um die Schultern und verlies eilig die Schänke durch den Hinterausgang.

Tönnjes saß auf einem entwurzelten Baumstumpf am Schiffgraben und ließ die Füße im Wasser zwischen Entengrütze und Baumlaub baumeln. Ein paar Schritte von ihm lag ein kleiner Torfkahn zur Hälfte im Gebüsch, mit dem Kiel nach oben. Hinter ihm, zwischen den Weidenbäumen, graste friedlich sein Pferd. Nachdenklich blickte er den untergehenden Sonnenstrahlen hinterher, die sich auf der trüben Wasseroberfläche spiegelten, während er die Feuchtigkeit des Waldbodens bis unter dem Fell über seinen Schultern spürte. Fröstelnd verkroch er sich tiefer in dem Schafspelz. Schon seit Tagen lastete etwas auf seiner Seele. »Wie lange kennen wir uns, Jaspar?«, fragte er, ohne aufzusehen.

»Drei oder vier Jahre? Genau weiß ich es nicht.« Jaspar saß über ihm, in einer Astgabelung, und beobachtete angespannt Hinrichs Hoftor. Einige Büsche weiter lauerten Anton und Henning Gregor mit schussbereitem Gewehr. »Was soll die Frage, Tönnjes? Du hast dich doch einverstanden erklärt, mit uns gemeinsam Leute umzurücken. Plagt dich etwa schon das Gewissen?«

»Nein. Aber wir sollten die Zeit nutzen und reden, wenn wir Freunde bleiben wollen.« Tönnjes sah zu Jaspar hinauf und suchte in seinem Gesicht nach einer Regung. Aber dessen Blick blieb unverändert auf das Haus gerichtet. Wie der Blick einer Schlange, dachte Tönnjes. »Du hast Marie beigelegen. Ich weiß es von ihr.« Endlich war es heraus. Er schnaufte durch die Nase. Aber wenn er glaubte, Jaspar würde vor Schreck vom Ast fallen, hatte er sich geirrt.

Der änderte nur einen kurzen Moment die Blickrichtung, hob ein wenig die Augenbrauen und grinste verlegen: »Es war nicht zu verhindern, Alter, bei aller Mühe nicht. Sie ist schließlich ein Weib.«

»Du hast sie zwei Jahre nur als Mann gesehen.«

Die Anspielung genügte, um Jaspar von seinen Beobachtungen loszureißen. Ärgerlich schielte er auf Tönnjes herab, holte hörbar tief Luft und sagte dann: »Wir wollen uns doch nicht belügen. Du hast sie vor uns geheim gehalten, vor uns allen. Aber ich habe es immer irgendwo hier drinnen gespürt, dass da Brüste waren, wo keine hingehörten.« Misstrauisch geworden, ließ er vorsichtshalber den Stamm los und rutschte an ihm hinab, bis seine Füße den Boden berührten. Die Flinte behielt er dabei in der Hand. »Hätte ich dich vorher darum bitten sollen? Was glaubst du denn, du Esel?« Er lachte rau. »Ich hätte ihr Gewalt angetan? Freiwillig hat sie mir ihre Brüste entgegengestreckt, ganz freiwillig.« Zum Beweis schulterte er das Gewehr, hob die Hände und formte sie wie Schalen. »Genau hinein passten sie – hart und zugleich wie Samt waren sie. Sie ist eben ein Weib, kein Melchior und auch kein Kind mehr. Geht das nicht in deinen Schädel? Heul der Jungfernschaft deiner Tochter nicht länger hinterher. Einem Weib kannst du nicht in den Kopf sehen. Es hat eben zwei Seelen … eine von Gott und die andere vom Teufel. Marie hat es nicht nur gewollt, sie hat es auch genossen.«

»Nicht Marie!«

»Bist du dir da sicher?« Jaspar grinste breit.

»Sie ist von meinem Blut. Niemals würde sie etwas Unüberlegtes tun.« Tönnjes spürte, wie ihm die Galle hochkam. Gleich würde er diesen Aufschneider eine Tracht Prügel verabreichen, wie er noch nie welche bezogen hatte. »Du wirst doch jetzt mein Schwiegersohn werden …?« Sein Blick bohrte sich in Jaspars Gesicht. Zum Verrecken, auf diesen Schwiegersohn konnte er verzichten. Aber es war das Mindeste, was er von ihm verlangen konnte, um seiner Tochter die Ehre zurückzugeben.

»Ich liebe Marie.« Jaspar versuchte sich herauszuwinden. Einen handfesten Streit um ein Weibsbild konnte er jetzt am allerwenigsten gebrauchen. »Aber als Eheweib … was denkst du von mir? Ich habe schließlich noch eine Frau.« Er grinste schalkhaft, hob die Brauen, als wollte er sagen, ›da ist nichts zu machen, Alter‹, stiefelte zu den Pferden, zog ein Stück Leder mit zwei Schlitzen hervor und band es sich um die Augen.

Tönnjes folgte ihm mit verhaltener Wut und geballten Fäusten. Sein Gesicht war rot angelaufen.

Er blähte die Backen. »Dann nenn sie nicht noch einmal Marie, du Schwein. Denn dann müsste ich dich dafür erschießen«, sagte er atemlos.

»Das spar dir für später auf. Sieh lieber dort.« Er duckte sich hinter dem Pferd und zog Tönnjes rasch zu sich herunter. Auf der Straße ratterte ein schwerer Planwagen. Die Kaltblüter vor dem Wagen stemmten sich in die Riemen. Sie konnten das Schnaufen bis in ihr Versteck hören. Jaspar frohlockte: »Als wenn die Gäule einen Acker Steine hinter sich herschleppen. Das verspricht einen reichen Gewinn.«

Ein einzelner Reiter begleitete das schwere Gefährt, dem noch ein gesatteltes, reiterloses Pferd folgte. Er umritt den Wagen in kleinen Abständen und es schien, als hielt er dabei nach irgendetwas Ausschau. Denn nicht nur einmal beugte er sich vom Pferd und hieb mit seinem Säbel blind ins Buschwerk.

Jaspar gab Tönnjes einen stummen Befehl und rannte im Zickzack durch das Unterholz zur Straße, wo er sich mit dem Gewehr in der Hand in einen Graben fallen ließ. Von dort aus gab er auch seinen Spießgesellen das erwartete Zeichen. Der alte Untervogt sprang als Erster aus dem Gebüsch, lief zur Straßeneinmündung, zog einen dicken Ast quer über den Weg und kletterte trotz seines fehlenden Armes behände in die Krone eines Eichenbaumes.

»Wird er uns auch nicht verraten?«, fragte Tönnjes und beobachtete den alten Mann durch die Blätter, wie er die Flinte schussbereit auf die Einmündung richtete.

»Der Anton ist schon lange bei uns. Viel länger als ich. Er soll einmal als junger Mann die Jagddienste missbraucht haben. Er war es wohl leid, für die Herrschaft immer seinen Hof zu verlassen, um dann nächtelang in zugigen Scheunen auszuharren, und den Herrschaften so das Wild zuzutreiben. Er ist dem Befehl einfach nicht mehr nachgekommen. Auch hat er wohl das Einfahren des Torfes nicht rechtmäßig kontrolliert. Dadurch ist er in Ungnade gefallen. Seitdem macht er bei uns mit als Parteigänger.«

Tönnjes musste plötzlich an Marie denken, wie sie ihn angesehen hatte, als er ihr gesagt hatte, dass er mit Jaspar auf Partei ging. Aus allen Wolken war sie gefallen. Sie hatte geweint, geschrien und gezetert, er würde mit den Mördern gemeinsame Sache machen. Sein Sohn, die abgebrannte Hausstätte, das harte Leben im Heer und alles das, was sie gemeinsam erlebt hatten, würde ihm nun nichts mehr bedeuten. Vor allem hätte er sie, seine Tochter, wegen des schnöden Mammons verraten. Als er sie beruhigen wollte, hatte sie mit der Pistole auf ihn gezielt und gebrüllt, Jaspar wäre keines Mannes Freund, bei der nächst besten Gelegenheit würde er ihn töten, genauso wie Johann. Die Pistole war nicht geladen gewesen. Doch ihre Worte ließen ihn nicht mehr los. Ihm kamen Bedenken und in der Hoffnung, Jaspar würde sein Vorhaben vielleicht noch aufgeben, wies er auf zwei Hausstätten unweit vor ihnen, deren Giebel zwischen dem Strauchwerk hindurchschimmerten und ihm bisher entgangen waren. »Hast du die Kötner auf dem Balken vor ihren Häusern gesehen? Die werden den Schuss hören«, zischte er leise und blickte mit einem zweifelnden Gesichtsausdruck zu Jaspar hinüber.

»Die werden sich hüten, je ein Wort darüber zu verlieren. Selbst wenn sie etwas mitbekommen. Denn dann setze ich ihnen den roten Hahn aufs Dach. Und das wissen sie.« Er hatte jetzt einen mörderischen Blick. Tönnjes hatte diesen Blick des Öfteren bei den Soldaten in der Schlacht gesehen. Es war jener leblose, kalte Ausdruck, wie bei den Wölfen, verschlagen, lauernd und einzig und allein auf Beute ausgerichtet. Eine Bestie hinter einem männlich gereiften Gesicht mit engelsblonden Haaren, aber kalt und scharf geschnitten wie sein Schwert, und er bekam Angst um Marie.

Die Spitzbuben mussten bis zum Sonnenuntergang warten, bis der Wagen das Gehöft wieder verließ. In dem Moment, als er sich ratternd in Bewegung setzte, ertönte der Ruf eines Käuzchens. Dann krachte ein Schuss, gleich darauf folgte ein zweiter. Die Köpfe der Bauern fuhren herum, der Wald erzitterte und die Vögel in den Bäumen flogen erschrocken davon. Dann erklang ein kurzer Schrei, dünn wie der eines Kindes, und Tönnjes sah, wie der Reiter aus dem Sattel gerissen wurde, über den Boden kugelte und dann ganz still liegen blieb. Daraufhin rannte er mit den anderen los. Der Wagen interessierte ihn nicht. Er lief zu der Gestalt auf dem Boden, während die anderen lautlos und wie wilde Tiere, sich des Gespanns bemächtigten. Einen Augenblick lang konnte er nichts sehen, weil der Staub ihn völlig einhüllte, in die Augen drang und ihn zum Husten reizte. Doch dann brach er in die Knie und starrte hilflos auf einen blonden Jungen mit einem riesigen Loch in der Brust, einer Stupsnase und Sommersprossen im verzerrten Gesicht. Ein Kind von vielleicht zehn Jahren. In seiner Verzweiflung riss er den Hut vom Kopf und versuchte, damit das Loch zu stopfen. Aber der Junge röchelte nur, fasste nach seiner Hand und öffnete den Mund, um den letzten Atemzug aus sich herauszulassen. In den großen blauen Augen lag lediglich grenzenlose Verwunderung. Jaspar war ein guter Schütze. Dem Jungen war nicht einmal die Zeit geblieben, Angst zu haben. Tönnjes griff wie in stummer Zwiesprache nach der leblosen Hand, als Jaspar hinter ihm auftauchte und ihn mahnte: »Du bist zu sentimental, Kamerad, fass lieber mit an.« So, als betrachte er ein erfolgreich erlegtes Wild, rollte er den Knaben mit der Stiefelspitze auf die andere Seite, sodass er mit dem Gesicht nach unten lag und sagte: »Hilf mir beim Zerlegen des Wagens.«

Einen Augenblick später dachte Tönnjes, als er Jaspar in das unbewegliche Gesicht sah, ach Herrgott, hättest du mich nur stark genug gemacht, dem Hundsfott endlich die verdiente Strafe durch die Rippen zu jagen. Dann riss er den Blick von ihm los und sah, wie Jürgen die Pferde mit den Leinen zusammenband, damit sie nicht wegliefen, und Henning sie mit Stoffballen aus Samt und Brokat und Silbergeschirr belud. Da begann sein Herz plötzlich schneller zu schlagen und er dachte: Ach, was soll das weibische Getue? Und während er einen goldenen Kelch prüfend in den Händen wiegte und Jaspar mit vor Erregung zitternder Stimme meinte: »Verdammt, das sind mindestens achtzig Taler. Für jeden zwanzig«, und mit den Händen in einer Schatulle kramte, die er zuvor mit dem Schwert geöffnet hatte, besänftigte er sein Gewissen mit einem innerlichen Jubelschrei. Angesteckt von der freudigen Gier der anderen, wühlte er zwischen den erbeuteten Waren und belud sein Pferd, bis nur noch der Kopf und die Beine von ihm hervorschauten und er sich zweifelnd fragte, wo er zwischen all den Schätzen noch Platz haben sollte. Während er sich am Kopf kratzte und noch aufgeregt nach einer Möglichkeit zum Aufsitzen suchte, schleppten die Mörder den Leichnam des Kaufmannes leise in die Büsche, wo sie ihn im Gras niederlegten und mit Zweigen zudeckten. Den Jungen jedoch ließen sie für die Wölfe liegen.

# V

INDES WAR MARIE in der Wirtschaft Medefeld zurückgeblieben, allein gelassen vom Geliebten und vom Vater. Sie kam sich ausgenutzt, beschmutzt und verraten vor und versuchte sich im Hühnerstall von ihrem Kummer abzulenken. Anne hatte ihr aufgetragen, für die Suppe ein Huhn zu köpfen. Sie hoffte, dass diese Arbeit sie von ihren Sorgen ablenken würde. Denn weder die extra für sie zubereitete Hafersuppe noch die warme Milch hatten sie auf andere Gedanken gebracht. Selbst der bunte Kranz aus gewundenen Herbstblumen, ein Geschenk von Medefelds beiden Töchtern, ließ Marie an diesem Tag unbeachtet. Stattdessen rannte sie genervt in den Pferdestall, trat die Blumen wütend in den Pferdemist und heulte wie ein Schlosshund in die Mähne ihres Pferdes. Später, als sie sich etwas beruhigt hatte, versuchte sie sich auf dem Hof nützlich zu machen. Doch auch dort wollte ihr nichts so recht von der Hand gehen, beim Heu holen fiel sie von der Leiter, beim Kälbertränken verschüttete sie die Milch und letztendlich rutschte sie im Schweinstall von einer Rampe und landete kopfüber im Mist. Medefeld war es irgendwann leid, er packte das zappelnde und stinkende Bündel am Kragen, steckte es mit gerümpfter Nase in eine Holzkarre und kippte diese mitsamt ihrem Inhalt in den Tintengraben.

Dort tauchte er sie ein paar Mal unter, bis die Jauche von ihr abgewaschen war und ihr Kopf wieder klar wurde. Als Marie daraufhin gurgelnd ans Ufer kroch und ihn dabei mit allerlei derben Flüchen zum Teufel wünschte, warf er ihr ein Wams samt Hosen und Stiefel vor die Füße und sagte: »Was bist du? Ein Flennsack oder ein Weibsbild? Zieh dass hier an und dann folge mir. Wir haben zu reden!«

Er betrachtete sie dabei, wie sie die Wassertropfen aus dem Haar schüttelte und das Hemd über den von Gott geschaffenen Körper streifte. Als sie ihn bemerkte, sprang sie rasch hinter einen Ginsterbusch und drohte ihm wütend mit der Geste des Halsabschneidens. Zur Antwort lachte er nur und dachte: Was für ein herrliches Weib, schön wie eine Elfe, aber mit dem Verstand einer Ziege. Dann wurden seine Züge ernst. Schon lange war es ihm ein Dorn im Auge, dass sein Wirtshaus als Treffpunkt für allerlei Gesindel galt. Dabei war er längst im Bilde, was unter dem Deckmantel des Pferdehandels wirklich geschah, auch wenn er den Kerlen nur als Informant diente und man sich in seinem Wirtshaus eher unauffällig gab. Schließlich lebte er von den Durchreisenden, ob Edelmänner, Händler oder Bauern. Deshalb zerbrach er sich nächtelang den Kopf darüber, wie man sich der Halunken wieder entledigen konnte, ohne dabei Gefahr zu laufen, ihre Rache auf sich zu ziehen.

Der Jaspar ist der Gefährlichste unter ihnen, aber schlau wie ein Fuchs, so einen könnte nur ein

Weib zu Fall bringen. Weiber haben bereits ganze Schlachten entschieden und Marie ist ein Weib. Der Hurensohn hat sich in sie verliebt, das könnte mir von Nutzen sein, dachte er und wendete sich zum Gehen.

Der Rückweg war holprig, Brennnesselbüsche wickelten sich um das Karrenrad. Er musste mehrmals anhalten, um es zu säubern. Einmal fragte er, als sie ihm dabei zusah: »Du weißt, dass Jaspar und Tönnjes auf Partei ausgezogen sind?«

»Ja«, sagte sie. »Glaubst du, ich heule mir umsonst die Seele aus dem Leib? Mein Vater und mein Geliebter werden mit blutigen Händen zu mir zurückkommen. Soll ich mich vielleicht darüber freuen?«

»Es ist Krieg, überall wird getötet«, testete er sie.

»Krieg …, dass ich nicht lache. Du in deinen Samthosen und in deiner Einsiedlerhütte kannst gar nicht wissen, was Krieg ist. Hier in der Eilenriede ist es ruhig wie in Abrahams Schoß.«

»So, glaubst du? Nicht weit von hier wird immer noch geplündert und gemordet. Wer den neu auferlegten Kornzehnten für die fürstlichen Truppen nicht zahlt, dem wird das Vieh gepfändet, und so mancher Uneinsichtige hat schon sein Leben dabei lassen müssen. An der großen Heerstraße allein liegen Dutzende Tote.«

»Deswegen müssen aber nicht friedliche Reisende gemordet werden.« Wütend schlug Marie mit dem

Schwert auf einen herunterhängenden Ast ein, der ihr den Weg versperrte. Medefeld blieb stehen und sah ihr mit einem versteckten Lächeln zu.

»Was hast du nun vor, Jungfer?«, fragte er.

»Ich werde die Spitzbuben vom Töten abhalten! Mich auf mein Pferd setzen und ihnen folgen. Das hat schon einmal funktioniert.«

»Du hast Mut.« Medefeld warf ihr einen bewundernden Blick zu. Er kannte ihre Geschichte und wusste, welcher Weg sie hierher geführt hatte. »Aber du bist leichtsinnig wie ein junges Fohlen«, sagte er. »Trotzdem, Jungfer, gefällt mir so viel Entschlossenheit. Nur, allein durch das Holz reiten lasse ich dich nicht. Dein Vater hat mir schließlich aufgetragen, dich mit meinem Leben zu beschützen, bis er wieder da ist.«

»Ich nehme Bojan mit«, antwortete sie trotzig. »Er ist stark wie ein Bär und schnell wie ein Pferd.«

»Dein Hund kann dir nur im Nahkampf helfen. Man wird ihn erschießen. Das Holz steckt voller Wegelagerer und Räuber. Sie töten lautlos und hinterrücks.«

»Ich gehe trotzdem.«

»Dann werden dich zwei meiner Knechte begleiten.«

Ihre Augen wurden mit einem Mal groß und rund. Sie zog eine Braue in leichtem Bogen höher und öffnete sekundenlang die Lippen. Dann schnappte sie erstaunt nach Luft und fragte: »Das willst du wirklich für mich tun?« Sie sah ihn dabei an wie ein Kind, das plötzlich dem Erzengel Gabriel gegenüberstand.

Geschmeichelt lüftete er das Barett, deutete hoffärtig einen Kratzfuß an und verbeugte sich vor ihr. »Mein Fräulein …, ich bin Ihr Kavalier, verfügen Sie über mich.«

Marie sah ihm amüsiert zu, nahm ihm den Hut aus der Hand und stülpte ihn zurück über seinen Kopf. »Lass das Getue, Thomas Medefeld. Mich beeindruckst du nicht mit dem Gehabe. Eben noch hast du mich wie Abfall in den Tintengraben gekippt, und nun tanzt du wie ein Geck vor mir herum. Ich bin zwar ein Weib, aber ich bin auch als Soldat im Krieg gewesen. Weißt du, was ich von dir denke?«

Medefeld zog die verrutschten Locken mit den Fingern glatt.

»Nein, sage es mir.«

Ihre Augen blitzten ihn an. »Dass ich eben einen wahren Freund gefunden habe, auf den ich vertrauen kann.«

Medefeld verdrehte die Augen. Wer soll das aushalten?, dachte er, als sie lachend an ihm vorbeischlüpfte und ihn auf die glatte Wange küsste. Kopfschüttelnd sah er ihr hinterher, wie sie leichtfüßig wie ein Reh über den Hof sprang, und grunzte, als sie ihm vom Pferdestall eine Kusshand zuwarf: »Verstehe einer die Weiber. Aber wer soll sie sonst verstehen, wenn nicht ich?« Dann lief er in die Diele, nahm seine Muskete von der Wand, band sich den

Säbel um, rief nach Anne und gab den Knechten den Befehl zum Satteln.

Marie und Medefeld rasten in einen Hohlweg, der von den Uferböschungen des Tintengrabens gebildet wurde. Der Graben war ausgetrocknet und Medefeld sprang so schnell von seinem Hengst, dass Maries Pferd im Morast ins Rutschen kam und in die Knie brach. »Still!«, raunte er und beruhigte die Tiere, als Marie sich verstört neben ihm am Pferdekörper hinabgleiten ließ. Die Pferde schnaubten nervös, und Medefeld dirigierte sie mit leisem Druck vor die Brust, als wollte er ein Gespann rückwärts lenken, tiefer in den Hohlweg hinein. Dabei deutete er ihr, sich still zu verhalten. Er kletterte ein Stück die Böschung hinauf, so weit, dass er über den Rand sehen konnte, legte den Finger auf den Mund und befahl ihr mit einer Kopfbewegung, näher zu kommen. Verdeckt von Gestrüpp und stachligem Zwerggehölz sah sie jetzt, wohin sein Finger zeigte, auf die Holzbrücke an der Zollstation, wo eine Gruppe Bauern heftig miteinander stritt. Sie standen mit dem Rücken zu ihnen, gestikulierten wild mit den Armen und waren mit Pistolen und Gewehren bewaffnet.

»Was hat die Bauern wohl so aufgebracht?«, fragte sie leise.

Die Perücke auf seinem Kopf war verrutscht und eine Locke hing ihm im Auge. Er zwinkerte nervös: »Sie scheinen sehr erregt zu sein.«

Als sie etwas erwidern wollte, drückte er ihr den Handschuh auf den Mund und flüsterte: »Ich werde näher herankriechen. Bleib du mit den Pferden hier und sichere mir den Rückzug.« Darauf gab er den beiden Knechten hinter sich ein Zeichen und schob sich auf dem Bauch über den Grabenrand. Es knackte mehrmals im Unterholz, dann war es still. Einen Augenblick später hörte sie es erneut Rascheln und Knacken. Gleich darauf kam Medefeld auf allen vieren zurückgekrochen.

»Eine Verschwörung!«, keuchte er und ließ sich neben sie in den Graben fallen. »Gegen Jaspar. Sie wollen seinen Hof abbrennen und ihn töten.«

»Seinen Hof?« Marie sah ihn ungläubig an.

»Nachdem er seine wüste Hausstätte verkauft hat, ist er von Hannover wieder nach Buchholz gezogen. Er wohnt jetzt auf dem Kötnerhof an der Pinkenburg. Dorthin wollen die Bauern. Sie sind sehr wütend. Anscheinend haben er und seine Gesellen reiche Beute gemacht und er gibt auf seinem Hof ein Fass Broyhan zum Besten«, flüsterte er hastig. »Wie ich heraushörte, geht es dabei wieder einmal um ein Weib, aber auch um ihren gehörnten Ehemann, den er und seine Gesellen zuvor aus dem Ort gejagt haben. Wir sollten die Pferde hier lassen und ihnen unauffällig folgen.«

Marie hatte Medefeld mit großen Augen zugehört. Auf ihrem Gesicht wechselten jetzt Angst und Zweifel. »Mein Vater ist bei ihm«, bekannte sie kleinlaut. »Sie werden ihn auch töten. Wir müssen Jaspar warnen.«

Medefeld hob überrascht die Brauen. »Du willst den Schurken wirklich warnen?«

»Ja.« An ihrer Haltung sah er, dass es ihr ernst war mit dem, was sie gesagt hatte. Sie ließ keine Zeit mehr verstreichen und krabbelte wie ein Maulwurf über die Böschung. Bevor er ihr folgte, warf er rasch einen Blick auf die Pferde, die unter einem Weidenbaum angebunden warteten, dann winkte er den Knechten. Unbemerkt und auf leisen Pfoten wie Luchse gelang es ihnen, bis zur Holzbrücke vorzudringen. Der Unmut der Bauern entlud sich immer heftiger, sodass ihnen die vier Gestalten entgingen, die mit Messern zwischen den Zähnen inmitten der Holzpfeiler bis zur Brust im Wasser wateten. Die Holzbohlen über ihnen ächzten und knarrten unter der Last, und die Rufe nach Tod und Vergeltung wurden immer lauter.

Medefeld, der wieder die Führung übernommen hatte, wies auf einen versteckten Holzgiebel in den Wiesen. »Dorthin zur Silberstraße müssen wir«, flüsterte er. »Das Wasser ist unser Verbündeter. Es wird hier immer tiefer, aber auch morastiger. Wir sollten schwimmen, wollen wir das Gehöft vor ihnen erreichen.«

Die erregten Bauern hatten jetzt die Brücke verlassen und strebten der einzigen Straße zu, die sie durch die Wiesen, vorbei an der Pinkenburg führte. Rasch köpfte Medefeld ein Schilfrohr und fertigte daraus für Marie einen Schnorchel. Gleich darauf drückte er Maries Kopf unter Wasser und tauchte ebenfalls ab. Das Wasser war eisig kalt und gestattete kaum Sicht nach vorn. Es schmeckte muffig, nach faulem Gras, und Morast drang in Augen und Ohren. Tapfer hielt Marie neben Medefeld durch. Als sie endlich wieder trockenen Boden unter den Füßen hatten, sank sie erschöpft ins Gras.

Doch Medefeld ließ ihr keine Zeit und zog sie rasch weiter in den Schutz des einschiffigen Fachwerkhauses, das nun in einer Senke vor ihnen auftauchte. Betrunkenes Grölen erfüllte die Luft. Sie wechselten zwei kurze Blicke, dann rannten sie geduckt über den Hof auf das offene Dielentor zu, wo sie Jaspar und seine Gesellen vermuteten.

Plötzlich griff Medefeld nach ihrem Arm und zog sie hinter den Misthaufen vor dem Scheunentrakt. Mit einer Handbewegung gebot er ihr, still zu sein, und wies zum Hoftor, wo die aufgebrachten Bauern lärmend auf den Hof drängten. Sie rasselten mit ihren Schwertern, traten wütend gegen die Pfeiler und den Lattenzaun, bis das Holz ächzend unter ihren Füßen nachgab, und brüllten, dass die Luft erzitterte: »Jaspar, du Hurensohn, zeige dich, damit wir dir das Fell über die Ohren ziehen können!«

Der am lautesten gerufen hatte, war der Rädelsführer, der Vormund, Bertram. Schwitzend, aber mit einer Behändigkeit, die ihm keiner zugetraut hätte, schob er seinen mächtigen Körper allen voran und schwang den Säbel: »Rück sofort meine Frau heraus, du Hundsfott, sonst hole ich sie mir. Aber dann kannst du was erleben. Ich reiße dir die Eingeweide einzeln heraus und hänge sie für die Krähen in die Eichenkronen!« Breitbeinig und heftig schnaufend gebot er den Bauern hinter sich Einhalt und brüllte nochmals in die Türöffnung hinein: »Na, was ist nun? Bist du auch noch zu feige, dich auf einen Kampf mit mir einzulassen?«

Dann war es für einen Moment totenstill. Selbst die aufgeschreckten Hühner gackerten nicht mehr. Es war wie die Ruhe vor dem Sturm, und Marie konnte die Spannung förmlich greifen. Offenbar ließen sich die Gesellen auf der Diele Zeit. Lediglich der Lärm im Inneren verebbte. Doch dann erschien Jaspar mit offenem Koller und heraushängendem Hemd, barhäuptig, mit vom Saufen verschwitzten Haaren im Türrahmen. Auf dem roten, vom Bier aufgedunsenen Gesicht lag ein breites Grinsen. Genüsslich, als könnte ihm selbst der Teufel nichts anhaben, biss er an dem Stück Brot in seiner Hand ab. Mit der anderen stützte er sich am Torpfosten ab. Hinter ihm erschienen die Gesichter von Hans, Elias und Gregor. »Hey Vormund, was soll der Lärm?«, fragte er und kaute eifrig weiter, wobei er es nicht unterließ, kräftig zu rülpsen. »Ich hatte dich nicht eingeladen. Du weißt, warum. Oder ist dir die Tracht Prügel nicht bekommen, die du von mir bezogen hast?« Beifälliges Gewieher in seinem Rücken unterstützte seine Worte.

Bertram keuchte vor Wut, ballte die Fäuste und sah sich nach seinem Gefolge um. »Du feiges Miststück, kannst einem Mann nur mit deinen Spießgesellen gegenübertreten. Oder ihm aus dem Hinterhalt eins draufbrennen. Aber an unsere Weiber, da traust du dich ganz allein ran!«, brüllte er voller Wut. »Gut, du hast mich von deinem Hof gejagt, als ich mein Weib nach Hause holen wollte, weil ich wie ein Mann zu dir kam. Ich hatte dir gesagt, dass ich zurückkommen werde, und nun bin ich hier, mit all den ehrwürdigen Bauersleuten, denen du Hurenbock Schande angetan hast.«

Jaspar grinste immer noch und wischte sich selenruhig die fettigen Finger am Hemd ab. »Du willst dein Weib wieder haben …?« Er verharrte einen Augenblick, als überlegte er, gab dann Elias einen Befehl, dessen Kopf kurz darauf hinter ihm verschwand, und zog plötzlich Bertrams Eheweib hinter der Tür hervor. Das Weib zappelte unter seinem Griff und versuchte, sich zu befreien. Aber er hielt sie fest im Nacken gepackt. Er gab ihr einen Tritt, sodass sie bis vor Bertrams Füße rollte. Ihr Kleid war über der Brust zerrissen und an dem blutigen Rock sah Hinrich, was ihr geschehen war. Sie blieb einen Augenblick im Sand liegen. Dann stemmte sie sich mit dem Oberkörper hoch, griff sich zwischen die Schenkel, als wollte sie sich waschen, und wackelte leise singend mit dem Kopf hin und her. Als sie Bertrams verstörter Blick traf, sah sie ihm blöde in das Gesicht, rollte mit den Augen, dass nur noch das Weiße zu sehen war, und begann darauf wie irrsinnig zu lachen und zu kreischen.

»Das Weib ist ja vom Teufel besessen«, wurden Stimmen hinter ihm laut, und als könnten sie angesteckt werden, rückten die Männer erschrocken vor ihr zurück.

»Von wegen Teufel«, knurrte Bertram und stieß mit dem Fuß nach ihr. »Blöde im Kopf ist sie geworden. Wegen dem da«, und wies in Jaspars Richtung. »Er und seine Spießgesellen haben ihr Gewalt angetan. Das hat ihren Geist verwirrt. So wird er es mit Euren Weibern auch machen, wenn er sie erst in seine Finger bekommt.« Vor Wut lief ihm jetzt wie einem tollwütigen Hund der Speichel aus dem Mundwinkel und er brüllte: »Wollen wir uns das länger gefallen lassen, Männer?« Um die Leute hinter sich anzufeuern, riss er sich das Gewehr von der Schulter und zielte auf Jaspar.

Wie erwartet kam Bewegung in die Bauern. Sie traten wieder an seine Seite und Stimmen ertönten: »Wir lassen uns von dir nicht mehr einschüchtern, Jaspar. Bisher haben wir im Gedenken an deinen Vater Hans und deine Mutter Anneke und die ehrenwerte Familie Hanebuth deinem unchristlichen Treiben im Ort mit Stillschweigen zugesehen. Du bist nicht mehr der Jaspar, der hier aufgewachsen ist, du bist ein Teufel in Menschengestalt und machst deiner Familie keine Ehre. Wenn du sofort auf Nimmerwiedersehen mit deinen Spießgesellen Buchholz verlässt, werden wir mit dir nachsichtig sein und dein Leben verschonen. Ansonsten wird Bertram Genugtuung widerfahren für das, was du seinem Weibe angetan hast. Wir werden dich vor ein ordentliches Gericht zerren.« Diese weisen Worte hatte sein Taufvater, Pastor Justus, gesprochen. Neben ihm standen die Gevattern Bartheld Reineken und Heinrich Bartels. Sie unterstützten die Worte mit lautem Säbelgerassel.

Jaspar hatte ihm mit schiefem Gesicht zugehört. Jetzt wurde ihm die Sache zu bunt. Er wollte ins Haus zurück, weitertrinken und den guten Part gemeinsam mit seinen Kameraden feiern. Also ging er zu einem Friedensangebot über. »Was soll das Geschrei um die Hure? Sie hat sich mir selbst angeboten. Heulend ist sie zu mir gekrochen und hat mich angewinselt, sie zu besteigen. Auf so ein Weib kannst du verzichten, Vormund. Erschieß sie, wie es so eine Hure verdient hat, und wir begraben den Streit. Bei mir fließt der Broyhan für alle.«

Doch mit seinem Einlenken war die Geschichte für die Bauern nicht abgetan. Die Schmach saß zu tief. Bertram richtete die Muskete auf ihn. Ein leises Klicken war zu hören. Ein gefährliches Geräusch von Eisen auf Eisen, dass Jaspar nur zu gut kannte. Alle Farbe wich im Nu aus seinem Gesicht, als er die unüberwindbare Entschlossenheit in den Gesichtern der Bauern sah. Wie eine geschlossene Front rückten sie plötzlich auf ihn zu, mit verbissenen, undurchdringlichen Gesichtern, allen voran Bertram, der Vormund.

Seine Kumpane hinter ihm auf der Diele versuchten nun ebenfalls, zu den Waffen zu greifen. Allerdings waren sie vom Broyhan so sehr benommen, dass sie nur orientierungslos durch den Raum stolperten. Da griff er zu einer List. Rasch riss er sich das Hemd vom Leib, zog das Messer aus dem Gürtel, starrte Hinrich fest in die rot unterlaufenen Augen und rammte sich die spitze Waffe in die Schulter. Er verzog keine Miene dabei, fasste dann den Pastor ins Auge und sagte ganz ruhig, aber so laut, dass es alle verstanden: »Nun, wollt ihr mich immer noch töten? Dann versucht es. Ihr könnt mich nämlich gar nicht umrücken.« Ohne Bertram aus den Augen zu lassen, zog er das Messer aus der Schulter und hielt es hoch über den Kopf, damit es alle sehen konnten. Kein Tropfen Blut war an der Schneide. Auch seine Schulter war unversehrt. Lediglich an der Stelle, wo das Messer tief in das Fleisch gedrungen war, leuchtete ein winziger bläulich-roter Fleck.

Marie hatte der Szene von ihrem Versteck aus mit Spannung zugesehen. Erst jetzt, nachdem Jaspar das Messer über dem Kopf schwenkte und sich vor dem Vormund damit brüstete, dass er ihn ja selbst das Festmachen gelehrt habe, wurde sie totenbleich und vergaß alle Vorsicht. In ihrem Kopf war ein Plan gereift, der waghalsigen Mut von ihr erforderte. Ohne auf Medefelds Warnung zu hören, erhob sie sich aus ihrer kauernden Stellung und lief an den verblüfften Bauern vorbei geradewegs auf Jaspar zu.

Der wedelte gerade Hinrich mit einem Zettel vor dem Gesicht umher und forderte ihn laut auf: »Lies vor, was du selbst darauf geschrieben hast!«

Da sie aus Erfahrung wusste, dass weder Jaspar noch der Vormund den Zettel lesen konnten, nahm sie ihm das Schriftstück aus der Hand, das Jaspar einmal vom ihm zusammen mit einer Salbe zum Festmachen bekommen hatte und las, ohne sich um die verdutzten Gesichter zu kümmern: »Wer davon einen Mund voll einfrisst, sei ganze vierundzwanzig Stunden fest, aber er solle die Sonne meiden, denn wenn die einen bescheine, könne man sich nicht festmachen.«

Die Luft war von Schweigen erfüllt. Es schien kein Ende zu nehmen, bis die Bauern mit einem Mal, beeindruckt von dem seltsamen Schauspiel, rückwärts zum Tor zurückwichen. Erst dort, als sie sich vor der bösen Erscheinung in sicherer Entfernung wiegten, schwoll der Lärm erneut an: »Das ist nicht unser Jaspar, das ist eine teuflische Bestie, die nur so aussieht wie er.« Dann rannten sie so schnell die Füße sie trugen vom Hof, während Jaspar mit der Verblüffung über seinen schnellen Sieg kämpfte.

Diesen Augenblick nutzte Marie. Um nicht ein Opfer seiner Wut zu werden, bedurfte es jetzt aller List und Schläue, die einem Weib zu eigen waren. Sie lächelte ihn an wie ein Engel, schlug kokett die Augen auf und säuselte betrübt: »Oh, mein Geliebter. Gott hat mein Flehen erhört und dich mir unversehrt zurückgegeben. Ich bin diesen gottlosen Leuten unter Einsatz meines Lebens gefolgt, um dich vor ihnen zu warnen. Aber sie waren schneller als ich.«

Als sie dabei unversehens einen Blick durch die Tür wagte und den Vater im Vollrausch, laut schnarchend, quer über dem Tisch hängen sah, bereute sie, sich in Jaspars Angelegenheiten gemischt zu haben und wünschte sich, dass ihn auf der Stelle der Teufel hole. Arglistig, mit Broyhan und Weibern, hatte er Tönnjes die Ehre und das Gewissen genommen. Es würde Stunden, vielleicht Tage dauern, bis der Vater begriff, was für eine Schlange er an seinem Busen nährte.

Jaspar starrte sie entgeistert an. Dann nahm er ihr wütend den Zettel weg und sie sah, wie der Sturm sich in seinem Inneren langsam beruhigte. Denn plötzlich legte er lächelnd den Kopf in den Nacken und zog sie ungestüm an seine Brust. »Meine Marie«, flüsterte er gerührt über so viel Treue, strich ihr übers Haar, umfasste mit beiden Händen ihr Gesicht und küsste sie auf den Mund, ohne sich weiter um die Bauern zu scheren. Aber denen stand auch gar nicht mehr der Sinn nach Streit. Allein die Vorstellung, dass er unverwundbar war, raubte ihnen jeden Mut, sich jemals wieder mit ihm anzulegen. Murrend, aber schwer beeindruckt zogen sie ab und ließen sich auch nicht von Bertram davon abhalten, der hinter ihnen hergrunzte wie ein Eber: »Aber Leute. Hört mir zu. Der Jaspar ist nicht mit dem Teufel im Bunde. Er hat Euch nur mit einem billigen Trick getäuscht und Eure Dummheit ausgenutzt. Ich kann ihn das Festmachen gar nicht lehren!«

❧

In der Nacht nach diesem Ereignis lief ein Mann zu Fuß durch das Holz. Er lief schnell, so schnell es seine Körperfülle erlaubte, und tastete mit einem Schäferstab den Weg vor sich nach Geröll und umherliegenden Ästen ab. Manchmal sah es so aus, als stolpere er über seine eigenen Füße und die dreizehn Ellen Leinwand auf seinem Rücken verfingen sich im Geäst. In so manchem Baumriesen, der ihn davor bewahrte, in einen der zahlreichen Wasserläufe zu fallen, sah er einen Feind, den er dann mit seinem am Ende angespitzten Schäferstab bedrohte. Er fuchtelte damit vor dem Baum umher und lallte böse: »Schon wieder so ein Baumriegel des Satans«, bevor er sich schimpfend weiter trollte. Die Sonne war schon lange zwischen den Blättern verschwunden, und hätte er noch so etwas wie ein Zeitgefühl gehabt, wäre er diesen Weg bestimmt nicht allein durch das Holz gegangen. Doch der Broyhan war in dieser Nacht sein bester Freund gewesen. In ihm hatte er all seinen Kummer ertränkt, seine Unfruchtbarkeit, die ihn dazu verleitet hatte, sein Weib in Jaspars Bett zu legen, und den Krieg, der daran Schuld war, dass er sein Leben anstatt als Schäfer als Hehler und Pferdehändler fristen musste.

»Dir werde ich diese Schmach noch heimzahlen, du Teufel in Engelsgestalt. Abschneiden werde
ich ihn dir, damit du nie wieder ein Weib begat-
ten kannst, du Hundsfott«, grunzte er vor sich hin
und schwor Jaspar tausend Tode. Von seinem unge-
treuen Weib wollte er nichts mehr wissen. Was soll
ich mit einer solchen Idiotin, dachte er. Werde ich
mir eben eine Neue suchen. Das hätte ich schon
längst tun sollen.

So in Gedanken versunken wurde er unvorsichtig und achtete nicht mehr darauf, in welche Richtung er lief. Er kam in der Dunkelheit immer mehr
vom Wege ab und stand plötzlich vor einer Holzbrücke, die ihn über das Wasser nach dem einzigen
Berg, dem Limmer, führte. »Verdammt, das ist gar
nicht der Weg zu meinem Hof«, knurrte er überrascht und stierte auf den Bach und das braune Wasser unter sich, das gefährlich rauschte und heftig
gegen die Uferböschung schlug. Die helle Scheibe
des Mondes, die ihm anstelle der Sonne seit einer
Stunde den Weg beleuchtete, wurde jetzt von tief-
schwarzen Wolken verdeckt, die fast genauso schnell
wie das Wasser im Bach am Horizont dahinjagten
und Regen mitbrachten, der sich in dicken Tropfen über ihn ergoss. Ärgerlich wischte er sich mit
dem Handrücken über das nasse Gesicht und wollte
gerade wieder einen derben Fluch loslassen, als er
wie versteinert auf den dunklen Mann am anderen
Ende der Brücke starrte.

Ich habe wirklich zu viel gesoffen, dachte er, blinzelte, machte einen Schritt nach vorn, wedelte mit der Hand, als wollte er die Erscheinung verscheuchen, hielt dann auf einmal den Schäferstab wie eine Pike in der Hand und stach mit ihm mehrfach ins Leere. »Hey!«, rief er. »Zeig dich Fremder, sonst fährt dir mein Stab zwischen die Rippen!«

Da kam Bewegung in die Gestalt, und das Holz der Brücke bog sich unter Reiterstiefeln, die leise wie ein Wolf zu schleichen vermochten und die Bertram zu kennen glaubte. »Bist du das, Jaspar?«, fragte er und blies erleichtert die Luft durch die Nase. Bevor er überhaupt darüber nachdenken konnte, was Jaspar zu dieser Stunde auf der Brücke suchte, blickte er erstaunt in den Lauf eines Gewehres. »Hey Mann, was soll das?«, fragte er und war sofort klar im Kopf. »Ich sehe dir das mit meinem Weibe nicht nach. Das Weibsstück taugte sowieso nichts. Du kannst sie behalten«, fügte er hinzu. Sich seiner schon nicht mehr so sicher, begannen seine Hände zu schwitzen. Die Mündung war noch immer unverändert stumm auf seine Brust gerichtet. Die Sache wurde ihm unheimlich, zumal sich in diesem Moment auch noch der Himmel in Strömen über ihm ergoss. Es wird wohl der Teufel sein, der gekommen ist, um mich zu holen, dachte er und wollte heimlich einen Schritt zurück wagen. Aber er hatte den Fuß noch nicht angehoben, als das Rohr plötzlich die Richtung änderte, Blitze spuckte und neben ihm laut knallte. Der Schuss ging haarscharf an seinem Ohr vorbei und augenblicklich wurde ihm klar, dass der Mann ein böses Spiel mit ihm trieb. Die stürmische Nacht, die fremde Gegend, der dunkle gespenstische Wald und der unheimliche Geselle brachten den schweren Mann zum Zittern. Wie ein gefallener Baum ging er ächzend in die Knie und bat, die Hände vor der Brust gefaltet: »Wenn du es bist, Jaspar, dann flehe ich dich an. Verschone mein Leben! Ich habe Kinder, sollen sie ohne Vater aufwachsen?«

Da zischte es plötzlich böse: »Hast du mich verschont, als ich noch ein unbescholtener Knabe war? Zugesehen hast du, du räudige Ratte, als ich es in der Scheune, im Kuhstall und auf der Tenne mit deinem Weibe treiben musste. Immer und immer wieder. Und dein Weib, ausgenutzt hat sie mich. Ich musste für sie stehlen. Du Hundsfott hast es nicht einmal bemerkt. Ich war noch ein Kind. Am Tisch meines Vaters Hans gab es keinen Platz mehr für mich. Er gab mich mit ruhigem Gewissen in deine Hände und du hast einen Halunken aus mir gemacht.«

»Du bist doch kein Halunke, Jaspar.« Betram hoffte, ihn mit Schmeicheln zu beruhigen, um damit sein Leben zu retten. Der eitle Geck liebte es, wenn man ihn lobpries.

Doch Jaspar spuckte verächtlich aus und stieß ihn mit dem Gewehrlauf vor die Brust. »Los, hoch du Ratte!«, forderte er ihn auf und Bertram gehorchte wie ein Hund. Dann stieß er ihn in den Rücken, sodass er vor ihm den Weg zurückgehen musste. Vorher aber nahm er ihm noch die Leinwand ab und befahl ihm, seine Taschen zu leeren. Neun Groschen kamen zum Vorschein, die er ihm vor die Füße ins Gras werfen musste. Eingeschlossen von Dickicht wurde der Weg zurück immer schwerer zu passieren, und nicht nur einmal dachte er daran, einfach in das Gebüsch zu springen und zu fliehen. Aber Jaspar erriet jeden seiner Gedanken und drückte ihm nur noch stärker den Lauf in den Rücken. Irgendwann, als er sich kaum noch auf den Beinen halten konnte und vorwärts stolperte, dabei auf den Bauch fiel, sich wieder hochrappelte und den Herrgott um Hilfe anflehte, gebot ihm Jaspar, stehen zu bleiben. Vor ihnen lag eine Anhöhe und sein Peiniger zischte: »Los, da hinauf!«

Obwohl er sich nicht vorstellen konnte, was er auf dem Hügel sollte, beeilte er sich, der Aufforderung nachzukommen und kraxelte hastig den Abhang hinauf. Er war noch nicht ganz angekommen, als er begriff, was Jaspar vorhatte. Die Lehmkuhle, dachte er mit Entsetzen, er wird doch nicht wollen, das ich da hinabsteige?

Vor ihm lag eine kleine Lichtung mit wenig Grün, viel Sand und einem riesigen schwarzen Krater. Das Loch gähnte wie eine tödliche Falle vor ihm, und Jaspar stieß ihn jetzt hart in den Rücken, sodass er strauchelte, und nur ein herabhängender Ast, an den er sich hastig klammerte, verhinderte, dass er kopfüber in die Tiefe fiel.

»Steig hinunter in die Grube!«, befahl der

Halunke ihm und verlieh seinem Befehl mit dem Fuß Nachdruck.

Aber Bertram hielt weiter den Ast umklammert und flehte: »Jaspar, Söhnchen, versündige dich nicht. Was du vorhast, ist gottlos und wird dir wenig Ehre einbringen. Meine Kameraden, die Meier aus List, sie werden dich finden und dir das Fell über die Ohren ziehen.«

Für das Geflenne hatte Jaspar nur ein Grinsen übrig. »Soll ich dich gleich hier erschießen?«, fragte er, und Bertram hörte, wie er die Muskete lud. Er klammerte sich an seine letzte Hoffnung, dass Jaspar ihm nur einen großen Schrecken einjagen wollte. Immerhin waren sie jahrelang so etwas wie Kameraden gewesen. Wie viele der gestohlenen Pferde waren durch seinen Stall gegangen? Er hatte ihn nie um den Preis betrogen. Immer pünktlich bezahlt. Gehorsam rutschte er über den Rand, wartete einen Moment mit jagenden Herzen, ob Jaspar es sich vielleicht noch anders überlegte, und sprang dann, als er erbarmungslos die Stiefelspitze im Rücken spürte, in die Tiefe. Der Boden, auf dem er landete, war nicht hart, eher feucht und glitschig. Trotzdem spürte er von dem Aufprall alle Knochen und rieb sich den verstauchten Knöchel. Als er nach oben blickte, verdeckte Jaspars Gestalt den Grubenrand. Es hatte aufgehört zu regnen, der Wind pfiff leise durch die Baumkronen, er spielte sanft mit den Blättern, die von den Ästen hinab zu ihm in die Grube fielen. Über Jaspars Haupt leuchtete wieder die silberhelle Scheibe des Mondes. Sie zeichnete ein gespenstisches Bild von ihm. Jaspar wirkte mit seinem schwarzen Mantel, mit dem ebenso schwarzen breitkrempigen Federbarett und seinem Rohr aus schwarzem, geöltem Buchenholz, so Furcht einflößend, dass er unvermutet an die Mär mit der Unverwundbarkeit erinnert wurde und sich still seinem Schicksal ergab. Man konnte dem Teufel nun mal nicht entfliehen. Er tastete zwar noch einmal instinktiv die glitschigen Lehmwände ab, in der Hoffnung auf einen letzten Fluchtweg, doch Jaspar, der sich Zeit ließ und ihm dabei zusah, unterbrach seine Bemühungen: »Wenn du noch etwas zu sagen hast, dann sag es jetzt. Ansonsten bete dein Vaterunser. Denn ich jage dir gleich die schon längst fällige Kugel durch deinen dicken Schädel.«

Dass er sich die Frechheit herausnahm, wie ein Richter auf seiner Hinrichtung aufzutreten, weckte in Bertram ein letztes Mal die Lebensgeister. Wütend blies er die Backen auf, trat gegen die Lehmwände und brüllte wie ein gefangener Bär: »Du Elender, du Gottloser, du Weiberschänder und Mörder! Wenn du mich totschießt, werde ich dir in deinen Träumen erscheinen und dich quälen bis zum jüngsten Tag, bis du Gott auf den Knien um Erbarmen anflehst …«

Er hatte noch nicht zu Ende gesprochen, da unterbrach ihn ein ohrenbetäubender Knall für immer und es war, als hätte man ein Licht in der Grube angemacht, so grell war der Lichtschein aus dem

Rohr, der wie ein Blitz von oben in die Grube sauste. Der Vormund griff sich erstaunt an den Kopf, sah auf seine Hände, die plötzlich feuchtklebrig waren von seinem Blut, schickte einen Blick nach oben zum Grubenrand, wollte etwas sagen, und sackte dann wie ein entwurzelter Baumriese ächzend in sich zusammen.

∽◎〜

Am nächsten Morgen wachte Marie in einer fremden Kammer auf. Sie lag ausgestreckt auf einem Lager unter einer riesigen Pferdedecke. Schlaftrunken rollte sie mit den Augen und versuchte sich zu erinnern. Sie räkelte sich, gähnte herzhaft und starrte lange auf den bestickten Betthimmel aus weißem Linnen. Dann erst bemerkte sie das Licht. Es kam von einem großen runden Leuchter mit geschnitzten Reiterfiguren aus Holz. Er hing mitten im Raum zwischen den rohen Deckenbalken. Neugierig geworden richtete sie sich ein wenig auf und ihre Augen suchten nach einer Tür, die sie in der mit Lehm beworfenen Wand zwischen Sätteln und Waffen entdeckte. Rechts neben dem Eingang starrte ihr die Mündung eines Schützenrohres entgegen. Die Waffe besaß einen Schaft aus Buchenholz mit vielen Verzierungen. Aus irgendeinem Grund erregte die Waffe ihre Aufmerksamkeit und sie krabbelte unter der Decke hervor, wickelte ihren Körper in ein Tuch aus Fellen und Leinen und trippelte zur Tür. Vorsichtig fuhr sie mit dem Finger über den Lauf und schnupperte daran. Das Rohr fasste sich warm an und am Finger klebte Ruß. Erstaunt drehte sie den Finger hin und her, diese Waffe musste erst kürzlich benutzt worden sein. Aufmerksam geworden betrachtete sie nun den Ladestock aus Holz und die zwei glatten Radschlosspistolen mit ihren braunen, geölten Schäften. Zu ihrer Linken war die Wand mit großen und kleineren Säbeln, Pulverbandeliers mit Riemen aus Rindsleder, verschiedenen Pulvermaßen, Zündkrautfläschchen, Ölfläschchen, Kugelbeuteln und einer gezwirnte Hanflunte zugehängt. Nach der ersten Überraschung glaubte sie, sich im Heerlager zu befinden, lautes Schnarchen, Kichern, zwitscherndes Lachen und leise piepsende Schreie aus den unteren Räumen schienen das zu bestätigen. Rasch schlüpfte sie wieder unter die Decke, als sie auf einmal gegen einen nackten Fuß stieß. Bei ihrem Interesse an den Waffen war ihr etwas entgangen, nämlich, dass jemand mit ihr das Lager teilte.

Jaspar musste sie schon eine Weile beobachtet haben. Er lag, den Kopf auf den Arm gestützt, neben ihr und betrachtete sie interessiert. Als sie ihm verdutzt in die amüsiert lächelnden Augen sah, kroch er zu ihr unter das Fell. Er war nackt. Erschrocken zog sie die Pferdedecke bis an das Kinn hinauf. Dann fragte sie leise: »Wie komme ich hier her?«

»Narkotika«, grinste er, spitzte die Lippen und kitzelte sie mit einem Strohhalm an der Wange.

»Was ist das, Narkotika?«

»Es ist ein Kraut, das sich Stechapfel nennt. Es beschert uns berauschende Liebesnächte. Ich musste dir das Kraut in den Wein geben. Anders hättest du es bemerkt. Danach bist du in einen glückseligen Rauschzustand verfallen. Er hat deine Fantasien regelrecht beflügelt. Mir hilft das Kraut auch manchmal gegen die Kugeln«, gestand er ihr, beugte sich vor, umfasste mit beiden Händen ihr Gesicht und küsste sie auf den Mund. Doch als er begann, mit seiner Hand unter die Decke zu tasten und als seine rauhen Finger ihre Brust umfassen wollten, da stieß sie ihn von sich und flüchtete erneut vom Lager. Auf nackten Füßen, eingewickelt in ihr langes Haar und in ein Stück Wolfsfell, stand sie vor ihm.

»Du bist meine Geliebte. Also gehörst du auch zu mir. Willst du mich denn wieder verlassen, nachdem du mir das Leben gerettet hast?«, fragte er sie erstaunt, mit leichter Ironie in der Stimme. »Hörst du das?« Er wies mit der Hand auf den Boden neben das Bettgestell. Durch die Ritzen ertönte wieder das Kichern, dazwischen Tönnjes' schnaufende Stimme und noch viele andere Geräusche, die jeden Zuhörer zu wilden Träumereien angeregt hätten.

»Ich höre Schnarchen, Brummen und die Vögel zwitschern«, antwortete sie und verzog den Mund bei dem Gedanken daran, dass sie es vielleicht ebenso getrieben hatten.

Jetzt richtete er sich zur Hälfte auf und streckte ungeduldig die Hand nach ihr aus. »Sei auch so ein

Vogel«, bettelte er, »komm zu mir zurückgeflogen in meine Arme.«

Auf einmal musste sie an den gestrigen Auftritt der Bauern denken, an den Vater, der danach nur Blicke für die dralle Dirne an seiner Seite gehabt hatte und schon so betrunken gewesen war, dass er sie nicht mehr von den Bauernhuren unterscheiden konnte, die Jaspar sich in das Haus geholt hatte, um die Nachbarn damit zu verärgern. Bei dem Gedanken an das Saufgelage, dem sie danach unfreiwillig ohne Medefelds Beistand beiwohnen musste, an Elias, der Hans im Rausch ein halbes Ohr abgebissen hatte, und Hinrich und Gregor, die besoffen im Streit um das Geld die Messer zückten und sich gemeinsam wie wilde Tiere in Erbrochenem und Blut am Boden wälzten, wallte der Hass in ihr wieder auf.

»Du sagst, ich habe dir das Leben gerettet, aber du hast mich wie eine von deinen Bauerndirnen benutzt?« Herausfordernd sah sie in das Gesicht mit den engelsblonden Haaren, den blauen, bittenden Augen. Der Mörder vor ihr schmachtete nach ihr, nach ihrem Körper. Zu dumm, dass er ein Liebhaber ist, um den mich jede Dirne beneidet, dachte sie. Was für ein teuflisches Spiel, wieso sehe ich Sinnlichkeit, Anbetung und Zärtlichkeit, wo es eigentlich nur rohe Gewalt gibt? Sie überlegte, ob er sie wohl wirklich liebte, und rief sich Johanns Gesicht und ihren Schwur in Erinnerung, um stark zu bleiben und nicht den Verführungskünsten des Teufels zu verfallen. Mutig blitzte sie ihn an. Außerdem musste sie unbedingt den Vater aus seinen Klauen befreien. »Würdest du mich denn auch zu deinem Eheweib nehmen?«, fragte sie jetzt listig.

»Deine Frage erstaunt mich.« Wahrscheinlich hätte er in diesem Augenblick alles beantwortet, um sein Ziel zu erreichen. Er blitzte sie vielversprechend an, schnellte pfeilschnell nach vorn, erhaschte ihre Hand und keuchte: »Warum nicht? Du bist anders als die Marketender und Bauernhuren hier, du hast Temperament und Rasse wie eine gute Zuchtstute. Man muss dich nur verstehen zuzureiten. Vielleicht wirst du mir Kinder gebären.«

Sie stieß einen spitzen Schrei aus, doch er verschloss rasch ihren Mund mit seinen Lippen. Als er über sie gebeugt erregt Luft holte und ihr Gesicht und ihre nackten Brüste betrachtete, überwand sie sich und lächelte. Mit ihm kokettierend, strich sie ihm mit dem Finger über die Lippen, streichelte die Muskeln an seinen Oberarmen und hauchte: »Dann musst du mir versprechen, mich nicht mehr wie einen Hund wegzujagen, sondern du musst mich auf deinen nächtlichen Streifzügen mitnehmen, wenn du wieder ausrückst, um Pferde zu stehlen.«

Einen Moment sah es aus, als verstand er ihre Bitte nicht. Dann rollte er sich von ihr herunter auf den Rücken und lachte. »Ich werde verrückt, ein Weib unter Räubern … eine Räuberbraut!« Doch gleich darauf warf er sich wieder über sie, drückte sie mit seinem Gewicht auf das Lager und sagte, während sich sein Blick in ihre Augen bohrte: »Bist du so dumm oder verstellst du dich nur, du Satansweib? Wir sind keine Bauern mehr, wir sind Räuber. Kriegsleute, die auf eigene Faust Krieg führen, so wie Caspar Reusche von Stöckheim und Hänschen von Rode. Wir drei sind Parteigänger, die bei der fürstlichen Obrigkeit gleichermaßen wie bei den Heerführern gefürchtet sind.« Die Liebe bringt irgendwann jeden Mann um den Verstand. Und da Jaspar dergleichen nicht allzu viel besaß, begann er sich, von ihr in seiner Eitelkeit herausgefordert, mit seinen Taten zu brüsten. Nur war das eine Leichtfertigkeit, bei der der Satan die Hand mit im Spiele hatte.

Und während Marie befürchtete, er könnte ihre wahren Gedanken entdecken, sah sie nun ihre Chance gekommen. Sie bedeckte seine Brust mit Küssen und unternahm einen zweiten Versuch, noch mehr über ihn zu erfahren: »Aber ich kann kämpfen wie ein Mann, bin schnell wie ein Pferd und listig wie ein Fuchs. Der Vormund kann mich ja auch das Festmachen lehren, so wie er es dich einst gelehrt hat.« Ihr war just in diesem Augenblick der Zettel eingefallen, mit dem sie Jaspar aus der Verlegenheit gerettet hatte.

»Ach«, winkte er ab. »Das war ja gar nicht der Bertram. Das Festmachen hat mich ein Hirte aus dem Holz gelehrt. Ein alter Einsiedler, der wie ein Hexenweib verschiedene Zauberpülverchen zubereiten kann. Ich hole ihn manchmal zu einem meiner erkrankten Pferde und habe dabei schon viel von ihm lernen können.«

»So werde ich dich nie verlieren, und du wirst mein Liebhaber sein, wo auch ich liege«, wisperte sie listig und knabberte ihm am Ohr. »Wir zwei stehlen gemeinsam, ein Räuberpärchen, das selbst der Teufel fürchten muss.«

Mit Gottes Hilfe hatte sie ihn so weit, dass er ihr bedingungslos vertraute. Er stieg noch einmal von ihr herunter, wickelte sich ein Fell um die nackten Lenden, schob die Füße in die Stiefel, gab ihr ein Zeichen, dass er gleich zurück wäre und verschwand in dem seltsamen Aufzug durch die Tür.

Es dauerte einen Augenblick, bis er mit einem Bündel unter dem Arm wieder kam. Es war etwas in ein blutverschmiertes Tuch gewickelt, das ihr Angst einflößte. Vorsichtig setzte sie sich auf, während er sich mit einem geheimnisvollen Ausdruck auf dem Gesicht neben sie kniete und das Bündel wie eine heilige Reliquie vor ihr aufrollte.

»Hier, meine kleine Räuberbraut, mein erstes Geschenk für dich.« Er begann zu philosophieren: »Feinste Leinwand, dreizehn Ellen, für dein Hochzeitskleid. Wie ein Engel sollst du leuchten, wenn ich dich einmal zum Traualtar führe. Und hier sind neun Groschen für die Aussteuer. Es soll eine fürstliche Hochzeit werden. Nur mache mich nie wütend. Dann hänge ich dich nämlich an dem erstbesten Ast verkehrt herum auf, dann werden sich nur noch die Schmeißfliegen mit deinem Kadaver vergnügen.«

Marie verstand, dies war eine ernst zu nehmende Drohung. Sie wusste, mit dem Geschenk war sie seine Komplizin geworden und ihm auf Gedeih und Verderb ausgeliefert. Doch sie hielt dem Funkeln der blauen harten Augen stand, mit der Gewissheit, dass eines Tages der Tag ihrer Rache kommen würde.

Als sie wenige Stunden später aus dem Haus trat, erwartete sie eine Überraschung. Eine Gruppe Bauern und Weiber, die ihre Gesichter mit dunklen Tüchern verhüllt hatten, zogen schweigend und mit gesenkten Häuptern am Hof vorbei. Zwei von ihnen schleppten in ihrer Mitte zwei dicke Äste auf den Schultern mit einem leblosen Körper daran, den sie wie einen toten Wolf mit Stricken an Händen und Füßen an den beiden Ästen festgebunden hatten. Der schwere Kopf des Toten hing nach unten und baumelte bei jedem Schritt leblos hin und her. Bereits von Weitem konnte Marie sehen, dass ihm das halbe Gehirn weggeschossen war, und eine seltsame Ahnung lenkte rasch ihre Schritte zum Hoftor. Als der Zug mit dem Leichnam näher kam, erkannte sie an der Kleidung und der massigen Fülle des Körpers den toten Vormund.

»Wohin bringt ihr den Toten?«, fragte sie einen der Träger und trippelte ein paar Schritte neben ihm her.

»Zum Amtmann«, kam die kurze Antwort. Der Mann schnaufte unter dem Gewicht. Das Holz auf seiner Schulter drückte, und so versuchte er immerzu den Ast mit beiden Händen umzulagern. Dabei hielt er den Blick gesenkt, nur bei ihrer Frage hob er kurz den Kopf. Doch seine Augen schweiften ausdruckslos über sie hinweg in die Ferne. Aber sie ließ sich nicht entmutigen. Ihr weiblicher Instinkt war geweckt. Sie wollte unbedingt erfahren, was hier geschehen war.

»Wer hat den Mann erschossen?«, fragte sie und zupfte ihn am Ärmel. »Waren es die Kaiserlichen?«

Da schob sich einer von den Bauern aus der ersten Reihe zwischen sie und den Träger. Er trug die typische Kleidung der Bauersleute. Lange Beinlinge, die mit einem Strick um die Hüfte festgebunden waren und die er mit einem weiten herabfallenden, groben, grauen Rock verdeckte. Seine Füße steckten in Holzschuhen und auf dem langen grauen Haar saß eine runde Mütze. Er funkelte sie aus schmalen Augenschlitzen böse an und machte mit dem Kopf eine Bewegung zu Jaspars Hof, als wollte er ausdrücken: Da wohnt der Mörder. Sie sah, dass er etwas sagen wollte, doch er ließ den Arm wieder sinken und zischte nur leise: »Troll dich, Mörderhure!«

Der Vorwurf verletzte sie tief, und am liebsten wäre sie vor Scham weit weggelaufen, aber so schnell wollte sie nicht aufgeben. Hartnäckig blieb sie ihm auf den Fersen.

»Ich bin keine Mörderhure«, verteidigte sie sich und versuchte mit den langen Beinen, Schritt zu halten.

»Bist du wohl«, grunzte er zurück. »Du machst mit dem Mörder gemeinsame Sache. Alle wissen, dass es der Jaspar war, der ihn erschossen hat.«

»Warum unternehmt Ihr nichts, wenn Euch der Schütze bekannt ist?«, fragte sie und stellte sich den Bauern in den Weg. Vor Überraschung blieb er stehen und sah sie an, als hätte man ihr den Verstand weggeschossen, tippte sich an die Stirn und sagte: »Nur leeres Stroh hast du da drin, sonst wüsstest du nämlich, wie gefährlich das ist.« Dann sah er einen Moment in Gedanken versunken auf sie herab, schüttelte den grauen Kopf und murmelte: »Sollte in deinem hübschen Kopf vielleicht noch etwas mehr als nur leergedroschenem Stroh sein, dann nimm deinen versoffenen Vater und reitet weg von hier, so weit euch die Pferde tragen.«

Nach dieser gut gemeinten Warnung schob er sie so unverhofft von sich weg, dass sie das Gleichgewicht verlor und hintenüber in einen Brennnesselstrauch fiel. Als sie sich wieder aufgerappelt hatte, sah sie, wie der Bauer das Ende des Zuges erreichte, sich noch einmal nach ihr umdrehte und ihr eine Grimasse schnitt. Nachdenklich blickte sie der Gruppe nach, bis sie hinter einem Hügel verschwand, und überlegte, warum man die Parteigänger im Ort schweigend duldete. Der Bauer war ein Mann wie ein Bär, und dennoch hatte sie in seinen Augen so etwas wie Angst gesehen. Mit diesen Gedanken beschäftigt trat sie langsam den Rückweg an. Dabei ging ihr die letzte Nacht nicht aus dem Kopf. Sie dachte an die Nacht zurück, an das Rohr an der Wand und an das blutige Leinen. Aber der Schütze hatte neben ihr gelegen wie ein Ehemann. Wie sollte sie dem Amtmann beweisen können, dass er in der Nacht noch einmal unterwegs gewesen war, um feige einen Menschen zu erschießen. Sie konnte sich an nichts mehr erinnern. Vielleicht stand der Hurensohn ja mit dem Teufel im Bunde?

Als sie aus ihren Gedanken heraus die Augen aufschlug, sah sie den Vater sich mit freiem Oberkörper am Brunnen waschen. Er prustete und schüttelte die schwarze Mähne wie ein Hund. Unzählige kleine Wassertropfen verteilten sich in der kalten Morgenluft, während Jaspar gerade einen Eimer mit Wasser über seinem Kopf ausschüttete. Sie verspürte nicht den Wunsch, den beiden zu begegnen, wollte allein ihre Gedanken ordnen und schlug rasch eine andere Richtung ein. Doch während Tönnjes Jaspar das Holzgefäß aus der Hand nahm und es an die Lippen führte, um seinen Durst zu löschen, entdeckte er sie und trat ihr in den Weg. Als er nach ihr griff und sie festhalten wollte, wehrte sie ihn zunächst ab, blieb daraufhin dennoch stehen, weil er sie verwundert fragte: »Wohin willst du so schnell?«

»Zu den Pferden. Ich reite zurück«, antwortete sie schroff und vermied es, ihn anzusehen.

»Ich verstehe dich nicht, Mariechen. Warum

weichst du mir aus?« Verwirrt befestigte er den Eimer am Haken der Seilwinde und ließ ihn hinab in den Brunnen fallen. Ein dumpfes Plätschern war zu hören. Dabei hob er die Schultern und zog den Kopf ein. Sie sah, dass er fror. Es war eisigkalt an diesem Morgen im Dezember.

»Was soll nur aus uns werden?« Er hatte sich ihr wieder zugedreht und stand vor ihr, mit hängenden Armen und einer Miene, so unschuldig wie ein frisch geborenes Lamm.

Männer, dachte sie, wie seltsam sie sich doch benehmen.

Jaspar hatte sich indessen auf den Brunnenrand gesetzt und begann gelangweilt, die Krähen auf dem Hof anzulocken. Dabei verschlang er sie mit den Augen und grinste amüsiert vor sich hin. Vor ihm hatte Tönnjes keine Geheimnisse mehr.

»Ich will erst wissen, warum du mit auf Partei gezogen bist und ob an deinen Händen Blut klebt. Erst dann will ich wieder etwas mit dir zu tun haben.« Dabei hielt sie tapfer Jaspars Blick stand, auch als er sich daraufhin stark verdunkelte. Aber wenn man gleich vermutete, dass er aufspringen und sich auf Marie stürzen würde, so würde man vergeblich warten. Denn Jaspar war Wolf und Fuchs zugleich. So jähzornig und aufbrausend wie sein Wesen war, so listig war sein Verstand, und deshalb brachte er es fertig, völlig unbeteiligt zuzuhören. Er wartete auf seine Gelegenheit.

»Dazu brauchst du nicht wegzureiten. Brich mir

nicht das Herz«, wich er ihrer Frage aus. »Unsere Hände sind sauber. Also, warum willst du mich hier zurücklassen wie einen Ochsen vor der Schlachtbank?«

»Du warst es doch, der mich bei Medefeld einfach zurückgelassen hat.«

Er atmete rasselnd. »Du musst deinen alten Vater verstehen, Tochter«, versuchte er sich herauszuwinden. »Ich gebe es zu, ich habe nicht recht gehandelt. Aber sollte ich dich mitnehmen? Die Sache war geheim. Außerdem bin ich auch nur ein Mann, der gern einen über den Durst trinkt, und ich brauchte wieder einmal ein Weib, das meine Seele erwärmt, aber ich habe mich um dich gesorgt.«

»Ach nee, in den Broyhan hast du geglotzt und zwischen die Brüste einer Bauernhure. Ich habe dich stammeln und grunzen gehört, als der Jaspar mich mit einem Zauber betrunken gemacht hat und bei mir lag.« Sie wies dabei ohne Scheu auf Jaspar. »Du hast deiner Tochter nicht beigestanden, du hast sie nicht einmal bemerkt.«

»Du bist doch jetzt eine Frau und er liebt dich, Marie. Liebe ist nichts Schlechtes. Außerdem ist das der beste Beweis dafür, dass er kein Blut an seinen Händen kleben hat.«

»Ein Blutsäufer, ein Mörder … ist er. An euren Händen klebt das Blut eines unschuldigen Kindes ebenso wie das des Vormunds. Ach, Vater …« Ihre Worte hatten ihn gefällt wie einen Baum. Ratlos nagte er an der Unterlippe und ließ die Arme noch länger hängen. War jetzt eine Kluft zwischen ihnen? War das noch seine Tochter, die mit ihm als Bursche getarnt in den Krieg gezogen war?

»Marie, ich bin kein Mörder, ach wäre ich nur mit meinem geliebten Eheweib zusammen umgekommen«, stammelte er. »Aber das Leben verlangt manchmal Dinge von uns, die wir gar nicht tun wollen. Ich habe einen Sohn verloren, und jetzt hat Gott mir wieder einen geschenkt«, stammelte er, drehte und wand sich wie ein Aal unter ihrem Blick, »aber ich will jetzt nicht die Tochter verlieren. Ich liebe euch beide.«

Sie starrte ihn an, stand vor ihm und dachte: Ich habe ihn für immer verloren. Seine Seele gehört längst ihm, dem Teufel. Ihre Augen wurden feucht. Ach wie gern hätte sie ihn umarmt. Aber sie konnte ihn nicht anfassen. Ihr Körper war wie gelähmt.

Da erhob sich Jaspar vom Brunnenrand. Er war es leid, zuzuhören. Seine Augen funkelten, während er näher schlich wie ein Fuchs, mit einem falschen Lächeln auf den Lippen. Mit einer einzigen Bewegung zog er Marie in seine Arme und hielt sie mit eisernem Griff fest. »Geht das nicht in deinen Kopf, Weib? Wir sind keine Mörder«, sagte er. »Wer so etwas behauptet, ist ein Schwätzer.« Er hob ihr Kinn und drehte ihr Gesicht so, dass sie Tönnjes ansehen musste: »Sieh ihn dir an, deinen Vater. Sieht so ein Mörder aus? Der bringt es ja nicht einmal fertig, ein Kaninchen abzuschießen. Um den solltest du dir überhaupt keine Gedanken machen. Egal, wer den Vormund auch getötet hat, dem sollte man dafür einen Orden verleihen. Wenn einer den Tod verdient hat, dann ist es bestimmt er. Es gibt Dinge, die dir nie mehr aus den Knochen gehen. Denn er und sein Weib, diese hässliche Kröte, haben mir in meiner Jugend den Glauben an die reine Liebe zerstört. Diese Säue haben mit mir Sachen gemacht, für die deine Fantasie nicht ausreichen würde.«

Sie hörte ihm mit großen Augen zu. Nie hätte sie vermutet, dass man auch Jaspar Schmerzen zufügen konnte. Er war eben eine seltsame Person, das musste sie anerkennen. Aber eine Entschuldigung für das Blut an seinen Händen war es nicht.

»Es ist immer die Kindheit, die dich formt und dich zu dem macht, was du bist«, fügte er hinzu, und es sah aus, als blickte er für einen Moment in eine andere Welt. Dann ließ er Marie ruckartig los. Er fand es unter seiner Würde, sich länger mit einem Weib zu beschäftigen, als seine Lenden es von ihm verlangten. In Gedanken bereits wieder bei den Kameraden, lief er rasch ins Haus zurück, aus dem gerade eine Rauchsäule aufstieg und lautes, aufgeregtes Gegacker drang. Im Eingang blieb er verblüfft stehen. Gregor und Elias stolperten im Hemd und offener Hose hinter dem wild flatternden Federvieh her. Sie taumelten, noch trunken von der Nacht, aber hungrig wie Wölfe, und griffen ziellos nach den Hennen, um ihnen die Eier aus dem Hinterteil zu drehen. Dabei schepperten Kannen, fielen Becher zu Boden und wirbelte Staub auf. Hohlköpfe, alle, dachte er grimmig. Kaum haben sie ihren Rausch ausgeschlafen, müssen sie fressen und mir das Federvieh rupfen. Besaufen sich am Broyhan und wundern sich, dass es ihnen danach so dreckig geht.

Marie wäre gern zusammen mit dem Vater zur Schänke zurückgeritten. Allerdings schien es ihr im Moment zu riskant, sich ihrem Vater anzuvertrauen. Womöglich würde er sie an Jaspar verraten und in seiner verblendeten Liebe auch noch denken, ihr damit einen Gefallen getan zu haben. Die dreizehn Ellen Leinwand und das Geld gingen ihr nicht aus ihrem Kopf. Und so stand längst für sie fest, die Leinwand nicht für sich zu behalten, sondern zum Amtmann zu bringen. Sie überlegte nur, wie sie es anstellen sollte, mit den Sachen unbemerkt den Hof zu verlassen. Da kam ihr eine Idee. Versöhnlich trippelte sie hinter Tönnjes her ins Haus und wartete dann auf einen geeigneten Moment, um sich in den Stall nebenan zu stehlen. Zu geeigneter Stunde band sie hastig den Ochsen und die Pferde der Räuber los, schwang sich auf eines, steckte zwei Finger in den Mund und pfiff. Augenblicklich drängte der Gaul unter ihr zwischen den anderen Pferdeleibern zum Tor hinaus. Vor dem Stall steckte sie einen Scheit in die glimmende Tonne und setzte den mit Stroh beladenen Leiterwagen in Brand. Als sie gleich darauf ihr Pferd um den Hof herum in das Holz lenkte und sich umblickte, sah sie die Spitzbuben laut schimpfend und fluchend hinter dem brennenden Wagen und den in Panik davor fliehenden Pferden herrennen.

Während also die Halunken ihre Pferde wieder einfingen und Jaspar Marie schwor, sie so zu verbläuen, dass sie sich wünschte, ihm nie begegnet zu sein, und Tönnjes vor Stolz über die Tochter die Brust schwellte, jagte sie längst mit der Leinwand in den Satteltaschen und zwei Pistolen am Gürtel durch den Wald nach Langenhagen.

Der Winter war mit heftigen Regengüssen ins Land gegangen und hatte den Boden aufgeweicht. Zudem wehte ein eisiger Wind. Die scharfen Zweige rissen ihr am Mantel und den Haaren. Das Pferd unter ihr rutschte auf dem nassem Boden aus und einmal brach es hinter einem querliegenden Baumstamm in die Knie. Marie schleuderte über den Pferdekopf und kugelte über den Boden, fluchte dem davonfliegenden Hut hinterher, untersuchte die Pferdebeine auf Verletzungen, saß dann wieder auf und trieb ihr Pferd noch schneller durch das Unterholz. Aber der Wald wurde immer schlechter passierbar. Immer öfter war sie gezwungen, umgestürzten Bäumen, Morast und Wasserläufen auszuweichen, sodass sie nicht bemerkte, wohin sie ihr Weg führte. Erst als das Rauschen in den Baumkronen aufhörte, als die Vögel nicht mehr zwitscherten und eine eisige Ruhe sie umgab, zügelte sie ihr Pferd. Plötzlich sah sie nur noch Bäume um sich herum, uralte Riesen, die mit

ihren ausladenden Kronen den Himmel verdeck-
ten, riesige Stämme und Weiden, die sich vor ihr
in majestätischer Schönheit leise rauschend bis zur
Erde verneigten. Das Pferd unter ihr begann nervös zu tänzeln. Es spürte ihre Angst und versuchte
auszubrechen.

»Ruhig, Brauner«, beruhigend tätschelte sie ihm
den Hals. Doch die klammen Finger zitterten und
das Pferd begann sich nur noch heftiger auf der
Stelle zu drehen. »Was hast du nur, du dummer
Gaul?« An dem heftigen Schnauben spürte sie,
dass es vor irgendetwas panische Angst hatte und
ihr nicht mehr vertraute. Längst bereute sie den
Entschluss, allein zum Amtmann zu reiten, und
wünschte sich zurück zum Vater. Ich hätte mich
ihm anvertrauen sollen. Sicher hätte er mich verstanden, wenn er die blutige Leinwand erst gesehen hätte, dachte sie, als das Pferd mit einem Mal
ganz stillstand. Steif wie ein Baum stand es unter
ihr und rührte sich nicht. Sein Hals, die Brust und
die Lenden glänzten weiß vom Schweiß und die
Ohren hatte es starr nach vorn gestellt. Mit verdrehten Augen blickte es zu Boden und schnaubte
leise. »Was ist denn mit dir los?«, fragte sie, mehr
um sich zu beruhigen, und zog vorsichtshalber die
Pistolen aus dem Gürtel. Doch als sie die Schlösser einschnappen ließ, zitterten ihre Hände und
die Waffen fielen zu Boden. Mit aschfahlem, ent-
geistertem Gesicht sah sie ihnen hinterher, wie sie
langsam, leise glucksend vom Boden verschlun-

gen wurden. Sie wollte schreien, aber ihr Hals war wie zugeschnürt weil sie entdeckte, dass ihr Pferd bereits bis zu den Knien im Morast stand. Instinktiv wartete es, und weigerte sich weiterzugehen. Sie spürte seine Angst durch den Sattel und klopfte ihm beruhigend den Hals.

Das Moor, schoss es ihr durch den Kopf und sie vergaß das Zittern. Jede Bewegung, das wusste sie vom Vater, der sie in der Kindheit hundertfach vor den Moorgeistern gewarnt hatte, würde sie jetzt nur noch schneller in die Tiefe ziehen. Sie begann sich lediglich nach einem rettenden Ast umzublicken. Doch ihre Arme waren zu kurz, sie reichten nicht aus, um die Weide über ihr zu fassen. Wie ein in Stein gemeißeltes Reiterbildnis konnte sie nur noch still darauf warten, bis der Tod sie irgendwann erlösen würde. Das Moor war heimtückisch. Ruhig lag die schwarzbraune Oberfläche auf der Lichtung. Allerdings hätten die dicken Blasen, die sich immer wieder glucksend an der Oberfläche zeigten, Menschen und Tieren eine Warnung sein müssen. Bis hierher und nicht weiter. Selbst Kutschen waren schon von der zähen Masse verschlungen worden und so mancher Soldat hatte auf der Flucht hier im Moor ein letztes unrühmliches Ende gefunden. Das Pferd unternahm noch einen letzten Versuch der schwarzen Hölle zu entfliehen. Es stieg ruckartig kerzengerade aus der Masse empor und warf sich mit letzter Kraft nach vorn. Aber es geriet nur noch tiefer hinein und versank dann wieder in Starre.

Es muss wohl eine Ewigkeit vergangen sein, die Marie in ihrer misslichen Lage verbrachte. Sie fror, die Muskeln wurden steif und schmerzten, und als nur noch das Sattelzeug und der Pferdekopf aus der zähen Masse heraus ragten und der Tod bereits nach ihren Hüften griff, begann sie laut, um Hilfe zu schreien. Sie schrie gellend wie ein tödlich getroffenes Tier und flüchtete sich in ihrer Todesangst in Visionen. Sie sah den Vater, wie er ihr zu Hilfe eilte, als der Marketenderjunge starb, wie er sie neben Johanns Leichnam in den Arm nahm und tröstete und wie er für ein paar Kleider für sie tötete. Aber der Vater war es nicht, der ihr in ihrer größten Not zu Hilfe eilte. Zwischen den Bäumen tauchte, von ihrem Schreien angelockt, wie aus dem Nichts ein einzelner Reiter auf. Er schien das Moor genau zu kennen. Denn er schritt sehr vorsichtig vorwärts und führte sein Pferd hinter sich am Zügel. Vor sich hielt er einen langen, hellen Stab mit dem er in einem Halbkreis den Boden abtastete. Einige Meter vor ihr, zwischen zwei mächtigen Eichen, blieb er stehen und schaute zu ihr hinaus auf das Moor. Dann formte er die Hände zu einem Trichter und rief mit einer leichten Ironie in der Stimme: »Bist du nur eine Erscheinung oder noch von Fleisch und Blut?« Für sich dachte er: Schon wieder so ein Dummkopf, der die Warnungen des Moores nicht zu deuten versteht, und schrie, als er keine Antwort erhielt: »Soll ich dir helfen oder bist du lebensmüde und willst bei den Moorgeistern bleiben?«

Marie, deren schon starres Herz nun in neuer Hoffnung schneller zu schlagen begann, rief aus vollem Halse zurück: »Hilf mir bitte, aber ich kann mich nicht bewegen, das Moor würde mich sofort in die Tiefe ziehen.« Mit Entsetzen sah sie, dass selbst die Bewegung ihrer Lippen ihre Lage bereits wieder verändert hatte und das Moor ihr nun bis zu den Achselhöhlen reichte. Von ihrem Pferd sah sie nur noch die Nüstern, aus denen leise glucksend Blasen stiegen, und das Weiße der vor Todesangst verdrehten Augen. Ein letztes Mal spürte sie so etwas wie ein Aufbäumen, und hörte ein qualvolles Wiehern, dann tauchte auch dieses letzte Lebenszeichen des treuen Kameraden in die ewige Tiefe hinab. »Mach schnell!«, schrie sie nun, während ihr die Tränen über die Wangen liefen. Sie weinte um ihr Pferd.

Bewegungslos sah sie, wie der Fremde einen dicken Ast herbeischleppte, ihn vor sich in die schwarzbraune Masse warf und mit einem Seil an einem Baumstamm festband. Dann schlug er einen zweiten Strick um den Hals seines Pferdes. Das Ende schnürte er sich selbst um den Leib, verknotete sich und balancierte vorsichtig auf dem dünnen wackligen Steg entlang zu ihr. Der Ast unter ihm begann zu sinken. Da hielt er an und reichte ihr den Stab. »Versuche, das Ende zu ergreifen. Du hast nur eine Chance. Beeil dich!«, rief er ihr zu und beugte sich, so weit es der Strick zuließ, nach vorn.

Marie wusste, wenn sie das Ende verfehlte, würde sie so weit versinken, dass sie ihre Hände nicht mehr gebrauchen konnte. Sie nahm all ihre Kräfte zusammen, bäumte sich auf und reckte sich, so weit es ihr möglich war, mit gestreckten Armen auf den rettenden Anker zu. Ihre Hände öffneten sich. Dann spürte sie das Stockende zwischen den Fingern, Holz mit einer rauen Oberfläche, das ihr Splitter in das Fleisch riss, was ihr aber in diesem Augenblick wie ein Geschenk Gottes erschien. Verzweifelt hielt sie es umklammert, während der Boden sie nicht hergeben wollte und sie weiter nach unten zog. Der Fremde gab dem Pferd einen kurzen Befehl, worauf es gehorsam rückwärts ging. Das Seil spannte sich und der Mann holte den Stock zu sich heran. Seine Adern am Hals traten hervor. Die Muskeln spannten sich. Die Anstrengung war ihm im Gesicht abzulesen. Er schnaufte, schnitt eine Grimasse, schnellte mit der Hand nach vorn und erwischte Marie am Arm. Den Ast hatte sich mittlerweile das Moor geholt, er hing nur noch am Seilende aus dem Wasser. Der Mantel des Fremden bauschte sich wie ein Ballon auf dem Wasser und hüllte sie beide ein, während das Pferd die Vorderbeine fest in den Boden stemmte und sie gemeinsam an das rettende Ufer zog.

Einen Augenblick später lagen sie beide erschöpft nebeneinander im Moos und ruhten sich von der überstandenen Anstrengung aus. Der Fremde erholte sich zuerst, erhob sich, sammelte ein paar Zweige und entfachte ein Feuer. Eine Weile schwelte das feuchte Holz, dann prasselte es lichterloh und eine wohlige Wärme breitete sich aus. Marie lag auf dem Rücken und hielt die Augen geschlossen. Sie schickte innerlich tausend Gebete zum Himmel und dankte dem Herrgott für ihre Rettung. Als sie die Augen einen Spaltbreit öffnete, sah sie den Fremden im Hemd am Feuer sitzen. Er trug Stiefel aus feinem Leder, die bis über die Knie reichten, ein Hemd aus Seide mit auffälligen Spitzen an den Ärmeln und am Kragen. Sein Mantel und sein Wams hingen zum Trocknen im Geäst eines alten Baumriesen. Es schien ihr, als sei sie dem Fremden schon einmal begegnet. Sein Gesicht mit den dunklen Haaren, die in wilden Locken seine Stirn umspielten, kam ihr seltsam bekannt vor. Als er bemerkte, dass er beobachtet wurde, erhob er sich und kam auf sie zu. Er hatte ein fein geschnittenes Gesicht mit großen rehbraunen Augen, die er jetzt voller Sorge auf sie richtete.

»Hey, bist du endlich aufgewacht?«, fragte er. Seine Stimme klang warm und vertraut.

»Wer bist du?«, fragte sie mit schwerer Zunge und öffnete die Augen.

»Heinrich Kokemüller, Korporal im fürstlichen Heer von Oberst Schlüter«, stellte er sich vor und machte dazu eine schneidige Bewegung mit dem Kopf, was wohl so etwas wie eine Verbeugung andeuten sollte. Gleich darauf zeigte er ihr lächelnd eine Reihe weißer Zähne und wies auf ihre verdreckte Kleidung. »Zieh dein Wams aus, die Hosen und die Stiefel auch! So wirst du dich erkälten.«

Mit klappernden Zähnen folgte sie seiner Anweisung und warf ihm die nassen Kleidungsstücke zu, die er in den Zweigen neben den seinen zum Trocknen aufhängte. Als sie im Hemd fröstelnd näher kam, ging er zu seinem Pferd, warf ihr eine Pferdedecke zu und zog aus einem Netz ein paar Wachteln. Er spießte eine davon auf einen Ast und hielt sie zum Rösten in die Flamme. Nichtsdestotrotz war er ein Mann und beobachtete Marie unentwegt aus den Augenwinkeln heraus, sah die festen Brüste durch das feuchte Leinen schimmern und wie sie rasch versuchte, ihre Blöße unter der Decke zu verbergen. Als sie sich mit angezogenen Beinen neben ihn setzte, fragte er sie mit einem Schmunzeln auf dem Gesicht: »Wie gerät ein Weib wie du eigentlich so tief in das Moor, und dann noch allein und ohne männlichen Schutz? Ein paar Minuten später und du wärst jetzt bei deinem Gaul da unten.«

Noch gefangen von der tödlichen Umarmung, zuckte sie nur schwach mit den Schultern und antwortete stattdessen verwirrt: »Das Moor hat mein Pferd gefressen. Ich weiß nicht, wie es geschehen konnte und wie ich hinein geraten bin.«

Das Fleisch der Wachtel war nun gar. Es duftete und er beeilte sich, den stark geschrumpften Vogel in zwei Hälften zu teilen. Dabei dachte er bei sich: Sie ist schön, sehr schön sogar, und sie wird mir die Rettung sicher mit ein bisschen Liebe vergelten.

Der Bratenduft breitete sich aus und Marie bekam Hunger. Sie zog die Pferdedecke fester um ihre Schultern. Eine Weile prasselte nur das Feuer und die wohlige Wärme kroch bis unter die Decke und wärmte ihren erstarrten Körper. Der Schrei einer Waldeule erklang und weit entfernt heulte ein Wolf.

»Iss etwas von dem Fleisch!«, forderte er sie auf, als er ihren hungrigen Blick bemerkte. Sie ließ sich nicht lange bitten, griff nach der Wachtelhälfte und stopfte sich das heiße Fleisch in den Mund. Dabei schielte sie verstohlen zu ihm hinüber, als er eine weitere Wachtel ins Feuer hielt. Sein Mut hatte sie sehr beeindruckt und sie musste sich eingestehen, dass ihr seine ruhige und besonnene Art gefiel. Dadurch war er ihr seltsam vertraut, so wie ein Bruder. Er schien keiner von den rohen und wilden Gesellen zu sein, die ihren Weg bisher gekreuzt hatten. Eher schätzte sie ihn aus gutem Hause. Er wusste sich auszudrücken und es war angenehm, neben ihm auf dem feuchten Moosboden zu sitzen.

»Bist du ein Schwede?«, fragte sie mit vollem Mund. Der Bratensaft tropfte ihr aus den Mundwinkeln. Sie wischte ihn rasch mit dem Hemdsärmel weg, während er ihr den Kopf zudrehte und sie ansah, als müsste er erst überlegen, ob er ihr etwas anvertrauen durfte, was nicht für fremde Ohren bestimmt war.

Dann umspielte ein Lächeln seine Lippen und er sagte: »Als König Gustav Adolf noch lebte, diente ich als Korporal im schwedischen Heer. Nach sei-

nem Tod habe ich mich von den Offizieren Oberst
Schlüters anwerben lassen. Aber der Dienst unter
dem Oberst ist schwer. Seit er den Schlüssel der
Stadt Hannover vom Fürsten zur eigenen Verwah-
rung bekommen hat, herrscht er nicht besser als die
Schweden. Das Essen und der Sold sind schlecht.
Ständig liegt er mit den Bürgern in Fehde wegen
des Zehnten. Er knechtet mit seinen Kompanien die
Leute in der Stadt, schändet die Mägde und pfän-
det den Bürgern die Kühe, wenn sie nicht zahlen
wollen. Deshalb habe ich mich auf den Weg zu den
Steinernen Kreuzen gemacht. Du kannst Gott dafür
danken, dass ich dein Schreien gehört habe.«

»Was suchst du in dem Wirtshaus bei den steinernen Kreuzen?«, fragte sie und pulte mit den Fingern die Fleischreste aus den Zähnen.

»Im Schwedenheer habe ich mit dem Reuter Jaspar
Hanebuth in der gleichen Kompanie gedient. Jetzt
soll er hier in der Gegend einen ziemlichen Schrecken verbreiten. Ich habe vor, ihn aufsuchen.«

Mit dieser Offenbarung hatte sie nicht gerechnet.
Vor Schreck verschluckte sie sich. Sie begann zu
husten, so lange, bis er ihr kräftig auf den Rücken
klopfte und sie mit einem Krug Wein in der Hand
aufforderte: »Trink das. Der Wein macht deinen
Hals wieder geschmeidig.«

»Zu Jaspar willst du …?« Plötzlich fiel es ihr ein,
wo sie dem Korporal zuvor begegnet war. Damit er
ihre Gedanken nicht erriet, nahm sie schnell einen
kräftigen Schluck aus dem Krug, ohne zu bemerken,

dass sich dabei ihre Finger berührten. Er hatte den Wein über dem Feuer warm gemacht. Das Getränk erwärmte nicht nur ihren Körper, sondern sie erholte sich so rasch, dass ihre Wangen nach kurzer Zeit zu glühen begannen und ihre Augen einen Glanz versprühten, der dem Korporal gefiel. »Der Jaspar ist ein Halunke und ein Schurke«, sagte sie.

»Wie kommst du denn darauf? Kennst du ihn etwa näher?« Sein Blick hing jetzt gebannt an ihrem Gesicht. Die tiefbraunen Augen lächelten, lockten und spielten mit ihr. Damals im schwedischen Heer, als sie ihn um Hilfe für Jaspars Weib anflehte, hatte er dem Knecht Melchior weniger Beachtung geschenkt.

»Alle, die mit dem Räuber gemeinsame Sache machen, sind Schurken«, antwortete sie. Ihre Bemerkung entlockte ihm wieder nur ein heimliches Lächeln. »Aber du bist so ganz anders, bist wie ein Patrizier aus der Stadt. Voller Mut und Güte. Deinen Mut solltest du dir anders beweisen als bei diesem Spitzbuben!«

Diesmal war ihm die Überraschung anzusehen. Aber durfte ein Weib einem Mann raten? Er drehte sich wortlos dem Feuer zu, stocherte in der Glut und schien über ihre Antwort nachzudenken. Marie fürchtete, dass sie einen Fehler begangen hatte. Sie wollte ihn beschwichtigen und zupfte ihm zaghaft am Ärmel, bis er sich ihr völlig verändert wieder zuwandte. Mit einer Heftigkeit, die sie erschreckte, zog er sie plötzlich dicht zu sich heran. Fast hätten sich ihre Nasenspitzen berührt. Dabei zwang er sie, ihn anzusehen, während er in ihren Augen forschte, als suchte er dort nach etwas.

»Wer bist du, dass du so gut Bescheid weißt über diesen Jaspar?«, fragte er. Seine Stimme klang rau.

»Ich bin seine Konkubine«, antwortete sie und hielt seinem Blick stand. Sie wusste, wie gefährlich es war, in der Gegenwart eines Fremden Dinge zu sagen, die man lieber für sich behalten sollte. Aber aus irgendeinem Grund verspürte sie den Wunsch, ihm die Wahrheit zu sagen.

Zwischen seinen Augen hatte sich eine steile Falte gebildet. Er schien zu zweifeln, überlegte, ob sie ihn belog oder die Wahrheit sagte. Immerhin hatte sie es geschafft, ihn sprachlos zu machen, so sprachlos wie ein Mann nur sein kann, dem gerade die Hoffnung auf ein Schäferstündchen davongeflattert war. Er mimte den Enttäuschten, nahm die Hände von ihren Schultern und rückte ein Stück von ihr ab. »Da habe ich ja einen fetten Fisch aus dem Sumpf gezogen! Ich hätte dich lieber absaufen lassen sollen.«

»Wirst du mich jetzt töten?«, fragte sie leise. Doch sie traf nur ein beleidigter Blick.

»Dazu hätte ich dich nicht erst aus dem Moor ziehen müssen. Man sollte eben keinem Weibe trauen.« Mit einer Handbewegung, die seine Enttäuschung zum Ausdruck brachte, fuhr er sich durch die Haare, pfiff nach seinem Pferd und befahl ihr kurz mit einem Blick auf die trockene Kleidung: »Kleide dich an, wir reiten!«

Dann schwieg er wieder, ein brütendes Schweigen, das ihr wie eine Ewigkeit vorkam, während
sie auf einem Bein hüpfend versuchte, in die Stiefel zu schlüpfen.

Indessen hantierte er an den Satteltaschen, prüfte
die Schnallen am Zaum, und als er den Sattelgurt
festzog, fragte er sie mit dem Rücken zu ihr gewandt:
»Wie stehst du zu ihm, liebst du ihn?«

»Warum willst du das wissen? Ich teile mit ihm
das Lager, wann er es will«, antwortete sie, trat hinter ihn und griff nach seiner Hand.

Die Berührung wirkte auf ihn Wunder. Er hielt
die Hand ganz still, während er sich halb zu ihr
umdrehte. »Du liebst ihn also nicht mit dem Herzen?«

»Nein. Es wird immer etwas geben, was zwischen
uns steht.«

Ihre Antwort kam so schnell und überraschend
für ihn, dass er nur verwundert den Kopf schüttelte, weil er nicht wusste, was er von einem solchen
Weib halten sollte. Doch als er sie ansah, war sein
Unmut bereits verflogen und seine Augen strahl-
ten in neuer Glut. Er fragte sie: »Könntest du mich
denn lieben?« Und um einer Gegenwehr vorzubeu-
gen, fügte er schnell hinzu: »Ich habe dich gerettet,
du bist mir Zeit deines Lebens etwas schuldig. Und
was kann einem Mann ein so hübsches Weib wie du
Schöneres schenken als ihre Liebe?«

Eigentlich nahm man Frauen oder man fragte den
Vater. Für Romantik war in diesen schweren Zei-

ten kein Platz. Deshalb war es verständlich, dass Marie, die sich insgeheim nichts anderes wünschte als eine zärtliche, gefühlvolle Liebe, auf seine Frage überrascht und heftig reagierte. »Nein ...«, stammelte sie. Ihr Gesicht wurde abwechselnd bleich und rot.

»Du lehnst ab?«

»Ja ... das heißt: Nein! Nein! Ich kann nicht ... Herrgott, warum hilfst du mir nicht? Ich kann nicht ... Wenn Jaspar davon erfährt, wird er mich sicher töten.«

Der Korporal verstand ihre Verwirrung, griff nach Maries Händen, führte sie an seine Lippen und küsste sie. Der Blick aus seinen verträumten Augen löste ein noch heilloseres Durcheinander in ihr aus.

»Ich wünsche mir nichts so sehr, als dass dieser Augenblick nie vergehen würde«, sagte sie atemlos. »Ich kenne dich kaum, aber ich fühle mich wohl in deiner Nähe. Woher das kommt, weiß ich nicht. Vielleicht ist es Dankbarkeit, weil du mir das Leben gerettet hast, oder es ist, weil ich noch nie einem Mann wie dir begegnet bin.« Sie lächelte ihn an, es war ein vorsichtiges Lächeln. Warum ist dieser Korporal nur so ganz anders als die anderen Männer, warum hat er nur so gute Manieren?, dachte sie. Im gleichen Moment meldeten sich die Zweifel und sie fragte sich: Sicher verbirgt er etwas vor mir und will mich nur benutzen, um an Jaspar heranzukommen. Dann wieder: Wurde mir dieser Mann vielleicht vom Herrgott oder gar vom Teufel geschickt? Doch je länger sie darüber nachdachte, umso mehr spürte sie nur noch das Verlangen, sich von ihm küssen zu lassen, in das sich ein Gefühl mischte, das sie sich noch weniger erklären konnte. Aber alle diese Empfindungen zusammen ergaben eine schicksalhafte Zuneigung zu dem schönen schlanken Mann mit den rehbraunen Augen.

Auf einmal brauchten sie keine Worte mehr, um sich zu verstehen. Er streichelte sie, küsste ihre geschlossenen Augen, den halb geöffneten Mund, und gab ihr Zeit, den Kampf, der in ihr tobte, mit sich auszufechten.

»Lass uns weglaufen, weit weg!«, sagte sie plötzlich in das Schweigen hinein und drückte sich gegen seine Brust. Er legte den Arm um sie und zog sie fester an sich. »Ich habe Angst …, vor Jaspar und seiner Wut, wenn er unsere Liebe entdeckt.«

Heinrich Kokemüller kam sich plötzlich armselig vor. Er streichelte ihr Haar und dachte daran, dass er zum Gehorsam, zur Duldung und zum Opfer erzogen worden war. Er hatte seinen Eid geleistet und diesen Eid, getreu bis in den Tod zu sein, umschloss sein ganzes Leben. »Ich muss Jaspar Hanebuth zur Strecke bringen, so lautet mein Auftrag«, eröffnete er ihr mit trockener, brüchiger Stimme. »Dazu bin ich der Stadt Hannover verpflichtet.«

Marie hob überrascht den Kopf. In ihren Augen glänzten Tränen. »Was machst du, wenn Jaspar nach mir verlangt oder wenn er mich gar verprügelt?«

»Ich werde dich notfalls bis zu seinem Lager gelei-
ten und mir hinterher die Seele herausheulen.«

»Und dann?«

»Ich weiß es nicht.« Er fasste sie um die Hüfte
und hob sie auf das Pferd. Auf seinem Herzen lag
mit einem Mal ein schwerer Druck.

»Du wirst dich entscheiden müssen«, sagte sie
und nahm seinen Kopf zwischen ihre Hände. Er
brauchte einen Moment, um ihr auf diese Frage
zu antworten. Dann sagte er: »Ich lege diese Entscheidung in Gottes Hände. Denn ich bin ein Soldat. Aber sollte man dich mir entreißen, werde ich
schwarze Kleidung tragen, als sei ein Teil von mir
gestorben.« Seltsamerweise empfand er das Gleiche wie Marie, dass ihre im Moor gefundene Liebe
nämlich von Beginn an zum Scheitern verurteilt war.
Doch so aussichtslos Maries Liebe zu ihm auch war,
so aufopfernd würde die seine sein, immer überschattet von der Unerfüllbarkeit.

# VI

Mittlerweile schreiben wir das Jahr 1648. Viele Jahre voller Angst, Hoffnung und Schrecken waren für Marie und Tönnjes ins Land gegangen. Die bitteren Kriegsnöte hatten selbst gegen Ende des Krieges nicht abgenommen. Im November 1641 wurde die hannoversche Stadtabordnung zum Hildesheimer Landtag bei Rethen von kaiserlichen Reitern überfallen und ihr Pferde und Wagen abgenommen. Wieder war es das Landvolk, das am meisten darunter zu leiden hatte. Im November und im Dezember 1647 stand die schwedische Armee unter General Wrangel ein letztes Mal drohend im Calenbergischen Land. Wieder herrschte unter den Menschen arge Not, um die sich die fürstliche Regierung nicht scherte. Sie versuchte, die mit Schulden behaftete Stadt Hannover noch mehr auszupressen. Aber der Bürgergroll war groß und die Stadtkämmerei hatte wegen leerer Kassen schon längst ihr Amt niedergelegt. Auf den fürstlichen Befehl, dass die Stadt wegen des geschlossenen Friedens und der schwedischen Abdankung dreitausenddreihundertdreiunddreißig Taler und etliche Groschen Kopfgeld zu entrichten hatte, reagierten die Stadtväter nur noch mit Schlagfertigkeit und Sarkasmus. Erst im Dezember 1648, als von der Kanzel mit einem Gottesdienst der Friede verkündet wurde, konnten sie sowie das Land endlich wieder aufatmen.

Jaspar trug den prächtigen Koller des Trompeters. Aus seinem Mantel sickerte Tauwasser auf den Teppich. Er stand vornüber gebeugt und stützte die Hände auf den Schreibtisch, hinter dem Tönnjes die fünfzig Taler Raubgut nachzählte. Etwas unbeholfen, tief über das Pergament gebeugt, kritzelte er mit einer Feder die neu hinzugekommenen drei Taler darauf. Seine Schultern waren noch breit wie die eines Bären. Aber aus dem zotteligen Bärenfell, das seinen Körper wärmte, schaute ein gealtertes Gesicht. Seine Haut war so gelb geworden wie das Pergament vor ihm auf dem Tisch und spannte sich über den starken Wangenknochen. Wenn er sprach, bildeten sich zwei tiefe Furchen um die Mundwinkel, und die Stirn über der Nasenwurzel sah aus wie eine Kraterlandschaft. Das breite, knochige, aber durchaus noch energische Gesicht war eingerahmt von langen, schlohweißen Haaren. Seit Jahren war er nicht nur Jaspars rechte Hand, führte nicht nur die Liste der geraubten Sachen, er war auch die lebende Versicherung dafür, dass Marie nie mehr als erlaubt von Jaspars Seite wich.

Mittlerweile galt Jaspar ein Menschenleben so viel wie der Schrei eines Huhns, bevor man es köpft. Das Blut des ermordeten Trompeters klebte noch an seinen Händen, während er mit Marie scherzte und jede Handbewegung Tönnjes' mit glänzenden

Augen verfolgte. Man hatte wenig Aufhebens mit dem Trompeter gemacht, wie mit all den anderen vorher. Zu dritt hatten sie ihn im Misburger Holz ins nächtliche Moor gelockt, Jaspar hatte wie üblich den ersten Schuss abgefeuert, hatte aber sein Opfer verfehlt und ihm dann einen Dolch in den Rücken gestoßen, während Tönnjes und Hans ihm sicherheitshalber mit Eisenstangen den Schädel einschlugen.

Nun mag man sich fragen, warum der Mörder jahrelang unbeschadet sein Unwesen treiben konnte. Dazu muss man wissen, dass sich vor Jaspars Rache nicht nur die Bauern fürchteten, sondern auch Amtmänner und Fürsten. Seine Hinterlist war sprichwörtlich, seine Rache grausam, und ihm selbst war keine Gefahr zu groß, um ihr nicht ins Auge zu sehen. Die Straßen waren übersät mit Leichen, wen kümmerte es also, wenn noch die eine oder andere hinzukam. Zudem erntete er unter Gleichgesinnten Respekt, sodass versprengte Soldaten und ausgeplünderte Bauern bereitwillig mit ihm gemeinsame Sache machten, entweder aus Eigennutz, oder, um es den Kriegsherren heimzuzahlen. Kam es einmal vor, dass einer den Part verpatzte, weil er das Ziel verfehlte oder die Beute nicht gerecht aufgeteilt wurde oder weil er einfach nur zu viel Broyhan getrunken hatte, betitelte er selbst die engsten Kameraden gern als Wölfe, die vor seiner Hütte heulten, die er fütterte und die ihm zum Dank dafür den Kot vor die Tür setzten. Es war schwer mit ihm auszukommen, das hatte vor allem Marie zu spüren bekommen. Allein der Erfolg der Raubzüge zählte. Dann war er zu Scherzen aufgelegt und nannte Marie gern sein Räuberbräutchen. Ebenso schnell war er reizbar und gefährlich. Selbst nach der glühendsten Liebesnacht konnte es vorkommen, dass er ihr mit rollenden Augen drohte: »Solltest du dich einmal von mir entfernen, werde ich dir eine Kugel durch den Kopf jagen und dich im Moor verschwinden lassen.« Aber am liebsten brüstete er sich vor ihr mit dem Plunder der Ermordeten oder den Dingen, die er hier, in der Räuberhöhle vor St. Aegidientor neben dem Hirtengarten mitten im Walde versteckte.

An den Tag ihrer Rückkehr aus dem Moor erinnerte sie sich nur ungern. Nach gemeinsamer Absprache, hatte der Korporal eine Erklärung für Jaspar bereit, die ihm zugleich die Aufnahme in die Bande erleichtern sollte. Er gab vor, Marie an der Zollstelle aufgegriffen zu haben, weil sie sich weigerte, den geforderten Zoll zu entrichten. Als er anstelle des Geldes ihr Pferd beschlagnahmte, war es zu einer Auseinandersetzung gekommen. Letztendlich hatte er die Wütende überwältigt, ihr die Hände gebunden, sie auf seinen Gaul gesetzt, um sie zum Amte nach Hannover zu bringen. In seiner Eigenschaft als Angehöriger des kaiserlichen Heeres, überzeugte er so glaubhaft, dass Jaspar keinen Verdacht schöpfte. Listig schaffte er es später beim Broyhahn Jaspars Vertrauen zu gewinnen. Mit Handschlag, wie bei einem Pferdehandel, besiegelten sie die neue Freundschaft. Jaspar sah in dem neuen Kameraden, durch dessen Stellung, einen großen Vorteil. In Begleitung eines Korporals war er gegen jeden Verdacht erhaben. Heinrich dagegen, nutzte seine Chance ebenfalls und begann, sogleich eifrig damit, die Räuberbanden gegenseitig auszuspielen, sodass sie sich untereinander selbst verraten sollten. Geschickt streute er falsche Informationen unter den Räubern, schürte Zweifel und Missgunst und brachte es fertig, dass Jaspar und Hänschen von Rode sich gegenseitig die Beute abnahmen und unter ihren eigenen Leute ständig Misstrauen herrschte. Aber das alles war keine Garantie gegen die Angst, die Marie jetzt noch auf der Haut spürte, als Jaspar und Tönnjes plötzlich ihren Weg im Holz kreuzten. Sie hatten sich damals gemeinsam auf die Suche nach ihr gemacht. Tönnjes mimte bei ihrem Wiedersehen den überglücklichen Vater, doch was Jaspar dachte, als er sie in den Armen des Korporals sah, zeigte er ihr noch in der gleichen Nacht. Er liebte sie und verprügelte sie danach im Wirtshaus vor seinen Spießgesellen. Nach Räubergesetz durfte ihr niemand helfen. Stumm sahen alle zu, wie er sie vor sich her über den Boden prügelte. Der Korporal ertränkte seinen Schmerz im Bier. Sein Eingreifen hätte für ihn weit schlimmere Folgen gehabt. Und Tönnjes war bereits so besoffen, dass er nichts mehr mitbekam. Lediglich Bojan stellte sich ihm mit gefletschten Zähnen in den Weg. Doch Jaspar spaltete dem treuen Hund den Schädel, und vielleicht wäre ihr das gleiche Schicksal widerfahren, wenn nicht Gott sich ihrer erbarmte hätte und seine Wut in Bierdurst umschlagen ließ. Die Schmach jedoch verzieh sie ihm nie. Sie wurde seine Räuberbraut und stand auf seinen Raubzügen, zu denen er sie immer mitnahm, ihren Mann. Über die Ausführung ihrer Mordanschläge verständigten sie sich stets in Medefelds Schänke, wobei im Voraus bestimmt wurde, wer den ersten Schuss ausführen sollte. Wer dabei am meisten der Gefahr ausgesetzt war, bekam den größten Anteil. Gemordet wurde, was vor die Flinte kam, ob es nun ein kaiserlicher Musketier war, ein schwedischer Reiter, ein heiterer Spielmann, ein Krämer oder ein Hausmann. Solche halbwüchsigen Knaben wie der junge Trompeter berührten Maries Herz, vor allem, wenn ihre Leichen danach in das Moor geworfen wurden, wo sie für alle Ewigkeit aus der Welt der Lebenden gelöscht wurden. An solchen Tagen schwor sie Jaspar ewige Rache.

»Warum mussten wir den Trompeter töten?«, fragte sie, drehte einen Kelch zwischen den Fingern und stellte ihn wieder zurück an seinen Platz. »Er hat uns lediglich drei Taler eingebracht.«

»Ist das Koller etwa nichts wert?«, antwortete er und drehte sich zu ihr um. Sie sah, wie er sie aus den Augenwinkeln heraus musterte. Dann straffte sich seine Gestalt, er kam auf sie zu und zog sie in seine Arme. »Spürst du das weiche Leder? Der Duft, der von ihm ausgeht?«, fragte er, hob ihr Kinn an und zwang sie, ihn anzusehen. Sein Augen lachten und glänzten. Er platzte fast vor Eigenliebe. »Schließlich will ich meiner Braut gefallen. Was soll so ein unbedeutender Trompeter schon damit anfangen?«

Still und mit geschlossenen Augen ließ sie es geschehen, dass er ihren Mund küsste, ihren Hals und ihre Brüste. Plötzlich stieß er sie weg, hielt sie am Arm so weit von sich, dass er sie genau betrachten konnte, und fragte überrascht: »Bist du fett geworden?«

»Der Himmel verzeih mir, ich habe kein Gramm zugelegt. Ich verzehre mich vor Liebe nach dir, wie sollte ich da fett werden?« Die abrupte Wandlung hatte sie erschrocken. Sie war merklich blasser geworden und musste sich an der Tischkante stützen. Sollte er etwa von ihrem kleinen Geheimnis wissen? Einem Geheimnis, das sie ihm bisher ängstlich verschwiegen hatte?

»Na gut«, gab er sich zufrieden, fragte aber sogleich misstrauisch, von irgendeiner Vorahnung getrieben: »Vielleicht wächst da etwas heran, von dem ich wissen sollte?« Diesmal sah er ihr scharf in die Augen.

Nur mühsam hielt sie seinem Blick stand. Das Herz schlug ihr bis zum Hals, während sie nach einer Ausrede suchte. Doch da kam er ihr bereits zuvor: »Sollte es daran liegen, rate ich dir, zu Hans, dem Hirten im Holz zu gehen. Er ist zwar ein recht wunderlicher Kauz. Aber er hat bisher jedem meiner Pferde geholfen und mich das Festmachen mit einer Waffensalbe aus Bärenschmalz, Regenwürmern, Blutstein, Sandelholz und Moos, gelehrt. Sicher kann er dir etwas Sadebaum zu trinken geben. Damit wirst du es wieder los.«

Die Kaltschnäuzigkeit, mit der er über ihren Leib verfügte, ließ sogar Tönnjes vom Schreiben aufblicken. »Meine Tochter ist nicht guter Hoffnung, das müsste ich als ihr Vater wissen«, entgegnete er anstelle Maries und verstaute die sorgsam gezählten Groschen in einer kleinen Eichentruhe mit kupfernen Beschlägen, die er sogleich in einem extra dafür angebrachten Versteck in den Steinen der Wand versenkte. Kaum hatte er mit dem Eisenschlüssel die drei Schlösser verriegelt, quietschte das mächtige Tor und Hans und Heinrich traten hindurch.

Das Holztor ließ sich nur von zwei starken Männern öffnen. Eingebettet in ein riesiges Gewölbe ächzte die Tür wie ein altes Weib. Rasch schob Heinrich einen der Holzbalken in die mächtige Halterung und sagte: »Wir sollten aufbrechen, Jaspar, bis Hildesheim sind es noch einige Meilen. Der Jude will seine Pferde am frühen Morgen auf der Auktion zum Verkauf anbieten. Es bleibt uns nur noch die Nacht, um sie zu stehlen. Elias ist mit einem Handgeld nach Hannover zu Meister Bohne geritten. Er wird uns dafür eine Unterkunft für die Pferde geben.«

»Elias hat recht getan.« Jaspar hatte Marie jetzt losgelassen und war zu Tönnjes hinter den Schreibsekretär getreten. Von da aus sah er Hans mit einem seltsamen Ausdruck in das breite Gesicht. Der Kumpan war noch wilder und unheimlicher geworden.

Wenn er bloß das Maul nicht öffnet, dachte Jaspar und verzog das Gesicht. Sein Kiefer hatte mittlerweile sämtliche Zähne eingebüßt, und um essen zu können, hatte er mit ein paar selbst geschliffenen Hufnägeln nachgeholfen. »Es ist wie ein guter Hufbeschlag«, sagte er zu jedem, der sich entweder mit Entsetzen abwandte oder sich darüber lustig machte. Quer über seine Wange zog sich eine breite Narbe, und die Nase über den wilden Barthaaren hatte die Ausmaße einer überreifen Pflaume angenommen. Aber viel Wichtiger als die Schönheit war der Verlass auf die Treue des langjährigen Freundes, und so sagte er: »Hans, du wirst noch rasch zum Sturendieb reiten und auskundschaften, welchen Weg der Musketier nimmt, der, wie mir zu Ohren kam, am gestrigen Abend dort abgestiegen ist. Er will zu seiner Einheit und hat eine wichtige Depesche und ein Säckel Geld bei sich. Es wird ein Leichtes sein, ihn umzurücken. Sein Pferd bringen wir auf dem Weg zu meinem Bruder Hinrich.«

Hans grinste: »Wird gemacht. Wir treffen uns dann auf der Straße nach Bothfeld.«

Der Korporal hatte sich Marie unbemerkt genähert. Er stand ganz jetzt dicht hinter ihr. Sie spürte seinen Atem in ihrem Nacken. »Habe keine Angst«, flüsterte er. Um keinen Verdacht zu erregen, spielte er mit einem geraubten Degen. Er stach probeweise Löcher in die Luft, während er Jaspar misstrauisch beobachtete und Marie zuraunte: »Du darfst bei diesem Raub nicht dabei sein. Verhindere, dass Jaspar dich mitnimmt. Der hannoversche Rat hat die Beamten zu Burgwedel, Bissendorf und Langenhagen angehalten, Nachforschungen anzustellen. Ich will nicht, dass dir etwas passiert, Liebste.«

Marie hörte ihm mit klopfenden Herzen zu, während sie zum Schein mit Jaspar kokettierte. Die Liebe zu dem Korporal hatte sie ihm gegenüber noch listiger und noch vorsichtiger gemacht. Er erwiderte ihr Lächeln, ließ den Blick begehrlich über ihren Körper streichen und blieb dann an dem blutigen Hemd und den Pistolen an ihrer Hüfte hängen. Manchmal war er so voller Verlangen nach ihr, dass er alles um sich herum vergaß. Mit einem verklärten Blick kam er wieder hinter dem Schreibtisch hervor, zog den Holzkamm aus ihrem Haar, beobachtete ihre Locken, wie sie ihren Nacken hinabfielen und bemerkte: »Meine kleine Räuberschönheit sollte nicht immer Männerkleidung tragen. Warum schmückst du diesen herrlichen Körper zur Abwechslung nicht mal mit schönerem Plunder, mit Kleidern, die ich dir geschenkt habe?«

Hans und Tönnjes grinsten, schlugen sich auf die Schenkel und wieherten dazu wie über einen Witz. »Marie in den Kleidern einer Herzogin. Viel lieber kannst du ein Pferd in die Haferkiste stecken als Marie in diesen Weiberplunder«, brüllte Tönnjes, nicht ohne Stolz über seine Tochter. Wer konnte sich schon Vater einer Räuberbraut nennen? »Wozu braucht sie auf dem Gaul Weiberkleider? Die sind beim Reiten sowieso hinderlich.« Tönnjes dachte an die vielen Pferde, die sie schon zusammen gestohlen hatte. In der letzten Zeit arbeiteten sie dazu sogar mit fremden Räuberbanden zusammen. Manchmal lauerten in den Wiesen ihrer zehn Mann, fingen die Gäule mit dem Halfter und ritten dann unter den Augen der verdutzten Hirten mit ihrer Beute von dannen. Immer öfter mussten die Pferde der Dorfjuden in Hildesheim daran glauben, die einen regen Pferdehandel betrieben.

Jaspar wechselte einen Blick mit Tönnjes, küsste dann Maries Lippen, lief zur Wand, nahm das Lederzeug vom Haken und sagte zu ihr: »Binde dein Haar wieder zusammen und nimm die Halfter. Wir werden sie brauchen.«

Doch Marie sah plötzlich eine Möglichkeit, ihm und dem Pferdediebstahl zu entfliehen. »Du hast recht, Geliebter«, beeilte sie sich, als sie sah, dass Jaspar und Tönnjes das Tor öffneten. »Ich sollte mich einmal nur für dich schön machen. Da du mich aber immer in deiner Nähe haben möchtest, wird das nie geschehen. Schon lange habe ich keine Frauenkleider mehr getragen. Erfülle mir diesen Wunsch und ich werde dich heute Nacht überraschen.«

Die gewölbten Wände gaben das Quietschen des Tores wieder. Der Raum war von einem hohlen Kreischen erfüllt. Nebenan im Stall wieherten ungeduldig die Pferde, sie ahnten den bevorstehenden Ritt.

Überrascht blieb Jaspar unter dem Torbogen stehen und blickte zurück zu Marie, die mit klopfendem Herzen auf eine Antwort wartete. Vielleicht kann ich Medefeld noch erreichen, dachte sie. Er wollte zum Amtmann nach Coldingen, um den Zehnten zu bezahlen. Ein Hinweis von ihr, und er würde die Behörde über den Pferdediebstahl unterrichten. Vielleicht lauerten Jaspar die Stadtknechte so wie beim letzten Mal auf, als sie auf dem Altenwalde einen Hausmann erschossen und ausraubten. Der Korporal sollte dazu gemeinsam mit Elias die Umgebung auskundschaften und hatte es irgendwie geschafft, den Amtmann über den Überfall zu informieren. Leider hatte der, wie so oft, aus Furcht, ihm und seiner Familie könnte etwas geschehen, den Überfall nicht ernst genommen.

»Ich bringe Marie zu Medefeld, Jaspar. Der Pferdeklau ist viel zu gefährlich für ein Frauenzimmer«, sie bekam unerwartet Hilfe von Tönnjes.

»Gut, begleite sie, alter Mann«, antwortete wider Erwarten Jaspar. Er schien es eilig zu haben und begab sich auf den Hof zu den Pferden. Einen Augenblick später saß er wieder im Sattel und rief: »Du bürgst mir für Maries Sicherheit und dass sie mir keine Zicken macht.« Jaspar traute keinem Weibe, am allerwenigsten ihr. Auch der Korporal war aufgesessen. Kurz bevor er zum Tor hinauspreschte, riss er sein Pferd noch einmal herum. Er hob den Säbel in Kopfhöhe, wie zu einem schweigsamen Gruß. Dann suchte er einen Moment lang Maries Augen, gab dem Pferd die Sporen und jagte hinter Jaspar und Hans her.

∼◦∼

Sie ritten nebeneinander, Kopf an Kopf. Marie trug jetzt ein rotes Seidenkleid unter einem langen Pelz aus verschiedenen Fuchsfellen. Sie hatte ihr herrliches Haar zu einem Zopf gebunden und mit einem Perlenetz durchwirkt. Lange war es her, dass sie so unbeschwert neben dem Vater hergeritten war. Immer war Jaspar zwischen ihnen gewesen. Wie eine Glucke hatte er sorgsam darauf geachtet, dass Vater und Tochter sich nicht näher kamen. Jetzt genossen sie die kurze Zweisamkeit, und Tönnjes sah ihr bewundernd zu, wie sie ihr Pferd steigen ließ. Mein Gott, dachte er, lass mein Herz nicht stillstehen vor so viel Schönheit. Wie eine Königin sitzt meine Marie im Sattel. Kein Wunder, dass der Jaspar sie nicht aus den Augen lässt. Ach, wenn er sie jetzt nur sehen könnte. Tönnjes richtete sich auf, seine Augen wurden feucht und er lächelte unbeholfen: »Wie du reiten kannst, selbst in dem Weiberplunder. Solche Kunststücke solltest du den fetten Patriziersöhnen bei Hofe beibringen.«

»Ich bin eine Frau, Vater. Wer will schon von einem Weib das Reiten lernen?«

»Du kannst es sie als Melchior lehren.«

Sie lachte und seufzte ein wenig dabei. »Ach, Vater, wie schön war doch diese Zeit, als ich noch als Trossbube mit dir durch die Landen gezogen bin.« Träumerisch richtete sie den Blick nach vorn.

Tönnjes registrierte es. »Bist du nicht zufrieden mit deinem Leben, Tochter?«, fragte er nach einen Moment des Schweigens.

Als ob ihr plötzlich ein Hindernis den Weg versperrte, zügelte sie hart ihr Pferd und sah überrascht zu ihm hinüber. Sie sagte nichts, schwieg nur und dachte: Ach, Vater, was ist nur aus dir geworden? Was hat dich nur so verblendet?

Er trug einen weiten Umhang, der ihn fast ganz einhüllte. Schweißperlen glänzten auf seiner Stirn. Ihm war warm. Sein Körper wackelte im Takt der Hufschläge, während er das Pferd das Tempo bestimmen ließ.

»Nein, Vater, ich bin mit meinem Leben überhaupt nicht zufrieden, antwortete sie stockend.

Ihre Antwort kam so überraschend für ihn, dass er kerzengerade im Sattel saß und sie verwundert anstarrte. »Ich habe immer gedacht, dass dich der Jaspar liebt und auf Händen trägt. Ist es denn nicht so, Marie?«

Sie sah, wie schwer es ihm fiel, ihr das zu glauben. »Ich werde keinen Henker lieben. Er ist immer noch Johanns Mörder und er hat uns die Heimat, dir das Weib und mir die Mutter genommen.« Sie presste die Lippen aufeinander.

»Kind!« Er streckte den Schädel vor, als hätte er

nicht richtig gehört. »So darfst du nicht über Jaspar reden. Du musst ihm endlich vergeben können. Außerdem hat er uns nicht aus der Heimat vertrieben, die Schweden waren es.«

»Er hat aber für die Schweden geplündert und gemordet«, sagte sie und verspürte plötzlich den Drang, sich alles von der Seele zu reden. »Warum, Vater, versteckst du dich vor der Wahrheit? Was hat er dir angetan, dass du so denkst wie er, so hörst wie er und mit seinen Augen siehst …? Selbst fressen tust du schon wie er. Er ist ein unheiliger Gesell, verhöhnt Gott und huldigt dem Teufel. Sein Rohr ist seine Geliebte, für die er bereit ist zu sterben, wenn es nötig wäre. Hinzu kommt noch, dass ihm niemand etwas anhaben kann, weil er mit dem Teufel im Bunde steht. Doch ich schwöre dir, Vater, wenn du ihn nicht tötest, werde ich es tun. Seine Unverwundbarkeit ist Scharlatanerie. Ich weiß, dass nur die Sonne seinen Körper bescheinen muss, um den Zauber zu bannen. Ohne die Magie der Salbe ist er genauso verwundbar wie wir alle, Vater.«

Schweigend hatte Tönnjes ihr zugehört. Er war nicht nur ihr Vater, er war auch ein Parteigänger und Jaspar war sein Kamerad. Wem war er nur verpflichtet?

Seine Hände verkrallten sich in den Zügeln. »Ein Weib hat seinem Herrn zu gehorchen!«, knurrte er verwirrt. Er schlug die Hacken in den Pferdeleib und galoppierte an ihr vorbei. Dabei beugte er sich zu ihr hinüber wie bei einer riskanten Säbelattacke.

Sie spürte seine kräftigen Finger an ihrem Oberarm. »Vorher nagle ich dich mit den Haaren an die Wand über sein Bett. Er hat vor, dich zu ehelichen, und du willst ihn dafür töten.«

»Ich bin seine Konkubine, Vater.« Ein kurzer Ruck und sie schüttelte ihn ab. Vor ein paar Jahren noch wäre ihr das nicht geglückt. »Das wird er nicht. Er hatte nie vor, mich zu heiraten. Der Korporal führt mich zum Altar.«

»Der … wer …?« Tönnjes verdrehte die Augen, als falle er gleich in Ohnmacht. Er zweifelte an ihrem Verstand. »Sie werden sich gegenseitig umbringen, die Kerle, wenn Jaspar davon erfährt. Und hinterher wird er dich töten.«

»Bei aller Heiligkeit, ich werde ihm zuvorkommen.«

»Vergiss nicht, dass er unser Beschützer ist. Ich bin ein alter Mann. Bei ihm bist du sicher aufgehoben. Der Korporal …, wer ist das schon? Ein feines Patriziersöhnchen. Ein kleiner Abenteurer. Wie weit ist eure Liebe?«

»Ich bekomme ein Kind von ihm.«

»Bei der heiligen Mutter Gottes, Marie!« Er glotzte sie mit offenem Mund an und zügelte sein Pferd so hart, dass es in die Knie brach. »Warum habe ich nicht mehr die Kraft, dich jetzt zu töten und mich dazu. Wie kann man sich nur von einem Offizierssöhnchen schwängern lassen?« Ängstlich bekreuzigte er sich und schielte zu dem Buschwerk links und rechts am Wege, aus Angst, es könnte das eben Gehörte weitererzählen. »Bist du dir wirklich sicher?«

»Ja, Vater! Ich glaube, Jaspar hat es bereits bemerkt, oder er ahnt es. Zumindest ist er misstrauisch geworden. Aber es wundert mich, dass er mich mit dir allein zu Medefeld schickt. Da kann nur wieder eine seiner Gemeinheiten dahinter stecken.« Sie zügelte das Pferd und horchte die Straße hinunter. »Es ist gut möglich, dass uns einer von seinen Spießgesellen gefolgt ist.«

»Dieser Korporal … liebst du ihn?«

Marie nickte. »Ja, ich glaube schon, dass ich ihn liebe.« Sie erinnerte sich dabei an die wenigen glücklichen Augenblicke, die ihnen Gott schenkte, wenn Jaspar allein auf Raub auszog, an seinen Duft, seine Küsse und seine glühenden Liebesschwüre. Aber zu einer gemeinsamen Flucht kam es nie, stattdessen wartete sie vergeblich auf den Tag, an dem er Jaspar dem Amtmann ausliefern wollte, so wie er es ihr versprochen hatte. Und die Angst, dass auch er dem Teufel verfallen sein könnte, ließ sie seitdem nicht mehr los.

»Marie, ach, hätte ich nur von all dem eine Ahnung gehabt.« Er bekam plötzlich Gewissensbisse und gab sich die Schuld an Maries Unglück. Meine Tochter ist das Einzige, was ich auf der Welt noch habe, dachte er und schimpfte: »An allem ist nur dieser verfluchte Krieg Schuld. Wäre er nicht gewesen, wärst du jetzt wie deine Mutter, Gott habe sie selig, eine Bäuerin mit einem braven Ehemann.«

»Ich eine Bäuerin …? Wie meine Mutter?« Marie blies die Backen auf. Jetzt schien er völlig übergeschnappt. Wütend entgegnete sie: »Es war immer dein Traum, der Traum vom Hof. Was war sie denn schon? Eine Kuh auf zwei Beinen … Draußen arbeiteten die Ochsen, drinnen im Haus arbeitete sie. Selbst denken wollte sie nicht, das war deine Aufgabe, Vater. Ich hatte nie vor so zu werden. Mir stand der Sinn nicht danach nur aus der Bibel zu lesen. Johann und ich wollten einmal in die Welt hinausziehen, um sie zu erkunden.

Tönnjes Gesicht zuckte. Er wusste nicht mehr, was er sagen sollte, und raufte sich mit beiden Händen die Haare. »Aber du sahst doch so glücklich aus, als uns der Jaspar das Geld für den Hof lieh. Gemeinsam leben wolltest du mit ihm auf dem Hof und Pferde züchten. Hätten wir nicht im Oktober 1642 vor der Truppe des Conte Guebrian in die Stadt flüchten müssen, wäre dein Leben nach deinen Wünschen verlaufen und du hättest das Kind jetzt von ihm bekommen«, sagte Tönnjes mit bleierner Zunge.

»Was glaubst du, wie er mit mir gelebt hätte, Vater? Ein vagabundierender Räuber? Ein Mann, der sein Weib nach jedem Raubüberfall mit Marketenderinnen und Bauerndirnen betrügt, der seine Gäule, ja selbst die Pferdescheiße mehr liebt und der seiner Geliebten nur beiliegt, um sie danach gehörig durchzuprügeln.« Ärgerlich gab sie ihrem Pferd die Sporen. Wie konnte sie nur einen Augenblick lang der Vorstellung vertrauen, den Vater wiedergefunden zu haben. Es war eine verlorene Mühe, diesen alten Mann zu bekehren, einen alten Narr, der sich längst in seine Welt zurückgezogen hatte.

Schweigend ritten sie das letzte Stück Weg hintereinander, und als der Giebel des Wirtshauses durch das Buschwerk schimmerte, ließ sie das Pferd in eine andere Gangart gehen.

»Warum hast du ihn denn nicht längst beim Amtmann verraten, wenn du ihn so hasst?«, fragte er und zügelte sein Pferd neben ihr. »Du hattest sicherlich mehr als einmal die Gelegenheit dazu.«

»Ich sagte dir bereits, Jaspar lässt mich nicht aus den Augen. Immer, wenn ich es versucht habe, hatte der Teufel seine Hand im Spiel. Selbst den Räuber Hänschen von Rode hat er auf mich angesetzt. Allein die blauen Flecken von ihm spüre ich jetzt noch. Kurz vor Langenhagen hatte er mir mit seinen Kumpanen aufgelauert, mich wie einen Hund verprügelt und dann gegen ein Lösegeld an Jaspar zurückgegeben. Dir dürfte bekannt sein, dass an diesen Räubern aus der Eilenriede so schnell niemand ungeschoren vorbeikommt.«

»Was habe ich dir nur angetan?« Tönnjes war wie gelähmt, während er schuldbewusst die Schultern hängen ließ und hinauf zu den Baumwipfeln starrte, als säße dort oben die Lösung. Dann sah er sich plötzlich um. Das Wirtshaus lag nur noch wenige Meter vor ihnen. »Wie es auch sein mag …, die Sonne geht bald unter. Wie wäre es, wenn wir blitzschnell die Pferde herumreißen? Jetzt ist die Gelegenheit dazu«, sagte er.

»Zu was, Vater?«

»Zur Flucht. Unsere Heimat ist Ingolstadt. Wir werden einen anderen Weg als Jaspar nehmen und zu zweit werden wir es schaffen. Der Hundsfott ist weit weg. Fast alle Kameraden sind bei ihm. Das ist der Moment, wo wir unser Schicksal noch einmal ändern können. Unsere Flucht ist bereits gelungen.«

»Vergiss es, Vater.« Gerührt lächelte sie über die Idee des alten Mannes, beugte sich aus dem Sattel und schob die Finger dankbar über seine Hand. »Es ist zu spät. Damals, als du seinen Hof branntest, hätte ich noch bereitwillig mein Leben dafür hingegeben, die Heimat wiederzusehen. Doch jetzt sind wir ein Teil seines Lebens geworden, wir sind mitschuldig am Tod vieler unschuldiger Leute und können unsere Freiheit nur noch durch seinen Tod wiedererlangen.«

❧

Am nächsten Morgen, noch vor Sonnenaufgang, saß Tönnjes im Wirtshaus auf seiner Strohmatratze und sah nachdenklich auf die Bäume vor seinem Fenster. Mit sorgenvoller Miene verfolgte er das Spiel der mächtigen Wipfel, die sich ächzend im Sturm bogen. Der Himmel war grau, wolkenverhangen, und es regnete so stark, dass Tönnjes aufstand, um das Fenster zu schließen. Er schob den rostigen Riegel vor und lehnte die Stirn gegen das Fensterkreuz. Das Gespräch mit Marie lastete wie ein Mühlstein auf seiner Seele. In der Nacht hatte er sich unruhig auf seinem Lager hin und her gewälzt, und auch das halbe Fass Broyhan, dass er verzweifelt in sich hineingeschüttet hatte, änderte nichts daran, dass er im Gegensatz zu Jaspar ein Gewissen hatte, das ihn nun quälte. Immer wieder fragte er sich, was er falsch gemacht hatte. Ihre gemeinsame Zeit im Heerlager, ihre Bekanntschaft mit Jaspar, seine Hilfsbereitschaft, der lange Marsch nach Hannover und seine glühenden Blicke für Marie. Immer wieder rief er sich die Bilder ins Gedächtnis zurück. Wie hatte er sich nur so in ihm täuschen können. Andererseits war er ein Kamerad und Freund, auf den man sich verlassen konnte. Alle schätzten ihn. Seitdem er Jaspar kannte, litt er nie Not, trug immer die feinsten Kleider und das Geld klimperte im prallgefüllten Beutel. Dass mit Marie und dem schneidigen Korporal etwas nicht stimmte, war ihm auch nicht entgangen. Einmal war er fast mit seinem Pferd im Unterholz über sie gestolpert, als sie sich küssten. Und er hatte Jaspars Blick gesehen, als sie sich in Caspars Scheune zum Tanze drehten. Viel zu eng hatten sie getanzt und die Welt um sich herum vergessen. Der Jaspar konnte noch so besoffen sein, aber er sah alles.

Jetzt konnte er sich auch das Duell erklären, das die beiden bei Hans auf der Tenne ausgefochten hatten. Hätte ihn der Zufall nicht dazugeführt, wäre der Korporal heute bestimmt in Gottes Reich. Der Korporal verstand den Degen zu führen, aber der Kraft und Schnelligkeit Jaspars war er nicht gewachsen. Er war eben ein weiches verwöhntes Offizierssöhnchen und der Jaspar war ein Bauer mit einer Schlagkraft, die einen Baum spalten konnte. Es war ein blutiges Gemetzel gewesen und für die Kameraden eine willkommene Abwechslung. Elias, Hans und Hinrich hatten die beiden nach jeder Schlappe neu angefeuert und Wetten auf ihre Köpfe ausgesetzt, bis er dem Kampf ein Ende setzte und Jaspar seine Faust mitten ins Gesicht drückte. Als der Räuber auf dem Boden lag und bereits glaubte, ein Englein zu sein, holte er ihn wieder mit den Worten zurück: »Das ist es nicht wert, Jaspar. Wir haben doch noch so viele Dinge vor.« Wie stolz war er danach auf den Freund gewesen, als er mit dem Korporal zur Versöhnung eine ganze Kanne Bier aussoff. Warum die beiden Männer aneinandergeraten waren, darüber hatten sie nie gesprochen, aber Tönnjes blieb nichts verborgen, auch wenn seine Ohren und Augen an Kraft verloren hatten. Welcher Hitzkopf hatte sich noch nicht um ein Weib geschlagen? Und die Marie war es wert. Eine Königin war sie unter den Weibern. Wie sie mit den Männern umging, eingeschlossen ihn, ihren alten Vater, suchte seine Meisterin.

Allerdings gefiel es ihm nicht, dass sie zu viel mit diesem Medefeld zusammenhockte. Er war der Einzige, der eine undurchsichtige Stelle zwischen den Kameraden einnahm. Mal hielt er sich aus allem heraus, dann wieder war er mittendrin und verlangte den größten Anteil. Selbst Jaspar schien ihm nicht über den Weg zu trauen. Aber auf irgendeine Weise war er von ihm abhängig, und so kam er nach jedem Streit zu ihm zurück. Manchmal hatte er das Gefühl, dass sie sich ständig wie Wölfe umkreisten und belauerten. Medefeld führte irgendetwas im Schilde und Jaspar auch. Tönnjes grinste unvermutet vor sich hin. Worauf Jaspar scharf war, wusste er längst. Das sang ihm jeden Morgen beim Erwachen ein Vöglein ins Ohr. Es waren Medefelds Pferde, von denen er kein Auge ließ und wegen denen es immer wieder zu Streit zwischen den beiden kam. Denn Medefeld war ein mit allen Wassern gewaschener Geschäftsmann, der seine Pferde lieber dem Teufel verkaufte als diesem Halunken, der sie sowieso nur mit doppeltem Gewinn weiterverscheuerte. Das heimliche Getue zwischen Medefeld und Marie war Jaspar allerdings auch nicht entgangen. Und da er nicht gern teilte, beobachtete er die beiden mit verschärften Blicken. Eine Katastrophe war nicht mehr zu verhindern.

Tönnjes hauchte gegen die beschlagene Scheibe und wischte mit dem Ärmel darüber. Plötzlich war es ihm, als sei die Katastrophe bereits im Anmarsch. Denn zwischen den Bäumen, auf der ausgefahrenen Straße, nahte ein Fuhrwerk, das ihm bekannt vorkam. Es war ein Leiterwagen aus dicken Holzbalken, zusammengehalten mit Tauen und schweren Eisenbeschlägen. Wie ein altes, ächzendes Schiff wackelte er knarrend den ausgetretenen Pfad entlang, gezogen von zwei mächtigen Ochsen. Auf dem Holzbock saß Jaspar. Tönnjes erinnerte sich, dass Jaspar davon gesprochen hatte, er wolle heute Morgen die Fuhre Pferdmist abholen, die er Medefeld in der vergangenen Woche, für den Acker hinter seinem Haus, abgekauft hatte.

Der Räuber hatte den breiten Hut tief ins Gesicht gezogen und rauchte eine Pfeife. Die Lederpeitsche in seiner Hand fuhr dabei schläfrig von links nach rechts über die massigen Ochsenrücken. Es schien, als schliefen alle, selbst sein Pferd, das am Wagen angebunden hinterher trottete. Es war ein friedliches Bild, das in die Landschaft dieses trüben Morgens gepasst hätte, wären da nicht Medefelds Hunde gewesen. Die Hunde ließen Jaspar ungehindert durch das Tor, bis zum Misthaufen. Die Tiere kannte jeder von Medefelds Gästen, und war es kein Neuling, so ging er furchtlos auf sie zu, rief sie ruhig bei ihren Namen und beglich den tierischen Zoll mit einem Stück Wurst oder Trockenfleisch. Meistens ließen sie sich von ihm danach gehorsam das Fell kraulen.

An diesem Morgen aber kam alles ganz anders. Jaspar war übel gelaunt. Er hatte wenig geschlafen und der ewig graue Himmel trug nicht zur Besserung seiner Stimmung bei. Als er vor dem Misthaufen wenden wollte, versackten die schweren Hinterräder im Morast. Ärgerlich sprang er vom Bock und versank neben seinem Wagen mit den neu erbeuteten Offiziersstiefeln bis zum Schaft im Dreck. Fluchend befreite er sich und stakste mit der Leine in der Hand zum Wagen, um die Ochsen an der Deichsel festzubinden.

In diesem Moment, als er den Hunden den Rücken zukehrte, griffen sie an. Sie stürzten wie verabredet aus ihren Verstecken hervor und stürmten mit gesträubtem Fell und gebleckten Zähnen auf ihn zu. Die Pfoten unter den muskulösen Körpern fest auf dem Boden, die bulligen Köpfe weit vorgestreckt, standen sie hinter ihm und versuchten den Eindringling mit lautem Knurren zu vertreiben. Tiere fühlen anders als Menschen. Sie blicken in seine Seele und wittern darin den Spitzbuben. Jaspar musste für ihre feinen Nasen einen solchen mörderischen Geruch verbreitet haben, dass sie zu einem ernsthaften Angriff übergingen und einer der beiden zum Sprung auf den ungeschützten Hals ansetzte. Die dolchartigen Zähne blitzten, Geifer spritzte in dicken Fetzen. Aber Jaspar war ihnen an Schnelligkeit und Gefährlichkeit überlegen. Blitzschnell hatte er sich umgedreht, griff nach der Mistgabel und rammte sie dem abhebenden Hundekörper mit aller Wucht von unten in den Leib. Ein klägliches Jaulen ertönte, und der schwer getroffene Hund landete wie ein aufgeplatzter Sack auf dem Boden, wo er röchelnd liegen blieb. Seine Pfoten zitterten noch, als Medefeld aus der Tür gelaufen kam und Jaspar schon von Weiten zuschrie: »Jetzt bist du zu weit gegangen, du Elender!«

Streit lag in der Luft. Ein blutiger Streit, das wusste Tönnjes, und so lief er rasch zur Treppe in der Hoffnung, Schlimmeres zu verhindern. Medefeld stürzte im Hausanzug auf seinen Hund zu, und als er sah, dass er zu spät gekommen war, schwang er den Knüppel in seiner Hand und forderte den Hundemörder wütend zum Zweikampf heraus.

Jaspar war bis jetzt ruhig geblieben. Nachdem der zweite Angreifer jaulend das Weite gesucht hatte, rammte er die Mistforke, die eben noch in dem zuckenden Fleisch gesteckt hatte, in den Mistberg und begann mit ihr seelenruhig den Wagen mit Mist zu beladen. Er hatte lediglich einen lästigen Angreifer abgewehrt und maß der Angelegenheit keine Bedeutung zu. Was war schon ein Hundeleben gegen eine Fuhre Mist? Köter streunten zu Hunderten auf den Straßen und in den Wäldern umher. Sollte sich Medefeld einen neuen besorgen. Doch als er sah, dass der Hausherr ihm eins mit dem Knüppel überziehen wollte, kochte die Wut in ihm hoch. Selbst ein Bluthund, brodelte sein heißes Blut ständig in ihm. Er brüllte zurück: »Was bin ich, du Armseliger?«, und schlug ihm kurzerhand den Knüppel aus der Hand. Dann schrie er: »Erst deine Köter, jetzt auch noch du! Lege sie gefälligst an die Kette!«

Vor Wut schäumend jagte er Medefeld mit erhobener Forke vor sich her über den Hof. Dabei interessierte es ihn nicht mehr, dass der Herausforderer jetzt unbewaffnet war. Stattdessen setzte er sein gemeinstes Grinsen auf und Medefeld musste erkennen, dass der Räuber seit Langem auf diesen Augenblick gewartet haben musste.

»Lass uns darüber reden, Jaspar«, beschwor er ihn und floh weiter rückwärts vor ihm auf die Haustür zu.

Aber Jaspar grinste nur breit: »Hast wohl Schiss, du Hundsfott? Ich werde dich verprügeln und kopfüber in die Hundescheiße stecken … Dann hat dein Köter was zu lachen.«

In seiner Angst sah sich der Wirt nach einer neuen Waffe um. Neben der Eingangstür standen verschiedene Tongefäße, Bierfässer und Krüge. Dort würde er sicher einen neuen Knüppel zur Verteidigung finden. Er lief, so schnell ihn die Beine trugen, auf die Gefäße zu, die auf ihn niederprasselnden Schläge immer im Rücken. Auf einmal verlor er den Halt, strauchelte über eine Wurzel und fiel vornüber zwischen die Krüge. Diesen Moment nutzte Jaspar. Erbarmungslos prügelte er weiter mit der Forke auf den am Boden liegenden ein. Ton splitterte und klirrte. Medefeld versuchte nach einer Scherbe zu greifen, schrie wie ein geprügelter Hund nach seiner Frau, spürte einen dumpfen Schlag gegen den Kopf, ein Krachen und dichten Nebel, als die Forke erneut auf ihn niedersauste. Benommen kam er wieder zu sich. Er blinzelte, spuckte Blut und sah in Jaspars gezücktes Messer. Der rote Lebenssaft lief ihm über die Stirn in die Augen und von da in den Krug unter ihm.

Der Räuber sah es und grinste hinterhältig. Dann

hockte er sich auf ihn wie auf einen Gaul und kitzelte Medefeld jetzt mit dem Messer am Hals. »Hey, du lebst ja noch? Ich dachte doch glatt, ich hätte dich erledigt, so wie deinen Köter.« Auf einmal hatte er eine teuflische Idee und freute sich diebisch darüber. Ich werde den Mistkerl sein eigenes Blut saufen lassen, dachte er.

»Wie ist es, wollen wir unsere Freundschaft nicht neu besiegeln, Thomas?« Was für ein gefühlloser Schurke. Jetzt verhöhnte er auch noch sein Opfer.

Da flatterte wie ein aufgeschrecktes Huhn Medefelds Weib herbei. Sie hatte im Stall unter den Kühen beim Melken gesessen und erst jetzt von dem Streit etwas mitbekommen. Auseinandersetzungen zwischen den Spitzbuben waren für sie nichts Neues. Doch der tote Hund und der blutende Kopf des Wirtes sorgten bei ihr für Verwirrung. Mit einem Aufschrei stieß sie Jaspar zur Seite, warf sich über ihren Mann und bettete seinen blutenden Kopf auf ihre Knie. Hastig riss sie vom Kleid ein Stück Leinen ab und begann, die Wunde zu verbinden. »Wenn du unbedingt auf Morden aus bist, dann fang doch gleich bei den Kindern in der Küche an, du Elender! Dich an Wehrlosen zu vergreifen, macht dir bestimmt am meisten Spaß!«, schrie sie und half Medefeld, sich aufzurichten.

In diesem Moment öffnete sich die Tür und Tönnjes erschien mit einem Krug Broyhan unterm Arm. Aus Erfahrung wusste er, dass eine Kanne Bier mehr bewirkte als ein gezogenes Schwert, und glaubte, den Räuber auf diese Weise zu beschwichtigen.

Da erwachte Jaspar aus seiner Verblüffung, versetzte dem Weib einen Tritt gegen das Schienbein, nahm den noch benommenen Wirt in den Schwitzkasten und hielt ihm blitzschnell das Messer an die Kehle. »Hey, ich war noch nicht fertig mit dir, mein Freund. Du säufst jetzt auf unsere Freundschaft den Krug mit dem Blut aus«, forderte er ihn auf. »Wenn nicht, schneide ich dir vor diesem blöden Weib da die Kehle durch!« Seinem Gesichtsausdruck nach war es ihm Ernst mit der Drohung und Tönnjes sah sich genötigt, einzugreifen.

»Lass es gut sein, Kamerad. Egal, was zwischen euch vorgefallen ist, begrabt euren Streit bei einer Kanne Bier«, sagte er und hielt Jaspar den gefüllten Krug hin.

Aber der Hitzkopf wollte sich nicht wieder beruhigen. »Wie du willst. Schütte das Bier in den Krug hier neben mir«, zischte er und blickte Tönnjes aus schmalen Augen, in denen ein wenig Überraschung glimmte, an.

Ratlos verharrte Tönnjes auf der Stelle. Er hatte das Blut in dem Gefäß gesehen und weigerte sich. Da hatte Jaspar plötzlich die Pistole in der freien Hand und zielte auf ihn. »Wenn du das Bier nicht sofort in den Krug schüttest, erschieße ich dich«, zischte er ihm zu.

Medefeld verzog vor Schmerzen das Gesicht. Die Klinge des Messers ritzte sich in die dünne Haut unter seinem Kinn und hinterließ einen blutigen Strich. In seinen Augen stand die kalte Angst. Er begann zu zittern. Seine Nerven spielten verrückt.

»Mach schon, Tönnjes, worauf wartest du noch?«, schrie jetzt sein Weib. Tönnjes tat widerwillig, was man von ihm verlangte, und vermischte die Hälfte des Bieres mit dem Blut.

»Gut so«, grinste Jaspar. »Sauf du zuerst«, forderte er Medefeld auf und nahm die Klinge von seiner Kehle. Der Wirt richtete sich auf und zog sich an seinem Weibe hoch. Mit finsterer Miene wartete Jaspar, bis er den Krug an die Lippen setzte. Er zählte mit, wie oft sein Adamsapfel auf und ab hüpfte, riss ihm dann das Gefäß von den Lippen und gab es Tönnjes. Um der Aufforderung Nachdruck zu verleihen, drückte er ihm die Pistole an die Schläfe. »Du säufst den Rest! Weigerst du dich, wird Marie in Unehren sterben.«

Tönnjes Gesicht wurde erst blass, dann rot. Die Ader auf seiner Stirn schwoll an, um seine Mundwinkel zuckte es. Ihm war, als nahm der Herrgott auf einmal eine unsichtbare Klappe von seinen Augen. Jaspar spaßte nicht. »Was hat Marie damit zu tun?«, fragte er mit belegter Zunge.

»Sehr viel …, alter Freund.« Jaspar hatte Tönnjes' Handbewegung zum Schwert gesehen und wusste, dass ein Kampf mit ihm seine Pläne durchkreuzen konnte. »Du weißt, wie sehr ich Marie liebe. Aber wenn sie mich betrogen hat, dann ist sie so gut wie tot. Trinkst du, bestätigst du mir, dass ich mich vielleicht geirrt habe.« In dem Blick, den er seinen Worten hinterherschickte, lag aller Zorn dieser Welt.

Er wird sie töten, über kurz oder lang wird er es tun. Er weiß alles, dachte Tönnjes und nahm den Krug mit zitternden Händen entgegen. Ekel übermannte ihn. Doch er schlürfte den Rest, bis ihm das Blutgemisch vom Mundwinkel tropfte. Während er schluckte, kniff er die Augen zusammen und dachte an Marie und leistete ihr innerlich Abbitte dafür, dass er all die Jahre ihre Warnungen in den Wind geschlagen und Jaspar vertraut hatte.

Noch am späten Nachmittag des gleichen Tages trafen sich Medefeld und Tönnjes gemeinsam in der Wirtsstube, um ungestört miteinander reden zu können. Überraschend wenig an dem Wirt wies auf den Streit vom Morgen hin, lediglich sein Kopf war bis zur Stirn in ein weißes Leinen geschlagen. Da er eitel war, behielt er das Barett auf. Er hatte den federgeschmückten Hut tief in die Stirn über den Verband gezogen. Seine Haltung verriet, wie schwer er über diese Schmach hinwegkam.

Tönnjes erhob sich immer wieder vom Tisch, lief auf und ab und setzte sich dann wieder hin. Alles in ihm schrie nach Genugtuung, während ihn die Angst um Marie fast wahnsinnig machte. »Thomas …?«, fragte er in das Schweigen hinein, als er sich gerade wieder einmal setzte. Argwöhnisch vergewisserte er sich, dass niemand zuhörte, und schielte misstrauisch zu den beiden Tischen, an denen ein paar Fuhrleute und zwei verirrte Soldaten ihr Bier tranken. Medefeld hob den Kopf und wartete gespannt. »Vor drei Monden hast du von der Pferdeauktion in Ingolstadt berichtet und gesagt, dass du dein Gespann versteigern willst?«

»Es ist mir auch weiterhin ernst mit der Versteigerung«, erwiderte Medefeld und verstand nicht recht, was sein Gespann mit dem Vorfall vom Morgen gemein haben sollte.

Da beugte sich Tönnjes nach vorn über den Tisch und winkte ihn näher zu sich heran. »Du weißt doch, dass der Jaspar schon lange hinter deinen Pferden her ist. Wie hoch gedenkst du das Preisgeld zu treiben?« Er redete leise und sah sich dabei vorsichtig um.

»Na, wenigstens fünfzig Reichstaler, darunter gehen sie nicht weg.«

»Dann wird der Jaspar sicher auf dein Gespann bieten. Als sein Schatzmeister weiß ich, dass er genau diese fünfzig Taler am St. Aegidientore versteckt hält und vorhat, mit Hans und Elias nach Ingolstadt zu reiten.«

»Ach was. Er kauft zwar manchmal Pferde, mehr wegen seiner Sicherheit. Aber lieber stielt er die Gäule. So viel Geld würde der niemals dafür aufbringen.« Medefeld winkte ab.

»Natürlich, das weiß ich auch. Aber als dein Freund, würde er niemals deine Pferde stehlen. In dieser Beziehung beweist er Ehre. Oft genug hat er dir Geld dafür geboten. Du wolltest sie ihm ja nicht geben. Jetzt will er wahrscheinlich auf diesem

Wege in ihren Besitz kommen. Auf jeden Fall wirst du die Gäule an ihn los.«

»Und wie soll ich das verhindern?« Medefeld kaute nachdenklich an dem Kanten Brot in seiner Hand und sah Tönnjes ratlos ins Gesicht. »Soll ich die Mähren deswegen nicht auf der Auktion versteigern?«

»Doch …, das ist ja gerade mein Plan. Wir werden ihn mit seinen eigenen Waffen schlagen. Wir müssen ihn nur zwingen, die Gäule wie immer zu stehlen. Und wir brauchen dazu einen Verbündeten vom Amte.«

Medefeld war jetzt ganz Ohr. Nervös kratzte er sich mit dem Finger an einer Stelle hinter dem Ohr unter dem Verband. »Wer sollte uns denn dabei helfen?«

»Nichts leichter als das.« Tönnjes machte eine halbe Drehung mit dem Oberkörper und zeigte auf den Eingang, wo gerade der Korporal erschien und sich suchend umsah. »Er wird uns helfen.« Tönnjes winkte den jungen Mann an den Tisch und drückte ihn sogleich in seiner bäuerlichen robusten Art auf den Stuhl neben sich. Ohne Umschweife kam er zum Thema: »Heinrich, jetzt geht es Jaspar an den Kragen. Ein Vöglein hat mir gesungen, dass du ein Spitzel bist.«

Der Korporal fühlte sich entdeckt. Das letzte Wort war noch nicht über Tönnjes' Lippen gekommen, als er auch schon bleich vor Wut aufsprang und verletzt zum Degen griff. Doch Medefeld kam ihm zuvor und drückte ihn auf den Stuhl zurück: »Was für ein hitziges Blut. Steck die Pike wieder ein und höre lieber, was Tönnjes zu sagen hat. Er ist der Älteste im Bunde, der weiß schon, was er tut. Wir haben auch nicht vor, dich in deiner Ehre zu verletzten. Wir brauchen bei unserem Vorhaben einfach einen Verbündeten und glauben, dass du der rechte Mann dafür bist.«

»Uns ist zu Ohren gekommen, dass du Verbindungen zu dem hochlöblichen Kommissar Riedmeister Eberhard von Anderten haben sollst?«

Der Korporal setzte sich langsam zurück auf den Stuhl, sah misstrauisch von einem zum anderen und fragte, ohne recht zu verstehen: »Woher wisst ihr das alles?«

Tönnjes grinste breit über das ganze Gesicht. »Nun rate mal? Schwängert meine Tochter und fragt noch dämlich, woher ich das alles weiß?«

Der Korporal sah Tönnjes von unten herauf an. »Hat Marie dir das erzählt oder hast du es selbst herausgefunden?«

»Sie hat mir alles gebeichtet. Aber darum geht es nicht. Es geht hier um Jaspar. Ich werde ihm die fünfzig Taler rauben. Kein Geld, keine Pferde. Dann muss er die Gäule stehlen. Denn ich weiß, dass er die Pferde, um die ihn jeder Fürst beneiden würde, unbedingt haben will. Sollte er also nach Ingolstadt reiten, weil er, wie ich vermute, nicht zugeben wird, dass ihm das Geld gestohlen wurde, reitest du, Heinrich, inzwischen zum Kommissar, berichtest ihm von dem Pferdediebstahl und vereinbarst mit ihnen eine Stelle, wo er ihn mitsamt den Pferden in Empfang nehmen kann. Dabei liegt es bei dir, ihn zu überzeugen, die Gäule nach Hannover zu bringen.«

»Aber wenn er dahinter kommt, dass du das Geld gestohlen hast, wird er dich töten.«

»Dann weiß ich mein Kind bei dir in guten Händen. Ich bin ein alter Mann, meine Zeit ist bald vorbei und ich habe einst einen großen Fehler begangen. Den muss ich wieder gutmachen. Das bin ich Marie, meiner Tochter, schuldig.« Er klopfte sich auf die Brust, blies die Luft durch die Nase und stöhnte. »Wer weiß schon, wie es in einem hier drinnen aussieht, wenn dieses dumme Ding in der Brust verrückt spielt?«

Betreten sahen sich Medefeld und der Korporal an. Über die wettergegerbten Wangen des alten Mannes lief eine Träne. Als er ihre Blicke bemerkte, schnäuzte er sich verlegen und erhob sich. Er reichte zuerst Medefeld und dann dem Korporal seine schwielige Hand. »Sollte der Plan nicht gelingen, dann versprecht mir, Marie zu retten. Ich lege ihr Leben in eure ehrenwerten Hände, sie ist das Einzige, was meinem Leben noch einen Sinn gibt. Solltet ihr mich aber verraten, dann schwöre ich euch bei der Liebe zu meinem Kind, solange mein Arm noch ein Schwert führen kann …, ich werde euch zu finden wissen.« Hocherhobenen Hauptes verließ er die Schänke.

In diesem Augenblick hatte der Halbmeier Tönnjes aus Ingolstadt zu sich selbst zurückgefunden und der Korporal murmelte leise: »Was für ein großartiger Mann.«

◦❧◦

Der Regen wollte nicht nachlassen. Die Nässe hatte sich über Nacht in eine spiegelglatte Eisfläche verwandelt und erschwerte es den Pferdehufen auf der unebenen Straße. Immer öfter musste Tönnjes absitzen und das Pferd am Zügel hinter sich herführen, weil es über dünne vereiste Wasserpfützen balancierte. Zudem kam Wind auf, der immer heftiger an seiner Kleidung zerrte. Als ihm der Hut vom Kopf geweht wurde, fluchte er vor sich hin. Dabei sah er sich vorwurfsvoll nach dem Pferd um, das, als ahnte es bereits die Gefahr, ihm nur widerwillig folgte. »Was hast du nur, du Mähre?«, schimpfte er. »Komm schon, ich will Langenhagen noch vor dem Morgengrauen erreichen.« Aus Erfahrung wusste er, wie gefährlich ein zu langer Aufenthalt im Holz war, und verfluchte innerlich das Wetter im Norden. »In Ingolstadt ist sicher schon Frühling, und hier will der verfluchte Winter nicht weichen«, grunzte er vor sich hin und dachte dabei an Jaspar, der mit solchem Wetter im Bunde stand und ihm sicherlich längst irgendwo auflauerte. Aber er war darauf vorbereitet. Kampflos würde er sich nicht abschlachten lassen. Immerhin hatte er Zeit genug gehabt, alle hinterhältigen Taktiken des Räubers zu lernen.

In der Nacht zuvor war ihm sein Vorhaben noch so einfach erschienen, als er den Halunken geschickt nach seinen Plänen ausgefragt hatte. Bereitwillig hatte Jaspar ihm erzählt, was er schon wusste, nämlich dass er heute im Morgengrauen zusammen mit Marie nach Ingolstadt reiten wollte, um auf Medefelds Pferde zu bieten. Der Halunke war so seltsam redselig an diesem Abend gewesen, so ganz anders als sonst, sprach davon, dass er ja eigentlich ein Pferdehändler sei und bereits viel herumgekommen war und dass er jetzt wieder rechtmäßigen Pferdehandel betreiben wollte, für seine Braut Marie, die doch nun mit einem Kinde schwanger ging. Bei dieser Bemerkung war Tönnjes kaum merklich zusammengezuckt und hatte den Blick der Tochter gesucht. Ihm war sofort aufgefallen, dass Jaspar es absichtlich nicht sein Kind nannte. Auch wusste er längst, dass, wer einmal ein Räuber war, immer ein Räuber blieb. Jaspar hatte zu viel getrunken und geredet.

Aber schneller als ein Vogel flog, war Jaspar wieder der Alte. Denn Hans hatte Medefelds Weib, das ihm eine Kanne Broyhan brachte, auf seine Knie gezogen und sie mit seinen Pranken unsittlich unter dem Rock berührt. Die Kerle wollten sich ausschütten vor Lachen über die Not des Weibes, das sich verzweifelt versuchte aus der Umklammerung des Rohlings zu befreien und dabei die Kanne mit Bier verschüttete. Als er sie endlich freigab, weil ihm das Bier den Koller versaute, schlug sie dem Räuber ins Gesicht und sagte böse zu den Kerlen, wobei sie den Blick auf Jaspar heftete: Der eine Betrüger brachte ihr die Diebe ins Haus, die ihr den Broyhan aussoffen, der andere die Diebe, die ihr die Pferde stahlen.

Sofort änderte sich Jaspars Laune. Sein Gesicht, eben noch lachend, wurde plötzlich finster. Er fühlte sich angesprochen, sprang wie von einer Schmeißfliege gestochen auf und drohte ihr mit flammenden Augen: »Du Hexe sollst nicht mehr lange in deinem schönen Haus wohnen. In vierzehn Tagen wirst du um all das Deinige kommen.«

Da wusste Tönnjes, dass selbst der Teufel Jaspar nicht davon abhalten könnte, nach Ingolstadt zu reiten.

Es knackte im Holz. Einmal, zweimal. Blätter raschelten, und selbst die feinen Nadeln auf dem Waldboden gaben leise, kaum hörbare knirschende Geräusche von sich. Doch Tönnjes spitzte die Ohren wie ein Luchs. Rasch ließ er das Pferd los und hob die Pistole, mit der anderen Hand griff er nach dem Knauf des Degens und zog ihn aus der Scheide. Zu gut kannte er diese Geräusche, auch den Pfiff, der leise folgte. Es war so weit. Jaspar war ein Fuchs und er war ihm wie einer gefolgt. Er hatte genau gewusst, wo er ihn stellen würde, und er war ihm prompt in die Falle gelaufen. Eisregen peitschte ihm ins Gesicht und zwang ihn, die Augen zu schließen. Die Nässe drang durch den Mantel bis auf das Hemd.

Doch all das war jetzt Nebensache. Jaspar war aus dem Gebüsch herausgetreten. Er schien völlig ruhig und gelassen. Seinen Mund umspielte ein feines Lächeln, als er Tönnjes begrüßte: »Hey, alter Mann, hatten wir nicht ausgemacht, zusammen zu reiten? Was treibt dich bei dem Sturm hinaus in den Wald? Nicht einmal ein Räuber würde jetzt auf Raub ausgehen.«

Tönnjes' Schultern richteten sich auf, seine Muskeln spannten sich. Er musste an die Marketender bei Ingolstadt denken, die er mit einer Leichtigkeit erledigt hatte. Seitdem waren Jahre vergangen. Der Adler war zu hoch geflogen. Seine Schwingen waren verbrannt. Jetzt galt es nur noch, das eigene Leben zu verteidigen, und Jaspar hatte gut vorgesorgt. Vor ihm lag das Moor, zur Linken eine Schlucht und rechts dichtes Unterholz. Bestimmt hockten dort längst die Spitzbuben und warteten auf Jaspars Zeichen, um ihm den Todesstoß zu versetzen. Tönnjes hatte keine Chance mehr. »Verbringen wir unsere kostbare Zeit nicht mit überflüssigen Reden, Jaspar. Ich nehme an, du weißt, wohin mich mein Weg führt«, antwortete Tönnjes und beobachtete Jaspar ganz genau.

Jaspar zog den Dolch und spielte mit der Schneide. Er lächelte noch immer vor sich hin. Aber seine Augen wurden gefährlich eng, als er leise fragte: »Du willst es mit mir aufnehmen, alter Mann?«

»Du hast mich einmal deinen Kameraden genannt.«
Tönnjes blickte Jaspar in die kalt funkelnden Augen.
»Ich weiß nicht, wie man mit seinem Kameraden
unter diesen Umständen redet. Man muss auf alles
vorbereitet sein.«

»Dann sei es Mistkerl!«, fauchte Jaspar. »Das
Gericht der ehrbaren Räuber ist zusammengetre-
ten. Es hat den Verräter zum Tode verurteilt. Deine
Stunde ist gekommen, alter Mann.«

»Ich habe es vernommen. Darf ich fragen,
warum?« Tönnjes blieb ganz ruhig, doch seine
Hand umklammerte den Schwertknauf um einen
Zollbreit fester.

Er hat keine Angst, dachte Jaspar verblüfft. Er
weiß, dass er gleich sterben wird, und steht da, als
redeten wir über die bevorstehende Hochzeit seiner Tochter. Was für eine Kaltschnäuzigkeit! Eine
Schande um ihn. Er ist der geborene Räuber. »Du
hast unsere gemeinsame Beute gestohlen und dich
mit ihr allein auf und davon gemacht. Du kennst
unsere Gesetze. Nur die Hölle hat ihre eigenen
Rechte.«

»Dann lass es uns hinter uns bringen!«, knurrte
Tönnjes und stieß blitzschnell mit dem Schwert zu.
Eigentlich hatte er damit gerechnet, auf Eisen zu
treffen. Aber Jaspar war ebenso schnell zur Seite
gewichen – und anstelle dass Eisen auf Eisen traf,
wie es in einem fairen Kampf üblich gewesen wäre,
steckte in seinem erhobenen Arm eine Kugel. Sie
hatte sich in den Oberarm gebohrt und ein tiefes

Loch ins Fleisch gerissen. Das Schwert glitt Tönnjes aus den Fingern, er wirbelte herum, aber der hinterhältige Schütze war nicht zu sehen. Wie ein verwundeter Wolf versuchte er, das ausströmende Blut zu lecken. Doch einen verwundeten Wolf prügelt man zu Tode – Hiebe sausten plötzlich auf seinen Kopf herab. Knochen knackten. Die Schmerzen wurden unerträglich. Er drehte sich im Kreise, schlug verzweifelt um sich, bis er in die Knie ging, kämpfte weiter und blickte dann Jaspar überrascht in die erbarmungslosen Augen. Das Messer in seiner Hand war voll Blut. Er wollte atmen, etwas sagen, aber es kam nur ein ersticktes Gurgeln. Dann war plötzlich alles ganz ruhig, so leicht, so unbeschwert. Sah so das Paradies aus?

Er wollte Jaspar noch um etwas bitten, wollte ihm ans Herz legen, Marie, sein Kind, zu beschützen. Blut quoll aus seinem Hals. Dann kippte er vornüber, vor Jaspars Füße. Seine Hände gruben sich zuckend in die Erde.

Jaspar beugte sich über ihn, griff in Tönnjes' Haar und hob seinen Kopf. »Der wird mit unserem Geld nirgendwohin reiten«, sagte er zu Hans, der gleichgültig das Blut mit Blättern vom Knüppel wischte.

»Vergiss nicht, ihm die fünfzig Taler abzunehmen«, bemerkte Hans und wunderte sich über den Kameraden, der, ohne den Toten zu plündern, zu seinem Pferd zurücklief. Aber Jaspar war unvorsichtig gewesen. Gleich beim ersten Schwertstreich hatte Tönnjes ihn mit der scharfen Schneide seines Schwertes am Oberschenkel getroffen. Es war nur eine oberflächliche Fleischwunde. Aber sie brannte wie Feuer. Der Muskel begann, heftig zu zittern. »Nimm du es ihm ab«, sagte er zu Hans heiser und hielt mit der einen Hand die zerfetzte Hose über der Wunde zusammen. Hans sollte den blutgetränkten Stoff nicht sehen. Niemand sollte jemals erfahren, dass er verwundbar war.

Am nächsten Morgen ritten Jaspar und Hans noch einmal zu der Stelle im Bootfelder Moor. Die Summe der Taler war nicht vollständig gewesen. Es fehlten genau anderthalb Taler. Auf dem Weg zu dem Entleibten trafen sie auf ein paar Einwohner aus Bootfeld. Erregt berichteten ihnen die Leute von einem Toten im Moor mit durchgeschnittener Kehle den sie beim Torfholen entdeckt hätten. Auf ihre Warnung reagierte Jaspar mit einem Engelsgesicht. Er verstand es, die Leute zu beruhigen und den Verdacht von sich zu lenken. Als sie die Taschen des Entleibten noch einmal gründlich durchwühlten, fanden sie die fehlenden Taler und ein paar böhmische Groschen. Die Groschen teilten sie untereinander auf. Jaspar zog ihm danach noch die Hosen und das Unterwams vom Leib.

»Es ist eine Schande, die Kleider Wegelagerern zu überlassen«, erklärte er, als er den Blick von Hans bemerkte.

Der Räuber schwieg auf die Äußerung. Erst später, als sie sich längst auf dem Heimweg befanden, ritt er dicht an Jaspars Pferd heran und fragte: »Was wird aus Marie? Sie wird die Kleider finden.«

»Darüber werde ich nachdenken.«

»Das ist keine Antwort, Jaspar.«

»Was willst du hören?«

»Er war ihr Vater. Ein rauer, tapferer Mann und dein Freund.«

»Tönnjes hat das Räubergesetz gebrochen. Marie wird es verstehen.« Jaspar presste die Lippen zusammen. Die Verletzung meldete sich wieder. Bis in die Hüfte spürte er den Schmerz.

»Aber wenn sie Schwierigkeiten wegen seines Todes macht? Sie ist ein Weib.« Hans bekam Angst davor, dass sie Verrat begehen könnte. »Man steckt nicht in den Weibern drin.«

»Sie wird das Maul halten oder sie stirbt«, antwortete Jaspar. Er war dabei seltsam ernst. Hans hätte gern seine Gedanken gelesen. Doch das vermochte niemand. Er war zufrieden mit der Antwort. Alsbald trennten sich ihre Wege und jeder ritt in seine Richtung heimwärts.

# VII

IHR MUND ÖFFNETE SICH, als wollte sie schreien.
Doch kein Ton kam heraus. Dann hob sie die Hände, griff sich an die Brust, als wollte ihr die Luft
wegbleiben, rollte wie irre mit den Augen und starte
entgeistert auf die blutigen Kleidungsstücke. »Da…
das ist der Koller meines Vaters …!«

Jaspar hatte einen Fehler begangen, als er den
Korporal in die Sattelkammer schickte, um Reise-
vorbereitungen zu treffen. Denn als der anfing, in
den Truhen und Kisten nach Stricken, Gurten und
Decken zu wühlen, stand plötzlich Marie wie aus
dem Boden gewachsen hinter ihm. Durch die lauten Ambossschläge vor der Tür war dem Korporal ihr Eintreten entgangen, und erst als sich ihre
Hände um seinen Hals legten, war er erschrocken
herumgefahren. Nun sah er an ihren entgeisterten
Blicken, was er aus der Truhe anstelle des gesuch-
ten Halfters gezogen hatte. Er schluckte und starrte
nun nicht weniger verblüfft auf die blutigen Fetzen
in seinen Händen. Doch entgegen Marie, die nicht
begriff, was hier gespielt wurde, ergriff ihn sofort
eine böse Vorahnung. Misstrauisch geworden, gebot
er ihr zu schweigen und begab sich mit ihr zum Tor,
wo er hastig den Riegel vorschob. Dann prüfte er
die Türbalken und dachte: Die sind aus massivem
Eichenholz. Es müsste mit dem Teufel zugehen,

wenn Jaspar die Tür aufbrechen könnte. Zur Sicherheit lauschte er noch einen Moment auf die Eisenschläge im Hof. Die Luft war erfüllt vom Fluchen der Räuber, zotigen Witzen, Eisengeklapper und dem Wiehern der Pferde.

»Jaspar hat mit dem Beschlag der Gäule zu tun. Er wird dich hier nicht suchen«, bemerkte er erleichtert und drehte sich dann zu ihr um. Das blutige Kleidungsstück war ihm dabei entglitten. Marie hatte es aufgehoben. Sie saß hinter ihm zusammengekauert im Stroh und starrte geistesabwesend vor sich hin. Das Wams hielt sie an ihre Brust gedrückt.

Betreten suchte er nach den richtigen Worten: »Vielleicht hat Tönnjes sich den Koller beim letzten Überfall eingesaut und hier versteckt. Du weißt, dass er sich schämt, wenn er wieder einen umgerückt hat. Wirst sehen, gleich wird er gesund und munter angeritten kommen und sich mit Jaspar um den Anteil streiten.«

»Nein, Liebster. Tönnjes ist tot. Ich kenne meinen Vater. Das Wams hat er gestern erst getragen.« Endlich hatte sie ihre Worte wiedergefunden. Schwerfällig hob sie den Kopf, in ihren Augen lag einen Moment lang alle Verzweiflung dieser Welt, dann verlor sich ihr Blick irgendwo zwischen dem Gebälk. Sie wirkte auf einmal so unendlich hilflos, dass er sich zu ihr hinabbeugte, ihre Hände nahm und sie zu sich hinaufzog.

Dass Tönnjes Gefahr laufen würde, getötet zu werden, mit diesem Gedanken lebte Marie, seitdem ihr Hof von den Schweden geplündert worden war. Jede Nacht hatte sie dafür gebetet, dass es nie geschehen möge. Die plötzliche Erkenntnis, dass ihre Gebete nicht erhört worden waren, schmerzte, als hätte man ihr die Eingeweide herausgeschnitten. Aber ohne Hoffnung kann man den Tod nicht überstehen, und so klammerte sie sich an die Illusion und lauschte auf die vertrauten Hufschläge.

In der Erwartung, noch einen deutlicheren Hinweis auf Tönnjes' Tod zu finden, durchstöberte Heinrich erneut die Truhe und brachte gleich darauf, eingewickelt in eine Decke, Tönnjes' blutverschmierte Unterhose zutage. Als er ihr schweigend das Bündel zeigte, wich die letzte Farbe aus ihrem Gesicht. Allerdings wehrte sich ihr Herz noch immer dagegen, während ihr Kopf längst begriffen hatte. Deshalb glaubte er auch so etwas wie Sarkasmus in ihrer Stimme zu hören, als sie murmelte: »Es sind seine Kleider und es ist sein Blut. Der Mörder hat sein Werk vollendet.« Die Stimme klang fremd und metallisch und sein Herz blutete, als er sah, mit welchem Herzeleid sie auf die Kleider stierte. Unvermittelt verzog sich ihr Gesicht zu einer weinerlichen Grimasse.

Blitzschnell riss er sie in seine Arme und presste ihr die Hand auf den Mund. »Still, bist du verrückt, du dumme Gans. Du wirst doch jetzt nicht heulen!«, zischte er. »Willst du uns verraten? Es ist noch gar nicht bewiesen, dass Tönnjes tot ist. Vielleicht ist alles nur wieder eine verrückte Idee von Jaspar.«

Bei diesen Worten weiteten sich ihre Augen. Wütend krallte sie ihre Finger in seine Hand und begann mit ihm zu ringen. »Ich hasse dich! Du steckst mit dem Mörder unter einer Decke«, schimpfte sie und spie ihm verächtlich ins Gesicht.

Er presste sie auf den Boden, bis sie ruhiger wurde, und sagte über sie gebeugt, die Knie auf ihren Armen: »Ich verstehe deine Angst und deine Trauer. Aber willst du ebenfalls getötet werden? Elias und Hans schleichen vor der Tür umher. Wir müssen jetzt einen kühlen Kopf bewahren.«

»Ich vermisse meinen Vater schon seit dem Morgengrauen und habe nach ihm gesucht. Hier in der Sattelkammer glaubte ich ihn zu treffen. Aber stattdessen bist du jetzt hier und faselst etwas von einem kühlen Kopf«, zischte sie zurück und versuchte, sich unter seinem Gewicht aufzubäumen. »Wenn Tönnjes tot ist, ermordet von dem Halunken da draußen, dann sollen es alle wissen.«

»Still«, mahnte er sie und verstärkte den Druck auf ihre Gelenke. Gleichzeitig drückte er ihr wieder die Hand auf den Mund und lauschte. Vor der Tür raschelte es. Das Tor knarrte leicht. Er konnte Maries Herzschlag durch das Wams hören. Leise griff seine Hand nach der Pistole. Ebenso leise richtete er sie auf die Tür. Für einen Augenblick vergaßen sie beide das Atmen. Doch es war nur eine Katze, die durch eine Holzspalte gekrochen kam und nun maunzte. Erleichtert ließ er die Waffe sinken und half Marie auf die Beine.

Der Schreck saß ihnen noch in den Gliedern, da sagte Marie seltsam gefasst: »Ich werde Tönnjes suchen, und wenn ich das ganze Holz abreiten muss.«

»Ich weiß, wo wir ihn finden«, antwortete er erfreut darüber, dass sie sich wieder beruhigt hatte, und bückte sich nach dem Hut, der ihr bei dem Kampf vom Kopf gefallen war. »Tönnjes wollte im Morgengrauen nach Langenhagen reiten. Sicher hatte er die fünfzig Taler für die Auktion bei sich. Es war sein Plan, dem Räuber das Geld zu stehlen, um ihn am Bieten auf Medefelds Pferde zu hindern.«

»Aber warum?« Gespannt hing sie an seinen Lippen. Schmal und blass war ihr Gesicht.

»Weil wir vorhaben, Jaspar in eine Falle zu locken. Einen elenden Pferdedieb zu verhaften, dazu zeigen sich die Kommissare eher bereit als einen Mörder.«

»Gut!« Sie entzog sich ihm, griff nach der blutigen Kleidung und ließ sie in einem Lederbeutel verschwinden. Von der Verzweiflung und der Trauer war ihr nun nichts mehr anzumerken.

Was für ein Weib, dachte er, sie fragt nicht viel, als hätte sie alles verstanden. Dabei beobachtete er Marie, wie sie ihr Pulverbandelier auffüllte, den Kugelbeutel am Riemen befestigte und den Lauf ihre Pistole überprüfte. »Was hast du vor?«, fragte er.

»Mein Vater raubt nicht, um Jaspar zu schaden. Er hat es sicher für seinen Traum gestohlen und ist damit auf und davon. Ich werde ihn suchen und ihn finden, tot oder lebendig. Deshalb reite ich jetzt nach Langenhagen und du wirst mich begleiten.«

»Wie willst du Jaspar das beibringen? Er lässt dich nicht gern allein und noch weniger lässt er dich in meiner Begleitung reiten. Wahrscheinlich weiß er längst über unsere Liebe Bescheid.«

»Das lass nur meine Sorge sein.« Ihr Mund verzog sich zu einem Lächeln, es wurde ein missglücktes Grinsen.

Nur eine Stunde später ritten sie gemeinsam auf der Straße, die Tönnjes in der Nacht genommen hatte. Taktvoll wie ein Kavalier vermied es der Korporal, Marie danach zu fragen, wie sie es geschafft hatte, Jaspar zu überzeugen, und ergab sich glücklich ihrer Führung. Ihnen vorweg lief Medefelds Hund, die Nase am Boden. Der besorgte Wirt hatte Marie das Tier mitgegeben, falls Jaspar Tönnjes' Leichnam in den Graben geworfen hatte, wie er es manchmal hielt. So war der Hund ihnen beim Aufspüren eine Hilfe, genauso wie er im Falle eines fremden Überfalls ein treuer Beschützer war. Nun verfolgte der Vierbeiner seit Längerem eine vielversprechende Spur und es kostete sie Mühe, ihm durch das dichte Unterholz zu folgen.

Nur ein einziges Mal, als die Pferde über einen umgestürzten Baumstamm setzten und Heinrichs Hengst vor einem Fuchs scheute, bekam er Angst um Marie und rief: »Wenn der Hund nun der falschen Spur hinterherläuft? Einer Spur, die uns vielleicht ins Moor führt?« Doch dicht über den Hals der Pferde gebeugt, verloren sich die Worte im Wind, und die Augen immer auf den Hund geheftet, trieben sie die schweißnassen Tiere erbarmungslos weiter.

Plötzlich sprang Marie ein paar Meter vor ihm aus dem Sattel, ließ das Pferd stehen und lief auf eine kleine Lichtung zu. Eine Baumschneise weiter hatte sich der Hund vor einem entkleideten Körper niedergelegt. Der Korporal stellte sich in die Steigbügel und sprengte ihr nach. Noch während er aus dem Sattel sprang, riss er sich den Umhang von den Schultern und warf ihn über die entblößte Leiche. Er musste Marie diese Schmach ersparen, den Vater nackt, wie der Herrgott ihn geschaffen hatte, in seinem Blute liegen zu sehen. Gleich darauf saß Marie mit gefalteten Händen neben dem Körper. Behutsam, als ließe er sich auf rohen Eiern nieder, kniete er sich neben sie. Keine Regung in ihrem Gesicht verriet, was sie dachte oder fühlte.

Eine Weile trauerten sie beide schweigend um den Toten. Dann sagte sie zu Heinrich: »Komm, hilf mir, ihn auf den Rücken zu drehen.« Ihre Stimme klang rau. So, wie sie es einst auf dem Schlachtfeld gehandhabt hatte, fasste sie den steifen Körper beherzt um die Schultern und versuchte ihn auf den Rücken zu rollen. Der Korporal beobachtete sie dabei mit schiefem Kopf, bevor er sich entschloss, ihr zu helfen. Gern hätte er ihr den Anblick von Tönnjes Vorderseite erspart. Als ihn dann die glasigen Augen aus dem blutverschmierten Gesicht mit der freigelegten Kehle anstarrten und er heimlich zu Marie schielte, die keinen Ton sagte und nicht einmal das Gesicht verzog, dachte er: Kenne sich einer mit den Weibern aus.

»Sicher ist er jetzt im Himmel und sieht von oben auf uns herab«, bemerkte sie, nachdem sie sich lange genug in die entstellten Züge vertieft hatte, als könnten sie ihr noch mitteilen, was vorgefallen war. Dann streichelte sie ihm etwas fahrig über die Wangen, hauchte einen Kuss auf die kalten, schmutzverschmierten Lippen, murmelte leise: »Vergib deiner ungehorsamen Tochter, alter Mann«, und stülpte ihm den Hut über die Augen.

Der Korporal hatte inzwischen begonnen, mithilfe seines Messers und seiner Hände ein Loch in den weichen Boden zu graben. Schweigend kam sie zu ihm herüber und scharrte mit ihm gemeinsam die Erde zur Seite. Als die Grube groß genug war, warfen sie die Leiche hinein und deckten sie mit Torf zu. Mit schmutzigen Händen erhob sich Marie. Sie schien ihm verändert, wirkte kraftlos, willenlos, als sie sich langsam die Erdklumpen von den Stiefeln und den Hosen wischte. Sie ist toter als der alte Tönnjes, stellte er mit Besorgnis fest. Irgendetwas von ihr muss der Alte mit in sein Grab genommen haben.

Da öffneten sich die blutleeren Lippen. »Ich werde Jaspar töten, heute noch«, sagte sie bestimmt.

Fassungslos starrte er sie an und dachte: Jetzt

ist sie ganz übergeschnappt. Verrückte muss man sehr behutsam behandeln. Voller Mitgefühl fasste er nach ihrer schlaffen Hand und wollte irgendetwas Belangloses sagen, weil ihm gerade nichts Gescheiteres einfiel. Doch die Worte verebbten jäh, als plötzlich leise Schritte im Unterholz zu hören waren. Er packte Marie und war mit einem Hechtsprung bei den Gäulen. Dort zog er vorsichtig die Muskete aus dem Futteral. Leise schnappte das Luntenschloss ein.

»Wer da?«, zischte er. »Zeig dich, Elender!« Jeder seiner Muskeln war gespannt. Er gab Marie zu verstehen, sich neben ihn zu ducken. Dicht am Pferdekörper hielten sie die Luft an und lauschten. Aber nichts geschah. Kein Angreifer war zu sehen oder zu hören. Vorsichtig schielte er über den Sattel hin zu dem dichten Buschwerk, in dem er den Vermaledeiten vermutete.

Da teilten sich auf einmal die Zweige und Medefeld kroch gebückt auf die Lichtung.

»Niemand wird hier Jaspar töten!«, begrüßte er sie, ohne sich um ihre erstaunten Gesichter zu kümmern. »Ich bin euch gefolgt und habe deine Worte vernommen, Marie. Handle nicht unklug, Weib. Sein Tod wird dich nur ins Unglück stürzen. Jaspar bringt man nicht so einfach um.«

»Was habe ich denn zu verlieren?«, antwortete sie tonlos. Sie schien nicht sonderlich überrascht zu sein, Medefeld hier im Holz anzutreffen. Nur der Korporal machte seinem Unmut über dessen

Erscheinen Luft. »Das nächste Mal schieße ich dir eine Kugel in den Kopf«, knurrte er, ließ aber das Gewehr mit der Erleichterung darüber, dass es nicht Jaspar war, sinken.

Medefelds Füße führten ihn sofort zu dem frischen Erdhügel. Wie ein Edelmann beugte er das Knie davor und nahm den Hut ab, um dem Freund die letzte Ehre zu erweisen. Nachdem er ein stummes Gebet gemurmelt hatte, drehte er sich zerstreut nach Marie um und sagte: »Wir haben alle nichts mehr zu verlieren. Aber du kannst jetzt nicht verrückt spielen. Du bist ein Teil unserer Abmachung. Es ist jetzt deine Aufgabe, gemeinsam mit Jaspar nach Ingolstadt zu reiten. So hat es dein Vater befohlen. Du bist es ihm schuldig.«

Da war es mit Maries Beherrschung vorbei. Sie schaute erst Medefeld und dann den Korporal an. Auf ihrem schönen Gesicht wechselten Verzweiflung, Wut und Anklage. »Tönnjes war mein Vater«, entgegnete sie barsch. »Er hatte sich nichts sehnlicher gewünscht als einen eigenen Hof, auf dem er in Ruhe alt werden kann. Ich hatte einen Bruder, jung und voller Tatendrang, gemeinsam wollten wir die große, weite Welt entdecken. Dann kam dieser Teufel Jaspar, hat meinen Bruder getötet und den Geist meines Vaters verwirrt. Nun ist es an mir, das zu vollenden, was er nicht geschafft hat.«

»Vergiss deine Rachegelüste. Jaspar muss vor ein ordentliches Gericht gestellt werden. Versteh doch, Marie, es war Tönnjes Plan. Ein etwas seltsamer, muss ich gestehen. Dafür hat Jaspar jetzt das Geld und wird frohen Mutes nach Ingolstadt reiten und es auf Medefelds Pferde setzen. Denn verkaufen wird unser Freund sie ihm jetzt erst recht nicht«, unterbrach sie der Korporal und grinste zu Medefeld hinüber. »Aber er wird die Pferde für alles Geld der Welt nicht bekommen. In seiner Wut darüber, wird er die Pferde letztendlich stehlen. Vielleicht ist er auch tatsächlich ein Teufel und hat das Stehlen der Tiere bereits eingeplant. Schließlich könnte in Ingolstadt, auf einer so großen Auktion, jeder ein Pferdedieb sein und das Bieten ist dann vielleicht nur ein gut getarnter Vorwand von ihm. Auf jeden Fall wird er die Tiere nach Hannover bringen und dann schnappt unsere Falle zu. Deshalb Marie, musst du gemeinsam mit Jaspar nach Ingolstadt aufbrechen.«

Eine unendliche Wehmut breitete sich in ihr aus. »Meine Rache vergessen … Wie kann ich das? Du warst es, der Jaspar zuerst vor ein Gericht bringen wollte. Warum hast du es nicht schon längst getan? Du hattest bereits genügend Gelegenheiten. Warum habt ihr ihn nicht dazu gebracht, die Pferde hier zu stehlen. Ich kann dir sagen, warum. Sehr schnell hast du bemerkt, wie leicht es ist, an Reichtum heranzukommen, und lieber erst einmal kräftig mit zugelangt. Du hast zugesehen, wie er, oftmals nur für ein paar Taler, Menschen tötete und nichts unternommen. Du wusstest, dass er auch ganz allein, ohne seine Kameraden, mit seinem Rohr, in der Eilenriede, auf seine Opfer gewartet hat. Warum hast du ihn in solchen Nächten nicht gestellt? Du bist doch ein Offizier, und wie ich weiß in Diensten. Sei mir nicht böse, aber du spielst ein falsches Spiel mit uns. Hältst uns und die Räte mit Versprechungen hin, deren Erfüllung du schon seit Längerem vor dir herschiebst. Stattdessen schmeichelst du dich bei Jaspar ein, begleitest ihn, wie einen guten Freund, beim Pferdestehlen und auf seinen Beutezügen und kassierst einen großen Teil der Beute. Jedermann weiß, dass du für Jaspar der beste Verbindungsmann zu den Offizieren bist, die ihm die gestohlenen Pferde, dank deiner Hehlerdienste, ohne nach deren Herkunft zu fragen, gegen gutes Geld abkaufen. Du bist für Jaspar unschätzbar geworden. Um deinen kargen Sold brauchst du dich längst nicht mehr bangen. Ihr Männer seid alle gleich. Ihr habt nur so lange ein Herz und ein Gewissen, bis euch das Geld über den Weg läuft. So wie mein Vater, der letztendlich, sicher auch nur für sich gestohlen hat. Wahrscheinlich hat er auf euch alle gepfiffen und ist mit dem Geld auf und davon.«

Dieser Vorwurf traf den Korporal wie ein Keulenschlag. Zerknirscht antwortete er ihr: »Ja, es stimmt. Ich habe es immer wieder vor mir hergeschoben, Jaspar auszuliefern. Aber du musst mich auch verstehen, Marie. In was für einer elenden Welt leben wir denn? Gut, ich habe einen Auftrag. Aber ich bin auch nur ein kleiner Korporal mit einem viel zu kleinen Sold. Seitdem ich dich kenne, träume ich von unserer gemeinsamen Zukunft in der Stadt. Ich will unser Haus nicht immer wieder durch Raub und Plünderung verlieren. Ich will, dass unser Kind in Glück und Reichtum aufwächst. Da wird man eben irgendwann schwach. Ich bin auch nur ein Mensch. Jaspar hat sich vom einfachen Bauernsohn zu einem genialen Strategen, Pferdedieb und gefährlichen Räuber entwickelt. Aber er hat auch nur die Umstände unserer so grausamen Zeit für sich zu nutzen gewusst und er ist ein gerechter Kamerad. Ein Mann wie er könnte ein Heer befehligen. Jeder einzelne Soldat würde ihn auf den Tod hassen, aber ebenso würde er für ihn bereitwillig sterben. Diesem Zauber sind dein Vater verfallen und auch ich und viele andere mit uns. Bereitwillig haben wir für ihn gemordet, um uns unsere eigenen Taschen zu füllen. Es gibt etwas, das stärker ist als alle Liebe und Rachegelüste dieser Welt, und dem wir alle irgendwann erliegen. Du kennst es, es ist rund und klimpert in deinem Beutel und es gibt dir die Chance, auf der Seite der Sieger zu stehen. Ich will mich nicht vor dir, Geliebte, reinwaschen, ich will nur, dass du mit Jaspar nach Ingolstadt reitest und lebend wieder zurück nach Hannover kommst, wo er, das schwöre ich dir bei Gott und der noch ungeborenen Leibesfrucht, von der Stadtwache empfangen und seiner gerechten Strafe zugeführt werden wird.«

Medefeld nickte heftig. Wen soll man anklagen?, dachte er. Gott? Das Schicksal? Oder die fürstlichen

Hoheiten, die mit diesem Krieg Mörder und Diebe aus den Menschen gemacht haben?

»Es ist gut. So viele Worte ist der Räuber nicht wert. Reiten wir, bevor er uns hier findet«, sagte Heinrich und mahnte zur Eile.

∼⚭∽

Die Hütte des Hirten stand auf einer kleinen grünen Anhöhe. Sie war Wohnhaus und Wagen in einem. Ein wenig verwittert, zusammengehalten mit dicken Holzbohlen, einem kleinen Fenster in der Mitte, der langen, schweren Deichsel davor und einem brüchigen Palisadenzaun rundherum, wirkte sie wie eine hölzerne Festung. Auf den Wiesen unterhalb, nahe am Waldrand, weideten die Schafe. Wie eine große graue Masse bewegten sie sich langsam vorwärts, immer umkreist von schwarzen Punkten, den Hütehunden, die mit ihren wachsamen Augen, ihrem feinen Gehör und den scharfen Zähnen gefürchtete Gegner der Wölfe waren.

Marie hielt sich gegen den Wind, manchmal schaute sie sich ängstlich um, als sie die Anhöhe zu Fuß hinaufkletterte. Entgegen der Windrichtung konnten sie weder die Wölfe noch die Hunde riechen. Auch ein Räuber, sollte er ihr Übel wollen, musste ihr in den Wiesen offen gegenüber treten und konnte sie nicht aus dem Hinterhalt überfallen. Die Straße, die zu dem Hirten führte, wurde von den Räubern und anderem Gesindel ängstlich gemieden, weil man dem Hirten Hexerei nachsagte. Vor Unholden und bösen Geistern fürchtete sich selbst Jaspar, obwohl er den als Einsiedler bekannten Hirten gelegentlich wegen eines Zauberpülverchen aufsuchte. Auch Marie war etwas beklommen zumute, als sie um den alten Hirtenwagen herumlief. Jaspar hatte sie ohne Verdacht zu schöpfen zum Hirten gehen lassen, nachdem sie ihm listig vorgelogen hatte, etwas Sadebaum besorgen zu wollen. Bis zur Anhöhe war ihr Hinrich gefolgt. Seine Furcht vor bösen Geistern hielt ihn jedoch im Unterholz zurück. Es war schon recht seltsam, dass im Dorf noch fast tiefster Winter herrschte, die Zweige im Holz der Eilenriede fast kahl waren, aber hier auf der Anhöhe die Wiesen in einem Meer bunter Krokusse schwammen, die Bächlein friedlich vor sich hinplätscherten und die Sonne am blauen Himmel schien.

Hans Howing, der Einsiedlerhirte, lebt im Paradies Eden, dachte sie und faltete ergriffen aufgrund so viel friedfertiger Schönheit die Hände vor der Brust. Für einen Augenblick wollte alle Traurigkeit von ihr weichen, und sie lächelte verträumt zu dem Lamm hinab, das ohne Scheu neben ihren Stiefeln stand, als eine Stimme hinter ihr sie aus ihren Gedanken aufschreckte: »Was suchst du hier, meine Tochter?«

Sie hatte einen alten Mann erwartet, mit Runzeln im Gesicht und einem langen, weißen Bart oder wenigstens mit einem Pferdefuß oder etwas Ähnlichem. Gar Schauerliches hatte man sich im Ort und im Wirtshaus von dem Hirten erzählt, dass sie nun umso erstaunter war, auf einen Einsiedler zu treffen, dessen Augen sie heiter aus einem Gewirr wilder Locken anlächelten und dessen Bart nicht eisgrau, sondern dunkel glänzte. Mit Schultern, breit und kräftig wie die des Vaters, und von dem harten Kampf mit der Natur schwieligen Händen, schien er ein Mann in den besten Jahren zu sein, der nun in einer langen braunen Kutte auf seinen Schäferstock gestützt auf eine Erklärung von ihr wartete.

»Ich möchte mich für mein Eindringen entschuldigen, Meister Howing«, sagte sie, bückte sich verlegen nach dem Lamm und streichelte sein weiches Wollkleid.

»Du musst dich nicht entschuldigen, Marie«, antwortete er. »Viel zu selten bekomme ich Besuch von so viel Anmut und Schönheit.«

Sie war erstaunt, ihren Namen aus seinem Mund zu hören, und fragte: »Woher wisst Ihr, wie ich heiße?«

»Ich weiß über vieles Bescheid, was euch Menschen da unten im Ort verborgen bleibt.« Er lächelte väterlich und wies mit dem Stock auf die Holzbank vor der Hütte. »Komm, meine Tochter, setz dich neben mich und erzähl mir, was dich zu mir geführt hat. Sicher bist du nicht ohne Grund in diesen schrecklichen Zeiten allein zu mir hinaufgestiegen.« Die Bank unter ihm ächzte und knarrte, als er die Beine in den bis zum Knie reichenden Stiefeln entspannt von sich streckte. Er verzog das Gesicht. »Du musst wissen«, entschuldigte er sich, als er ihren fragenden Blick bemerkte, »ich habe es im Kreuz. Das Wetter sitzt mir in den Knochen und zwickt mich mal hier und mal da.«

»Aber Ihr seht noch so jung und kräftig aus, Meister.«

»Es ist die Natur mit ihren Kräften, die mir die Jugend erhält, aber gegen Kälte, Sturm und Frost ist eben kein Kraut gewachsen.« Er stützte sich auf seinen Stock und blickte über die Wiesen zu seinen Schafen.

Sie sah, dass er unter der Kutte Pistolen trug. »Eure Welt hier oben ist so unberührt, so voller Glückseligkeit. Sieht so das Paradies aus?«, fragte sie und folgte seinem Blick.

»Auch Einsamkeit, meine Tochter, ist ein Feind. Aber du bist doch nicht zu mir gekommen, um mit mir über das Paradies zu reden?«

»Nein«, bekannte sie und druckste, »es ist wegen eines bestimmten Pulver, weshalb ich zu Euch komme.«

»Willst du einen Mann in Liebe an dich binden oder willst du jemanden töten?«, kam die Frage geradeheraus, während er sie unverhohlen ernst von der Seite musterte.

»Ich will einen Mann töten«, sagte sie und hielt seinem Blick stand. »Ihr kennt ihn.«

Jetzt hüllte sich der Hirte in Schweigen. Ein langes, endloses Schweigen. Erst als Marie aufstand, um wieder zu gehen, sagte er: »Es ist der Respekt vor dem Tod, der mir gebietet zu schweigen, meine Tochter. Ist es der Vater deines ungeborenen Kindes, den du töten willst?«

»Es ist Jaspar.« Sie hatte den Namen leise ausgesprochen, fast ein wenig ängstlich, und erwartete mit klopfendem Herzen die Antwort des Hirten. Dabei sah sie ihm gespannt ins Gesicht, die Hand am Degen, falls er ihr Anliegen nicht billigte, jedoch in der Hoffnung, dass er sie verstehen würde.

Der Hirte schluckte kaum merklich, starrte nachdenklich vor sich hin, schüttelte leise den Kopf, erhob sich und stand ihr nun gegenüber, breit und groß wie eine alte Eiche. Sein Kreuz verdeckte die Sonne. Mit einer einzigen Handbewegung hätte er sie zerquetschen können. Aber er schaute ihr nur verwundert in das blasse Gesicht, ohne ihr seine Gedanken zu verraten. »Er ist ein allzeit gefürchteter Räuber und Halunke, der Jaspar«, sagte er etwas gedehnt. »Das weiß fast jeder hier, der in der Umgebung der Eilenriede lebt. Bei Nacht, wenn das Käuzchen schreit und der Mond zwischen den Bäumen den Fremden den Weg durch das Holz weist, dann lauert er ihnen allein oder mit seinen mordlüsternen Gesellen auf, um sie umzurücken und sie ihrer Habe zu berauben. So erzählt man es sich in den Dörfern, so singen es die Kinder schon in der Wiege. Niemand ist seiner bisher habhaft geworden und nun kommst du, schwaches Weib, und willst ihn töten? Schlag es dir aus deinem hübschen Kopf, meine Tochter. Er wird stattdessen dich töten und dein ungeborenes Kind. Willst du ihm das antun? Willst du, dass es niemals die Sonne sieht?« Er meinte es gut mit ihr, weil sie ihm gefiel, und zwang sie, ihm in die Augen zu sehen. Dabei dachte er: Sie ist mutig und schön. Die Wölbung unter ihrem Wams lässt sich nicht mehr lange verbergen. Der Jaspar ist sicher nicht der Vater des Kindes. Denn der Herrgott würde einen solchen Bastard nicht noch einmal auf die Erde lassen.

Erleichtert überhörte sie die warnenden Worte und sagte stattdessen: »Der Jaspar ist unverwundbar. Ich brauche etwas, was ihn leise tötet.«

Was für ein törichtes Weib, dachte er, grinste und brummte: »Der Halunke ist genauso verwundbar wie du und ich.« Nur ungern erinnerte er sich, dass Jaspar ihm gemeinsam mit seinem Schwager Elias, diesem Spitzbuben, erst kürzlich die Schweine von der Weide getrieben hatte. Erbost darüber, hatte er ihnen die Hunde hinterher gehetzt. Doch der Lumpenhund erschoss zwei von ihnen und verschwand auf Nimmerwiedersehen mit den Säuen. Als er ihn darauf beim Amtmann anzeigen wollte, hatte dieser nur gelacht und gesagt, wenn er die Säue bei ihm fände, würden sie Jaspar festnehmen. »Der Schelm hat von mir ein Pulver zum Festmachen bekommen, aber es ist harmlos. Einzig und allein seine Einbildung, seine Schnelligkeit und seine Schläue sind es, die ihm vorgaukeln, gegen alle Kugeln gefeit zu sein.«

»Aber ich habe es mit meinen eigenen Augen gesehen ...«, erwiderte sie und staunte.

»Alles Täuschung. Jaspar versteht es wie ein Zigeuner, die Leute zu täuschen.«

»Dann hast du auch kein Kraut, das ich dem Jaspar als Gift in einem Süppchen oder im Bier verabreichen kann?«, fragte sie jetzt zweifelnd.

»Das habe ich«, sagte er und gebot ihr, ihm in die Hütte zu folgen. »Du hast es selbst schon einmal im Wein getrunken und dich danach in wollüstiger Liebe dem Halunken hingegeben.«

»Woher wisst Ihr ...?« Voller Erstaunen und sichtlich verwirrt stieg sie hinter ihm die Holzstufen hinauf. Aber er lächelte nur weise und öffnete die niedrige Holztür.

»Das Kraut nennt sich Datura«, sagte er, als sie ihm gegenüber am Tisch saß. Der runde, klobige Holztisch mit zwei Stühlen, aus Baumstämmen gefertigt, und einem Strohlager waren das einzige Mobiliar in dem zur Schäferhütte umgebauten Wagen. Über dem kleinen Herd aus Backsteinen hingen vielerlei getrocknete Kräuter, von denen er gerade eines mit dem Messer abschnitt und auf dem Tisch ablegte. Dann holte er aus dem Regal über der Bettstadt einen Mörser und eine Schale aus einem seltsamen Porzellan. Vor ihren Augen zerkleinerte er mit dem Mörser den Samen der Pflanze zu Pulver, goss etwas Wasser darüber und erhitzte das Ganze über einem Talglicht.

»Es ist ein alkaloidhaltiges, geschmackloses Nachtschattengewächs, musst du wissen. Die Zigeuner bringen es manchmal mit und ich kaufe es ihnen ab«, erklärte er. »Wenn man den Samen als Saft eingemischt in Bier oder einer Speise zu sich nimmt, wird man davon närrisch und seiner Sinne beraubt. Verabreicht man etwas mehr davon, bringt es einen todesähnlichen Schlaf. Bei Jaspar musst du sehr genau auf die Dosis achten. Er könnte gegen das Zeug gefeit sein. Denn er hat das Gift, in kleineren Mengen, als Rauschmittel schon des Öfteren genossen, wenn er mit fremden Weibern das Lager teilt. Er soll es auch schon erfolgreich bei reichen Juden und sogar bei dem berüchtigten Hänschen von Rode im Wirtshaus eingesetzt haben, um den prallen Geldbeutel heimlich abzuschneiden.«

»Ich weiß«, winkte sie ab und erinnerte sich, wie ihr Anblick den jungen Räuberhauptmann entzückt hatte und ihr Jaspar befahl, ihm schöne Augen zu machen und ihm dann etwas von einer Flüssigkeit aus einem kleinen Fläschchen in den Branntwein zu mischen. Der Räuberhauptmann fing nach dessen Genuss wild zu tanzen an, zog sich dabei fast nackt aus, wühlte mit dem Maul in der Asche herum wie ein Schwein und ging dann zu Bett. Sie musste sich neben ihn legen, bis Jaspar und seine Kumpane ihm sein Raubgut, mit dem er sich im Wirtshaus vor ihnen gebrüstet hatte, abgenommen hatten.

»Die Datura ist es auch, die ihn im Rauschzustand festmacht gegen alle Schmerzen. Das Zauberkraut fließt in geringen Mengen immer in seinen

Adern. Du musst ihm also eine große Dosis davon verabreichen, um ihn in einen Todesschlaf zu schicken, aus dem er nie mehr erwacht.« Bereitwillig füllte er den gewonnenen Saft in ein kleines Gefäß aus Glas, verstöpselte es sorgsam und reichte es ihr. »Gehe vorsichtig mit dem Gift um, meine Tochter«, mahnte er sie dabei noch einmal leise. Als sie das Glas auf ihrer Handfläche spürte, noch warm und angenehm, griff er nach ihren Fingern und schloss sie langsam darüber. Danach behielt er ihre Hand einen Moment in seiner schwieligen und sah ihr lange in die Augen. Seltsamerweise fragte er sie nicht nach den Gründen, warum sie Jaspars Tod wollte, doch der Blick seiner Augen verriet ihr, dass er es längst wusste.

∽ℯ〜

Die Bauern aus den umliegenden Orten, weit hergereiste Pferdehändler und Schmiede hatten ihre Pferdewagen in den Straßennischen abgestellt. Auf dem Platz vor dem Auktionshaus wimmelte es nur so von bunten Ständen. Felle, Getreidesäcke, Fässer mit gesalzenem Kohl, Sauerkohl und Bohnen gab es im Überfluss, sowie Bretter voll frischer Brotlaibe, Gewürze in jeder Menge und mannshohe Tonkrüge, angefüllt mit Bier. In den angrenzenden Wiesen tummelten sich die edelsten Pferde, mit kleinen Köpfen und langen Mähnen, schwarz glänzende Friesen und große, knochige Ackergäule mit schweren Behängen. Selbst Esel mit langen Ohren, scheckige Kühe und Hochlandschafe mit dichtem, zotteligen Fell, ja sogar Schweine und Gänse warteten in ihren viereckigen Pferchen aus dicken Stricken und grob gehauenen Holzbohlen auf ihre neuen Besitzer. Dazwischen hingen über zahlreichen großen und kleinen Holzböcken Sättel, Decken und Geschirre aller Art. Tücher in leuchtenden Farben vom feinsten Leinen, seidene Garne und billiger Schmuck lockten Edelfrauen, Bauernweiber und Huren zum Kauf. Lustige Holzpuppen, vom Spaßmacher bis zu kleinen aus Holz geschnitzten Wagen und allerlei Tierfiguren, erfreuten die Kinderherzen, während der Bürger und Bauer aß und trank und es sich bei Bier und Gebratenem sehr zur Freude der Händler gut gehen ließ. Bald waren es Unzählige, die zu der großen Auktion zusammengekommen waren, mehr als zur Prozession der Heiligen Drei Könige und mehr, als in Ingolstadt jemals nach den Kriegswehen gezählt wurden. Wie Ameisen bevölkerten sie die Wiesen und Plätze, umstanden in Scharen die Holzpferche und drängten sich schon frühzeitig vor den Eingängen des weit über den Platz hinausragenden Auktionszeltes.

Etwa eine Woche hatten die Räuber gebraucht, um vom Leinetal im Roderbruch zu den bayrischen Auwäldern an der Donau zu reisen. Es war kein leichter Weg gewesen von Hannover bis nach Ingolstadt. Es ging über unwegsame Straßen, durch Schluchten an Abgründen vorbei, dichte Wälder und wilde Flussläufe wurden mit den Pferden, schwimmend und auf Booten überquert. Ab und zu sahen sie Reiter, versprengte Soldaten, Pferdekutschen mit Reisenden oder Bauern, die ihre bepackten Pferde bestaunten oder beim Übersetzen über das Wasser eine Weile den Booten folgten. Das Land erholte sich vom großen Krieg. Es war Ruhe eingekehrt, soweit man von den Räubern absah, die weiterhin die Gegend unsicher machten.

Gleich nachdem sie angekommen waren, hatten sie die Pferde abgesattelt, die Sättel in die Zelte geschleppt, die Vorräte ausgepackt und die Felle über die hölzernen Liegen gebreitet. Während die anderen Räuber sich nach dem anstrengenden Ritt, angelockt von Kohlsuppe mit Speck, auf die Kessel vor dem Schlachthaus stürzten und sich später satt, jeder mit einem Weib in den Armen, in die Zelte zurückzogen, lief Jaspar zu den Pferden auf den Wiesen. Im Schutze eines Planwagens, wo Medefeld ihn nicht sehen konnte, beobachtete er dessen Tigerschecken. Der Pferch war nicht schwer zu finden gewesen. Medefeld unterhielt in seiner Eitelkeit lauthals eine Gruppe Zuschauer mit Kunststückchen. Er befand sich in der Mitte des Paddocks, mit der Peitsche in der Hand und ließ vor kritischen Blicken seine Gäule auf den Hinterbeinen in die Luft steigen.

Eine Weile sah Jaspar dem Spektakel gedankenverloren zu, dann verdunkelte sich seine Miene, als er Elias unter den Zuschauern entdeckte. Der

Schwager gab ihm mit den Händen ein Zeichen, das er sofort verstand. Unmutig verließ er die Paddocks und lenkte seine Schritte durch die Zeltburgen. Mit gesenktem Kopf, das Barett in die Stirn gezogen, lief er eine Weile ziellos zwischen ihnen umher, bis er plötzlich vor einem Eingang aus Fellen und Decken stehen blieb und lauschte. Er hatte Stimmen im Zelt gehört. Leises Gemurmel, das aus dem Inneren kam und das sein Gesicht noch mehr verdunkelte. Neben dem Zelt grasten friedlich Maries Stute und Heinrich Kokemüllers Hengst. Sie hatten ihnen die Vorderbeine mit einem Seil aus weichem Leder zusammengebunden. Vor noch nicht langer Zeit wäre er ausgerastet, hätte er Marie mit einem Nebenbuhler allein in einem Zelt angetroffen. Doch diesmal ließ er sich nur erheitert auf einem der Sättel über den Holzpflöcken nieder. Er gab ihnen Zeit, ließ sie ihre Liebe auskosten. Die Hure und ihr Buhle sollten sich ruhig in Sicherheit wiegen. Ihre Stunde würde noch kommen. Dafür hatte er gesorgt. Im Augenblick jedoch war die Versteigerung von Medefelds Pferden wichtiger. Der Beutel an seinem Gürtel war prall mit Talern gefüllt. Als er daran dachte, dass Tönnjes mit dem Geld verschwinden wollte, musste er ungewollt grinsen. Ich nehme die Hure mit auf die Versteigerung. Vielleicht bringt sie mir ja mehr Glück als ihr Vater, dachte er und machte sich durch lautes Räuspern bemerkbar.

»Marie, wie oft muss ich dich noch suchen?«, fragte er vorwurfsvoll und trat durch den Vorhang.

286

»Ich will meine Konkubine an meiner Seite wissen.«

In dem Zelt befand sich eine breite Schlafstatt aus hellem Holz mit einer Decke aus verschiedenen Zobel-, Fuchs- und Marderfellen. Daneben stand eine eisenbeschlagene Truhe, zu deren Schloss nur er den Schlüssel besaß. Marie saß in einem roten Kleid aus Leinen auf der Truhe und ließ die Füße in den zierlichen Schuhen hängen. Sie hatte sich schneller gefangen, als er vermutet hatte, und lächelte ihm mit blassen Wangen entgegen.

Sie spielt mir etwas vor, darin wird sie immer besser, die Hexe, dachte er und verzog den Mund zu einem Grinsen, als er sah, dass der Korporal im hinteren Teil des Zeltes auffällig mit seinem Degen spielte. Der Schelm will mich doch nicht etwa einschüchtern? Er ignorierte ihn, fasste Marie fest ins Auge und rang sich zu einem Kompliment durch.

»Du strahlst heute schöner als eine Königin, meine Liebste«, sagte er, nicht ohne einen zynischen Unterton hineinzulegen, ergriff ihren Arm, zog sie von der Truhe herunter und küsste sie ungeniert auf den Mund. »Nach der Auktion, wenn ich Medefelds Gäule ersteigert habe, wirst du bei mir liegen. Dann werden wir uns die Kleider vom Leib reißen und uns in Wollust wälzen.« Es war für ihn wie ein spannendes Würfelspiel, Kokemüller als Konkurrent auszuschalten, obwohl Marie ihm längst nichts mehr bedeutete. Er grinste ihn aus den Augenwinkeln heraus an und bemerkte: »Na, Kamerad, heute

Nacht können wir die Weiber schnuppern wie die Köter die läufige Hündin um zehn Ecken herum.« Oh, er hätte ihn gern noch eine Weile so weiter gequält, sah er doch, wie sehr es ihn danach gelüstete, ihn mit dem Degen aufzuspießen. Aber die Zeit drängte. Durch das Zelt tönten die Trommelschläge, welche die Auktion einleiteten.

Eine halbe Stunde später hielt er Marie fest neben sich im Arm und beobachtete mit scharfem Blick die Vorgänge im Holzgatter in der Saalmitte, vor dessen Eingangsseite hinter einem Pult der Auktionator mit gepuderter Lockenperücke und schwarzem Umhang die Vorzüge von Medefelds Pferden pries. Der stolze Besitzer raste gleich darauf als Römer verkleidet mit seinen vier Pferden vor einem zweirädrigen Römerwagen in den Ring, drehte eine Runde und zeigte danach, was die Gäule vor dem Pflug, dem Wagen und unter dem Sattel leisteten. Sein Weib saß ganz vorn auf einer Holzbank und zollte ihm begeistert Beifall. Dann begann der Auktionator unter heftigem Trommelwirbel der Stadtknechte mit dem ersten Gebot.

Jaspar blieb verhältnismäßig ruhig, obwohl sein Gesicht um einen Schein blasser geworden war. Anfangs, bei den niedrigen Geboten, grölte er, die Bierkanne in der Hand, gemeinsam mit seinen Kameraden lauthals zu jedem Gebot: »Pfui.« Erst als der Auktionator bei vierzig Talern zum Zuschlag ausholte und plötzlich neben Medefelds Weib eine Hand in die Höhe schnellte und gleich fünfundvierzig Taler bot, stellte er das Grölen ein und machte einen langen Hals. Die Hand steckte in einem brillantenbesetzten Handschuh. Den Kopf des Interessenten verdeckte ein weit schwingendes Barett mit einer schwarzen, buschigen Feder. Zunächst zeigte sich Jaspar überrascht, dann bildete sich über seiner Nasenwurzel jene Falte, die Gefahr erwarten ließ.

»Kennst du den Kerl, Heinrich?«, fragte er den Korporal neben sich misstrauisch. Ärgerlich suchte er nach einem Sündenbock, dem er die Schuld dafür geben konnte, dass ihm gerade der Zuschlag für vierzig Taler durch die Lappen gegangen war. Aber der Korporal blickte unbeirrt geradeaus und zuckte mit den Schultern. »Dann finde es heraus«, zischte Jaspar, aufgebracht über dessen Gleichgültigkeit.

Der Nebenbuhler grinste, fuhr mit den Fingern unter den Gürtel, an dem die Pistolen hingen, und antwortete schnippisch: »Versuch's doch selbst!«

Jaspars Zornesader schwoll darauf an, er blies die Luft durch die Nase wie ein gereizter Bulle. Da fuhr der riesige Holzhammer in die Luft, blieb dort hängen und der Auktionator schnarrte: »Zum Ersten …, zum Zweiten …, fünfundvierzig Taler sind geboten, von dem hohen Herrn hier vorn, wer bietet mehr?«

Blitzschnell schoss Jaspars Arm nach oben: »Achtundvierzig Taler!« Wieder hob sich der Hammer, wieder schnarrte die Stimme: »Zum Ersten …, zum Zweiten …« Erneut riss der Fremde einen Arm in die Höhe. Jaspar entwischte ein Fluch, sein Gesicht war gespannt wie die Sehne einer Armbrust. Marie und Kokemüller hatte er längst vergessen. Stattdessen spielte er nervös mit dem Revolver.

»Neunundvierzig Taler von dem hohen Herrn, wer bietet mehr auf diese herrlichen Pferde?« In der Auktionshalle war es mit einem Mal totenstill. Keiner gab einen Ton von sich, niemand grölte oder riss derbe Witze. Totenstille, selbst das Bier in den Krügen schien vor Anspannung schal zu werden.

Jaspar hatte sich erhoben, mit ihm standen seine Kumpane Gregor, Hinrich, Elias, der alte Untervogt und Hans auf. Nur Marie und der Korporal blieben auf ihren Plätzen sitzen. »Fünfzig Taler, mehr bekommt ihr nicht von mir, aber ich bekomme die Gäule«, zischte er. Die Augen enge Schlitze, die Lippen aufeinander gepresst, mit knackenden Kaumuskeln und aschfahlem Gesicht riss er den Arm mit dem Revolver nach oben. Der Schuss löste sich in dem Augenblick, als der Auktionator mit zufriedener Miene schnarrte: »Fünfzig Taler, wer bietet mehr …?«

Natürlich war Jaspar immer sorgsam darauf bedacht, nicht aufzufallen. Auch war es auf einer solchen Auktion durchaus völlig normal, ging mit einem Hitzkopf einmal das Temperament durch. Die Stadtknechte schenkten solchen Vorkommnissen keine sonderliche Beachtung. So brachte der Schuss ihn lediglich um seinen Zuschlag. Er wurde nicht gewertet und Medefelds Pferde gingen für fünfzig Taler an den Fremden. Mit langem Gesicht starrte er den verlorenen Pferden hinterher, die nun von Medefeld zum Ausgang geführt wurden. Nur einen Augenblick später kochte die Wut in ihm hoch. Wütend sprang er über die Absperrung, Medefeld genau vor die Füße und brüllte: »Hier wurde falsch gespielt, Kamerad! Ich habe deine Pferde ersteigert!«

Aber Medefeld, mit den vier herrlichen Hengsten an der Hand, grinste triumphierend und sagte sich seiner sicher: »Du wirst meine Gäule nie bekommen, Jaspar. Schlag es dir aus dem Kopf. Sie sind verkauft, aber nicht an dich!«

»An wen? Sag mir seinen Namen«, forderte ihn Jaspar mit verhaltener Wut auf, seine Augen schleuderten Blitze und verfinsterten sich. Am liebsten hätte er ihm hier an Ort und Stelle das Messer zwischen die Rippen gejagt. Doch er beruhigte sich, als der Auktionator, auf den Streit aufmerksam geworden, in Begleitung zweier bis an die Zähne bewaffneter Stadtknechte ihm Einhalt gebot.

»Es ist alles rechtens abgelaufen, mein Herr«, sagte der Mann mit der Perücke leise, aber bestimmt. »Zügelt Euer Temperament, sonst wird es Euch noch leidtun und Ihr lauft Gefahr, nicht nur die Pferde zu verlieren.«

Jaspar schluckte und würgte den Ärger hinunter. Sein Gesicht wurde rot vor Zorn und er fasste den Auktionator fest ins Auge, als der sich mit einer höhnischen Verbeugung von ihm verabschiedete. Alles in ihm schrie nach Vergeltung. Das Gefühl steigerte sich noch, als er Elias in sei-

nem Rücken wispern hörte: »So etwas dürfen wir
nicht auf uns sitzen lassen. Die Sache war ein abge-
kartetes Spiel.« Da drängte er sich entschlossen
durch eine Gruppe Bauern und trat Medefeld in
den Weg. Diesmal versuchte er, ruhig zu bleiben.
Er konnte es sich erlauben, denn Hans und Elias
blieben als Verstärkung an seiner Seite. Zynisch
grinste er Medefeld ins Gesicht, trat dicht an ihn
heran, sodass nur er die Worte verstehen konnte,
und drohte ihm leise: »Noch sind die Gäule nicht
bezahlt. Morgen früh wirst du deine Mähren los
sein und als unehrenhaft vor allen bloßgestellt werden, mein Freund.«

Eine Stunde nach Mitternacht, als sich längst alle
in tiefem Schlaf befanden, die Tiere, die betrunkenen Zecher, Dirnen, Bauern und Behörden, schlichen sich die Diebe, geduckt und lautlos wie die
Wölfe mit vermummten Gesichtern in die Wiesen
zu den Pferden. Sie führten Halfter und Stricke mit
und wussten sehr genau, wie sie vorzugehen hatten. Ohne dass auch nur eine Maus mitbekommen
hätte, was in der dunklen Nacht in Medefelds Pferch
vor sich ging, töteten sie die zwei Wächter, lockten dann die Tigerschecken mit Brot, umwickel-
ten ihnen rasch die Hufe mit Stoff und schwan-
gen sich ebenso lautlos auf ihre Rücken. Als Jaspar
als Erster mit einem Hengst über den Zaun setzte,
stieß er zum Zeichen für die anderen einen leisen
Pfiff aus. Noch in der gleichen Nacht brachten sie

die gestohlenen Tiere an einen sicheren Ort und schlichen sich dann auf dem gleichen Weg zurück in ihre Zelte.

Nur Jaspar hatte noch etwas zu erledigen. In seinem Kopf reiften Mordgedanken. Ebenso erging es Marie. Schon seit Stunden erwartete sie den Mörder ihres Bruders, um sich endlich für dessen Tod und den ihres Vaters zu rächen. Bis zu dieser Stunde hatte sie ausgeharrt und mit dem Gift gewartet. Nachdem der Plan aufgegangen war und Riedmeister Ehrhard von Anderten die Pferde ersteigert hatte und sich bereits auf dem Weg nach Hannover befand, um den Pferdedieb mit den geraubten Tieren empfangen zu können, vermochte sie nichts mehr davon zurückzuhalten. Es war ihr egal, dass sie Heinrich und Medefeld in den Rücken fiel. In diesen Stunden lebte sie nur noch für ihre Rache. Seitdem sie sich auf die Reise nach Ingolstadt begeben hatten, spürte sie, dass sie und Jaspar sich wie Wölfe belauerten. Dass jeder vorhatte, den anderen zu töten und sie sich letztendlich beide nicht zu diesem letzten Schritt entschließen konnten. Jaspar hatte sich in den vergangenen Stunden ihr gegenüber seltsam, fast übertrieben galant und ritterlich verhalten. Doch seine kalten, blauen Augen verrieten ihr zu oft, dass er über ihre Untreue im Bilde war. Da er sie auf der Auktion keinen Schritt aus den Augen ließ, ahnte sie, dass er vorhatte, sich im gegebenen Augenblick ihrer zu entledigen. Zu gut kannte sie das Gesetz der Räuber und sie wusste, dass sie ihr eigenes Leben nur retten konnte, wenn sie schneller war als er.

Als Jaspar an diesem frühen, frostigen Morgen das Zelt betrat, verließ sie der alte Untervogt gerade mit einem verschworenem Grinsen auf dem Gesicht. Er hatte es seinem Alter zu verdanken, dass Jaspar ihn bei ihr zurückgelassen hatte. Das Fläschchen mit dem todbringenden Gift am Busen versteckt, verfolgte sie aufmerksam, wie Jaspar zunächst die Stricke in der Truhe verstaute, sich das verschmutzte Wams vom Körper riss und sich dann auf die Bettstatt fläzte und die langen Beine ausstreckte. Er schien schläfrig, gähnte herzhaft mit offenen Mund, rülpste laut und befahl ihr: »Zieh mir die Stiefel aus, Weib!«

Sie spielte die Gehorsame, beugte den Rücken vor ihm und zog ihm langsam die Stiefel von den Füßen. Dabei spürte sie seine lüsternen Blicke im Nacken. Mutig hob sie den Kopf, schaute ihm in die blauen Augen und hielt seinem Blick stand. Seltsamerweise kam sie gerade jetzt auf die Idee, es könnte noch etwas Menschliches in diesen Augen sein, ein Funken von dem, was sie einst bei Medefeld auf der Pferdeweide in ihnen entdeckt hatte. Aber Jaspars Augen blickten kalt, keine Reue, keine Liebe. Selbst die Augen eines Wolfes hatten mehr Menschliches in sich. Es waren die Augen eines Mörders. Lediglich die Lüsternheit nach ihrem Körper umflorte einen Moment lang seinen Blick. Doch rasch setzte er wieder sein altbewährtes Grinsen auf, jenes breite, zynische, das seine schwarze Seele bloßlegte.

»Du wirst alt, Marie«, stellte er fest, beugte sich zu ihr hinunter und teilte mit den Fingern die Strähnen in ihrem Gesicht. Sekundenlang betrachtete er sie mit hochgezogenen Brauen. Dann wälzte er sich auf die Seite und lockte sie mit dem Zeigefinger zu sich auf das Fell. Vorsichtig, sofort bereit wieder aufzuspringen, ließ sie sich neben ihm auf der Kante nieder.

»Eine Konkubine sollte jung und schön bleiben«, bemerkte er. »Ein Weib, das einem Mann Kinder gebärt, hat das Recht, vor Gott alt zu werden.« In seinen Worten schwang deutlich eine versteckte Drohung mit. »Was bist du, Marie? Bist du meine Konkubine oder mein Weib?«

»Ich bin dein Weib, mein Geliebter«, antwortete sie ihm listig, als sie spürte, dass er sie testen wollte.

Er erwiderte ihre Worte mit einem versteckten Lauern im Blick. Plötzlich schnellte seine Hand nach vorn auf ihren Bauch. Seine Finger pressten und kneteten den Stoff ihres Kleides. Und ehe sie sich versah hatte er das Messer aus ihrem Gürtel gezogen und mit einem gezielten Schnitt das Leinen über der Wölbung aufgeschnitten. Weißes Fleisch kam zum Vorschein. Rund und prall. Sie wehrte sich nicht. Mit aufeinandergepressten Lippen ließ sie es geschehen, dass er dieses Stück Leib, in dem ihr Kind heranwuchs, mit seinen Mörderhänden streichelte. »Kannst du bei unserem Herrgott schwören, dass dies hier drinnen von mir ist?«, fragte er und sah ihr lauernd in die Augen.

»Ich sagte es dir bereits«, antwortete sie ihm.

»Aber du hast dir beim Hirten das Sadebaum besorgt, so wie ich dir geheißen?«

Erschrocken raffte sie den Stoff über der Blöße zusammen und versuchte sich ihm unauffällig zu entziehen. Was bist du nur für ein Teufel?, dachte sie. Nichts entgeht deinem Adlerblick. Es wird Zeit, dem ein Ende zu bereiten. Ihr Mund küsste seine Lippen, bevor sie sich kokett von ihm wegstahl und hastig in das Hintere des Zeltes trippelte, wo sie neben der Truhe mehrere volle Krüge mit Wein wusste. Sie nahm einen davon in die Hand und goss etwas davon in zwei Becher. Obwohl sie gegen die Angst kämpfte, dass er schneller war und sie erschoss oder ihr von hinten die Kehle durchschnitt, drehte sie ihm dennoch den Rücken zu und öffnete das Fläschchen. Dann goss sie mit zitternden Fingern den Inhalt in seinen Becher, wobei sie genau darauf achtete, nichts zu verschütten.

»Du liebst mich nicht, Jaspar, sonst würdest du nicht solche törichten Fragen stellen«, sagte sie und lächelte ihn verliebt an, als sie sich mit den Bechern in den Händen zu ihm umdrehte. »Bin ich dir nicht wie ein treuer Hund nie von der Seite gewichen, Liebster? War ich nicht auf all deinen Raubzügen bei dir? Habe ich mir nicht für dich extra große Taschen in meine Kleider eingenäht, um den geraubten Schmuck sicher an unseren geheimen Ort zu schmuggeln, wobei ich die Stadtknechte allzu oft für dich in die Irre geführt habe? Was wärst du ohne mich gewesen, wäre die Beute im Wirtshaus nicht meiner listigen Koketterie ausgeliefert gewesen? Hast du etwa schon vergessen, wie ich für euch die Beute mit List und Tücke auf den falschen Weg geführt habe, damit ihr sie in aller Ruhe umrücken und ausnehmen konntet? Warum, Jaspar, traust du mir nach alldem noch immer nicht?« Mit jagendem Herzen reichte sie ihm den Becher, während sie an dem anderen vorsichtig nippte. »Trink mit mir auf unsere gemeinsame Zeit, Jaspar. Trink mit mir auf die Frucht unserer Liebe«, forderte sie ihn auf, küsste seine Kehle und spielte an seinen Hemdknöpfen, obwohl ihr vor Angst die Beine versagten.

Jaspar hatte tatsächlich einen Augenblick lang, als sie ihm den Rücken zugedreht hatte, bei sich gedacht: Jetzt ist der Augenblick gekommen. Am besten, ich mache auf der Stelle Schluss mit ihr, und hatte leise die Pistole gezogen. Doch als er den Finger insgeheim schon am Abzug hatte und ihr Gesicht weiß wie Alabaster vor ihm auftauchte, ihr dichtes, wildes Haar seine Haut kitzelte und die festen Brüste unter dem dünnen Stoff lockten, verwarf er den Gedanken und lächelte ihr in Erwartung entgegen. »Ich traue keinem Weib. Am allerwenigsten dir, Marie«, keuchte er und kippte den Becher in einem Zug hinunter.

Sie beobachtete, wie der Wein seine Kehle hinablief, wie er sich mit dem Armrücken genussvoll über den Mund wischte und ihr dann auffordernd die Hand entgegenstreckte. »Was ist Marie, komm zu mir. Lass es uns wie die Vöglein machen. Ich bin wild auf deinen Körper, du Hexe!«

Doch er grapschte ins Leere, als er versuchte sie auf die Bettstatt zu ziehen. Marie hatte sich ihm blitzschnell entzogen und schaute ihn jetzt aus blitzenden Augen an. Er hatte das Gift getrunken. In wenigen Minuten würde es wirken. Das gab ihr Hoffnung und Mut und sie zischte: »Sag mir zuvor, warum mein Vater nicht mit nach Ingolstadt gekommen ist.«

»Ach, Marie …« Jaspar winkte gelangweilt ab. »Das habe ich dir schon so oft erklärt. »Tönnjes ist vorausgeritten und hat einen sicheren Ort klargemacht, falls die Sache mit der Versteigerung schiefgehen sollte und ich Medefelds Mähren stehlen muss. Es wäre sowieso von Anfang an das Beste gewesen, sie gleich zu stehlen. Aber das alles hier habe ich nur deinetwegen gemacht«, log er.

»Dann müsste er längst bei uns sein«, bohrte sie weiter.

Jaspar hatte sich aufgerichtet. Er stützte sich auf die Ellbogen, sah sie mit schief geneigtem Kopf an und fragte: »Was soll das Geschwätz, Marie? Entweder du kommst jetzt zu mir oder ich prügele dich windelweich.«

Da zog sie blitzschnell den Degen aus dem Gestell an der Zeltwand und zielte mit der scharfen Klinge auf seine Brust. Mit einem Mal war alle Angst von ihr gewichen. Es war, als führten Tönnjes und

Johann die Waffe in ihrer Hand. »Das ist gelogen, Jaspar. Ich habe meinen Vater mit durchgeschnittener Kehle im Bothfelder Moor gefunden.«

»Na und, was besagt das schon?«, sagte er ungerührt mit kalten Augen. »Ein Toter mehr oder weniger.«

»Er war mein Vater, dein Kamerad, und es fehlten ihm die fünfzig Taler!«

Erst jetzt, bei der Erwähnung der fünfzig Taler, wurde Jaspar munter. »Das war mein Geld. Er hatte es mir gestohlen.« Blitzschnell griff er nach der Degenspitze und hielt sie fest, ohne Marie dabei aus den Augen zu lassen. »Du weißt, dass ich unverwundbar bin«, sagte er leise und umschloss die Spitze noch fester. Kein Tropfen Blut entwich seinen Fingern. Dafür wurde sein Gesicht aschfahl, die Augen starr, dass es aussah, als wollten sie aus den Höhlen treten, während sich sein Mund verzerrte. Schweißperlen glänzten auf seiner Stirn und sein Hals schien zu bersten. Marie kannte die Veränderung. Doch sie hielt ihm stand. Den Griff in beiden Händen, zielte sie hartnäckig weiter auf seine Brust. Aber plötzlich, als hätte ihn eine Keule auf den Kopf getroffen, sackte er in sich zusammen, strampelte wild mit den Armen und Beinen, furzte wie eine Kesselpauke, rollte sich auf den Bauch und wieherte wie ein Pferd. Erschrocken war Marie bis zur Zeltwand zurückgewichen. Mit ängstlich geweiteten Augen sah sie, wie Jaspar von der Bettstatt auf den Boden rollte, sich das Hemd vom Leib riss, keuchend onanierte, dabei um sich spuckte, bis sein Kopf plötzlich zur Seite kippte und er ganz still und entspannt auf dem Boden liegen blieb.

Er ist tot, dachte sie, trippelte langsam um seinen Körper herum und hockte sich dann neben seinen Kopf. Obwohl ihm die Haare schweißnass am Kopf klebten, hatte sein Gesicht durchaus wieder menschliche Züge. Vorsichtig beugte sie sich zu ihm hinab und legte ihr Ohr an seine Brust. Kein Herzschlag war zu hören, dafür lächelte sein Mund seltsam friedlich. Er ist tot, mausetot, dachte sie, so wie der Hirte es mir vorausgesagt hat, und irgendetwas zwang sie, dieses Gesicht zu betrachten, lange und ausgiebig, und sie fragte sich, ob Tönnjes und Johann mit seinem Tod wirklich gerächt waren. War es nicht der Krieg gewesen, der aus ihm einen Mörder gemacht hatte? Sie dachte an die Zeit des Großen Krieges, als er sie das erste Mal in seine Arme genommen hatte, ohne zu wissen, dass Melchior ein Mädchen war. Durfte man die Zeit totschweigen? Waren da nicht auch Gefühle gewesen, die Gefühle eines jungen Weibes, das von der Liebe geträumt hatte? Obwohl sie dieses Gesicht zutiefst hasste, konnte sie dem Bedürfnis nicht widerstehen, ihm über die fahlen Wangen zu streichen. Von dieser unseligen Liebe war ihr nur noch dieses Kind in ihrem Bauch geblieben, das als Bastard heranwachsen würde, weil sie ihm später nie sagen könnte, wer sein Vater wirklich war.

300

Irgendwann stand sie auf, doch sie war zu müde und legte sich erschöpft auf die Bettstatt, auf die Stelle, wo vorher Jaspar gelegen hatte. Eine Weile lag sie so und blickte grübelnd zum Zelthimmel. Dann musste sie eingeschlafen sein. Sie träumte vom Vater, von Johann, der Mutter und den Pferden auf dem Hof, als sie plötzlich jäh aus dem Schlaf gerissen wurde. Sie blinzelte verschlafen um sich, dann wich alle Farbe aus ihrem Gesicht. Über ihr stand Jaspar, feixend bis zu den Ohren, mit der Muskete in der Hand und hielt sie auf ihren Kopf gerichtet.

»Na, süße Träume gehabt?«, fragte er. Er schwankte wie ein Blatt im Winde, hielt sich nur schwer auf den Beinen. Sein starker Körper triumphierte über das Gift des Stechapfels. Es hatte bei ihm nur einen Scheintod bewirkt. Was für seltsame Kräfte schlummerten in diesem Mann. Er schien alle Geister in sich aufzubringen, um gegen den Tod in seinen Adern anzukämpfen. Ein Teufel, der das Gift in seinem Inneren strategisch wie ein Heer zu steuern vermag.

Marie erwiderte nichts. Sie wusste, dass sie verloren hatte. Um nicht zu sehen, wie seine Hand den Hahn spannte, schloss sie die Augen und erwartete mit einem Gebet auf den Lippen ihren Tod. Doch der Herrgott schien noch einmal Erbarmen mit ihr zu haben. Denn der Zeltvorhang teilte sich und der Korporal kam ihr mit gezücktem Degen zu Hilfe. Gerade als Jaspar zu ihr sagte: »Du Hexe hast versucht, mich zu vergiften. Du hast mein Vertrauen missbraucht und dir vom Hirten anstatt

Sagebom Stechapfelkraut geben lassen. Ich hätte es mir gleich denken sollen. Aber die Pflanze, musst du wissen, ist mein Lebenselixier. Mein Körper ist schon viel zu lange daran gewöhnt, als dass du mich damit töten könntest.«

Jede dritte Stunde musste ein Wächter bei den Pferchen gestellt werden, um die Tiere vor Dieben zu schützen. Als der Korporal an die Reihe kam, waren Wortfetzen des Streits an sein Ohr gedrungen und er kannte nur noch einen Gedanken: Marie zu retten.

»Du Hundsfott wirst sie nicht töten, eher spieße ich dich auf!«, rief er, riss die Zeltwand auf und war mit einem Sprung bei Marie. Mit einem gezielten Hieb schlug er dem überraschten Jaspar die Pistole aus der Hand und stellte sich schützend vor die Geliebte. Aber der Überraschungseffekt dauerte bei Jaspar nur ein paar Sekunden. Blitzschnell hatte er sich nach dem Degen, der Marie während seines Wahns entglitten war, gebückt und hielt ihn wie ein Schutzschild vor sich. »Was soll das Kamerad?«, fragte er verdutzt und wich verwundert vor ihm zurück, als er die Ernsthaftigkeit in seinen Augen gewahrte. In seinem Rauschzustand war er nicht fähig, seine Hiebe zu parieren, auch war er zu feige, sich dem Freund zu stellen, und so wich er weiter vor ihm zum Zeltausgang zurück. Jetzt hörten auch Hans und Elias in ihren Zelten nebenan den Lärm. Noch rechtzeitig, gerade als sich Heinrichs Degenspitze in Jaspars Hals bohrte und er einen Moment zu lange zögerte, stürzten beide fast gleichzeitig in das Zelt.

Man sollte nicht glauben, welche Schnelligkeit in dem vierschrötigen Hans steckte, als er den Kameraden in Gefahr sah. Mit einem Überraschungsangriff brachte er Heinrich zu Fall, stemmte ihm sein Gewicht in den Rücken und drückte ihn zu Boden. Elias richtete geistesgegenwärtig die Pistole auf Marie, die im Begriff war zu fliehen, und hinderte sie daran, durch den Zelteingang zu entweichen.

»Halt die Hure auf!«, befahl Jaspar ihm, der nun seine Stimme wiederhatte, und war mit drei Schritten bei ihr. Wütend packte er sie bei den Haaren und zog sie hinter sich her ins Freie. Dort schleifte er sie durch die Wiese, bis zur Waldkante. Dann wartete er, bis sie sich mühsam erhoben hatte, und gab ihr einen gezielten Fußtritt gegen den Bauch. Erst danach holte er tief Atem und man sah ihm an, wie schwer ihn Maries Gift wirklich getroffen hatte. Er krümmte sich plötzlich, wurde kalkweiß und spie ihr vor die Füße, dabei hatte er sie nicht einen Augenblick losgelassen. Seine Augen waren rot angelaufen und Schaum lief ihm aus dem Mundwinkel. »Du Hure«, keuchte er. »Warum …?«

Marie krümmte sich und rang ebenfalls nach Luft. Sie wollte sich wehren, aber der Schmerz wühlte in ihrem Leib. Jaspar hatte gezielt nach ihr getreten, dorthin, wo der Bastard sich eingenistet hatte. Schwach, viel zu schwach, um ihn von sich abzuhalten, trat sie gegen sein Schienbein und bohrte verzweifelt die Fingernägel in das Fleisch seiner Hand, mit der er ihr die Haare ausriss. Doch Jaspar schüttelte ihre Tritte ab und seine Hände umschlossen ihren Hals. Mit vor Wut verzerrten Zügen würgte er sie, bis Hans und Elias dem Treiben ein Ende setzten. Alle drei Räuber, unter ihnen der Korporal, waren den beiden in den Wald hinterhergestürzt. Atemlos zischte Hans jetzt in seinem Rücken: »Seit wann prügelst du dich mit Weibern, Jaspar. Knall das Luder doch einfach ab. Das geht viel schneller.«

»Recht hast du. Ich werde das Miststück erschießen«, stöhnte Jaspar.

Um zu beweisen, wie ernst es ihm damit war, nahm er Hans die Waffe aus der Hand und zielte auf Maries Kopf. Aber auf einmal schien er es sich anders überlegt zu haben. Er fuhr ruckartig herum und richtete den Lauf auf den Korporal, der zwischen den beiden Räubern stand. Dabei grinste er so als wäre ihm gerade eine gute Idee eingefallen: »Wenn du dein Leben behalten willst, Heinrich, dann binde die Hexe an dem Baum dort fest! Beweise mir, dass der Bastard, der in ihrem Leib heranwächst, nicht von dir ist.«

Heinrich, der es den beiden Halunken nicht leicht machte und immer wieder für ein Handgemenge sorgte, wirkte einen Moment wie versteinert. Als er wieder zu sich kam, schlug die Verblüffung in Wut um. »Dich werde ich an den höchsten Baum binden, warte nur ab, du Aas«, zischte er und zog blitzschnell ein Messer aus den Stiefeln. Mit einem singenden Geräusch landete die scharfe Klinge neben Jaspars Ohr. Sogleich stürzten sich die Räuber wieder auf ihn. Er wehrte sich mit allen Kräften, ging zu Boden und versuchte, sich erneut aufzurappeln. Doch vereint zwangen sie ihn in die Knie und schleiften ihn vor Jaspars Füße. Als der ihm höhnisch beim Schopfe fasste und ihm das Messer an die Kehle hielt, schrie er verzweifelt: »Marie, um Gotteswillen lauf weg!« Mehr konnte er nicht mehr für sie tun. Er spürte, wie ihm Jaspar von hinten ein Seil in die Hände drückte und Hans ihn brutal vor Maries Füße stieß.

»Fessle sie!«, befahl Jaspar ihm. In seinem Blick lag Ungeduld und der Wunsch, dem Ganzen ein schnelles Ende zu bereiten.

Heinrich schickte einen Blick zum Himmel, als erwarte er von dort Hilfe. Was hatte er für eine Wahl. Auf den wilden Gesichtern spiegelte sich Mordlust. Sie weideten sich an seiner Qual und warteten begierig, wie er wohl reagieren würde. Da schleppte er sich schwerfällig zu dem Baum, den Jaspar für Marie ausgesucht hatte, in der Hoffnung, Gott würde ihm wenigstens in diesem Moment beistehen und ihn den Knoten nicht zu fest binden lassen.

Jaspar genoss indessen die Angst in Maries Augen und sagte, als sie wie ein Paket verschnürt vor ihm stand: »Bevor ich dich abknalle, rede! Ist der Bastard in deinem Bauch von mir oder von dem da?« Dem Korporal klopfte er mit gespielter Freundlichkeit auf die Schulter, wobei er höhnisch zu den anderen bemerkte: »Gut hast du das gemacht, Heinrich.

Es geht doch nichts über unsere Kameradschaft. Du wirst sehen, morgen hast du die Hexe vergessen. Schließlich hat sie nicht nur mich betrogen, sondern auch dich.« Dann grinste er kalt und überprüfte die Knoten an Maries Handgelenken.

Marie schrie den Räubern ihre Verachtung in die mordlüsternen Gesichter und trat nach Jaspar wie nach Heinrich, bis sie erkannte, dass es keinen Sinn hatte und der Strick ihr nur in das Fleisch schnitt. Die Füße waren das einzige, was sie noch bewegen konnte. Als Jaspar ihr darauf mit einem Lächeln im Gesicht gegenüber trat, spuckte sie abfällig vor ihm auf den Boden. »Was denkst du denn, von wem der Bastard ist, du Teufel? Willst dich wohl noch deiner Manneskraft rühmen? Ja, ich habe dich mit ihm betrogen, immer und immer wieder!«, verhöhnte sie ihn, um ihn dort zu treffen, wo er verwundbar war. »Immer wenn du allein auf Raub unterwegs warst, habe ich es mit ihm getan, um dir Hörner aufzusetzen, du Teufel. Die Toten sollen dir in der Nacht erscheinen und dich heimsuchen!« Sie begann mit einem Mal hysterisch zu lachen. »Allen voran Johann und Tönnjes!«

»Wer ist Johann?« Jaspar rollte verwundert mit den Augen.

»Johann war mein Bruder, ein Kind, das du noch während des Krieges in Hundszell kaltblütig ermordet hast.«

»Hm …, sollte ich mich an ihn erinnern?« Er schielte zu Hans und feixte breit, als er den Kumpan amüsiert grinsen sah. »Dann sind wir uns nur wegen dieses Knaben begegnet?«, fragte er. »Deswegen die ganze Maskerade mit Melchior? Ihr hattet also von Anbeginn an vor, mich wegen so einer Lächerlichkeit umzurücken?« Er begann schallend zu lachen, schlug sich auf die Schenkel und wieherte mit Tränen in den Augen: »Alles nur wegen eines Bauernlümmels.«

Marie kam sie angesichts seines Heiterkeitsausbruches verhöhnt vor. Insgeheim hoffte sie, dass ihr Schreien bis zu den Ohren der Stadtknechte gedrungen sein könnte. Sie zischte: »Wäre Tönnjes nicht der gleichen Geldgier wie du verfallen, dann hätte er dich bereits damals getötet.«

»Schon möglich.«

»Warum musste er sterben?«, fragte sie etwas ruhiger, als sie bemerkte, dass er sie nachdenklich betrachtete.

»Dein Vater hat das Räubergesetz gebrochen und er hat mein Zuhause niedergebrannt. Das habe ich ihm nie verziehen.«

Jetzt zeigte sie sich überrascht. »Du hast es geschehen lassen, dass er es niederbrennt …, du hast dabei zugesehen, wie dein Weib und deine Tochter in den Flammen umkamen? Hast dir von ihm die Arbeit abnehmen lassen?«

»Sie hatten die Pest«, erwiderte er kalt und drehte den Kopf weg, zu den Wiesen, von wo jetzt ein leises Wiehern herüberwehte. In Maries Augen glimmte ein Hoffnungsschimmer. Warum zögerte er auf einmal, sie zu erschießen. Er brauchte doch nur abzudrücken? Da drehte er ihr wieder das Gesicht zu und zwang sie, ihm in die Augen zu sehen. Etwas in seinem Blick war anders.

»Weib, bei allem was geschehen ist, schwöre mir, dass du mich auch nur einen Augenblick geliebt hast, dann schenk ich dir das Leben, aber du musst mir versprechen, hier in Ingolstadt zu bleiben und nie wieder meinen Weg zu kreuzen.«

War das eine Falle oder ein Friedensangebot? Wie gern wäre sie auf seinen Vorschlag eingegangen. Aber ihre Hass war viel zu tief, in ihm wie in ihr, dass sie ihm diesen abrupten Sinneswandel nicht mehr glaubte. Sie schüttelte den Kopf und sagte: »Nein, Jaspar, niemals würdest du mich in Ruhe mein Leben leben lassen. Deine Ehre würde es dir verbieten, den Freund glücklich vereint mit deiner Konkubine zu wissen. Ebenso würden mich die Toten niemals ruhen lassen. Nein Jaspar, wenn du mich nicht tötest, werde ich dich töten. Wie ein böser Albtraum werde ich dich verfolgen, bis mein Bruder Johann und mein Vater gerächt sind.«

Da drehte sich Jaspar wortlos nach Kokemüller um, drückte dem Überraschten die Pistole in die Hand und befahl ihm: »Du wirst sie erschießen!«

Nur einen Moment lang dachte der Korporal daran, die Waffe gegen Jaspar zu richten. Dann wurde er kalkweiß im Gesicht, suchte hilflos Maries Blick und ließ ihn dann verständnislos zu Hans und Elias wandern. »Ihr werdet das doch nicht zulassen, Kameraden«, flehte er. »Ich bin kein Henker. Tötet mich dafür, aber lasst sie laufen!«

Jaspar maß Heinrich aus dem Augenwinkel, gab aber keine Antwort. Die Zeit drängte, wollten sie rechtzeitig mit den Gäulen bei dem Hehler in Hannover sein. Jaspar sah nachdenklich auf die Pistole in seinen Händen, ließ sie spielerisch durch die Finger gleiten, schnellte dann schlagartig herum und schoss Marie direkt durch die Brust.

Ein grenzenloses Erstaunen glitt über Maries Gesicht. Was sie in diesem Augenblick noch dachte, wer weiß, vielleicht war es ein allerletzter Abschiedsgruß an Tönnjes, ihren Vater, und Johann, ihren Bruder. Dann ging ein Zucken durch ihren Körper, ein Glucksen erklang, ein letzter Atemzug, der sich wie ein Seufzer anhörte. Daraufhin kippte ihr Kopf nach vorn und sie hauchte ihr Leben aus.

Noch während der Schuss knallte, rannte Heinrich in den Wald, er lief und lief, ohne aufzuhören, so weit ihn seine Füße trugen. Als Jaspar seine Flucht bemerkte und Elias ihm nachsetzen wollte, hielt er ihn am Ärmel zurück, schüttelte den Kopf und sagte. »Lass ihn laufen. Den holen wir uns noch.«

Stunden später, als man Marie fand, an den Baum gebunden, mit einem blutigen Loch in der Brust, waren die drei Räuber längst mit den gestohlenen Pferden auf dem Weg nach Hannover und ritten in ihr eigenes Verderben.

# VIII

AM 16. DEZEMBER 1652, Frühmorgens von halb
vier bis sechs Uhr, wurde im tiefsten Kellerraum in
der Folterkammer des Rathauses an der Köbelin-
ger Straße ein Verhör abgehalten. Nach der ersten
gütlichen Untersuchung, sie wurde im Beisein von
drei Kommissaren geführt, gestand der Verhaftete
weder den medefeldschen Pferdediebstahl noch die
andere Übeltaten, die ihm zur Last gelegt wurden.
Jaspar verlangte lediglich nach seinen Kameraden
Hans und Elias, die mit ihm und den geraubten
Pferden nach einem kurzen Kampf mit den Stadtknechten vor den Stadttoren überwältigt und ab-
geführt worden waren.

»Ich und mein Schwager Elias Anspach, wir kauf-
ten bisweilen ein Pferd und verkauften das wieder,
um ein paar Taler daran zu verdienen. Außerdem
verhelfe ich doch den Leuten zu Arbeit für einen
Tagelohn«, log er vor dem Richter unschuldig, worauf der Pfarrer aus Groß-Buchholz als Zeuge hin-
zugezogen wurde, aber nichts Böses oder Nachtei-
liges über ihn sagen konnte. Ja, der Pastor vertrat
mit Gottes Segen sogar die Meinung, dass Jaspar
unschuldig sei und die Anklage nur von böswilli-
gen Menschen erfunden worden war.

Aber an den Aussagen von Medefeld und dem
Korporal war nicht zu zweifeln, so glaubwürdig und

gräulich waren sie, dass sich die hannoverschen Räte und der Richter genötigt sahen, von den benachbarten hohen Schulen in mehreren Zweifelsfällen Rat einzuholen. Auch von den verschiedenen Beamten in der Umgebung wurde nun wegen der in ihren Ämtern begangenen Übeltaten ermittelt. Aufgrund der zahlreichen Anzeigen, die danach eintrafen, entschlossen sich die Herren Doktoren aus Rinteln innerhalb von nur zwei Tagen, dass Jaspar Hanebuth mit der Tortur und peinlich scharfen Frage zur Ergründung der Wahrheit zu belegen sei. Schwager Elias blieben diese Dinge erspart. Der Vermaledeite war bereits in der zweiten Nacht seiner Verhaftung ausgebrochen, obwohl er vom Schließer sorgsam mit Bolzen und Ketten verwahrt gewesen war. Er ward danach nie wieder gesehen. Jaspar dagegen, wurde dem Scharfrichter vorgestellt. Man legte ihm die Instrumente vor und drohte ihm mit der Tortur. Aber auch das jagte ihm wenig Schrecken ein. Er war sich sicher, dass er keine Beweise zurückgelassen hatte.

Erst nachdem dem Scharfrichter befohlen wurde, in einem zu verantwortendem Maße mit der Tortur zu beginnen, bekam er es mit der Angst zu tun. Als der Nachrichter ihm die Beinschelle anlegte und nur leicht zuschob, schrie Jaspar bereits und winselte wie ein Hund, er wolle alles bekennen. Als ihm darauf die Beinschraube wieder abgenommen wurde, kehrte das altbewährte Grinsen in sein Gesicht zurück und er begann, die Richter mit Ausflüchten und Lügen an der Nase herumzuführen. Das wiederholte sich eine Weile, bis der Scharfrichter ihm die spanischen Stiefel an beide Beine ansetzte und so fest zuzog, dass er unter Qualen flehte, man möge ihm die Beinschrauben wieder abnehmen. Auch der stärkste Wolf findet einmal seinen Gegner und angesichts dessen, was ihn an Qualen noch erwartete, wenn er weiterlog, brach er zusammen und legte ein umfassendes Geständnis ab.

Nun bekannte er nicht nur den Diebstahl von Medefelds Pferden, sondern er legte vor den gleichermaßen verblüfften wie erschütternden Richtern eine Generalbeichte ab. Nicht weniger als neunzehn grausige Mordtaten und zehn Diebstähle kamen an den Tag. Noch im Anschluss an die Befragung wurden die Beamten von Steuerwald, Blumenau, Burgwedel, Bissendorf und Langenhagen vom hannoverschen Rate zur Bestätigung seiner Aussage auf das Rathaus befohlen. Bereits einen Tag später wurde Jaspar vor das hohe Gericht geführt, um das in der Folter abgelegte Bekenntnis zu ratifizieren.

Als der Richter ihn ein letztes Mal fragte, ob er noch weitere Untaten zu bekennen habe, sagte er: »Ehrenwerter Richter, hohe Herren, ich habe alles bekannt. Ich bitte nur noch um die Gnade, meine Kameraden wiederzusehen.«

Man gewährte ihm diese Bitte und fragte ihn, wen er nun zu seinem Verteidiger begehrte. Einer von den Kommissaren schlug darauf den Prediger vor, was bei den Gefangenen so üblich war.

Doch Jaspar erklärte: »Ich benötige niemanden, der mich vertritt. Ich habe dem lieben Gott, den Herren Predigern und der Obrigkeit meine Missetaten bekannt und bereue dieselben zutiefst. Aber die hohen Herren mögen mir gnädig erscheinen und mich nicht mit einem allzu harten Tode bestrafen. Auch bitte ich um die Gnade, an den bevorstehenden Feiertagen von den Predigern im Christentum belehrt zu werden.«

Am 28. Dezember wurde Jaspar noch einmal zu seinen Mordtaten befragt, da von keinem der Beamten an den angegebenen Orten die Gebeine der Ermordeten gefunden wurden. Der amtlichen Ordnung wegen wurde ihm vom Rath ein Verteidiger gestellt. Aber er wiederholte im Wesentlichen sein früheres Bekenntnis. Die Doktoren der Fakultät in Rinteln hielten es hierauf am 5. Januar 1653 für dienlich, ›da wegen der bekannten Mordtaten nichts Beständiges eingebracht wurde, dass der Gefangene nochmals mit einer schärferen Tortur belegt und ernstlich befragt werde. Sollten sich dann die öffentlichen Mordtaten nochmals bestätigen, so sei der Gefangene mit dem Rade und wegen der begangenen Diebstähle mit dem Strange am Galgen vom Leben zum Tode zu bestrafen.‹

Als der Mörder darauf am 8. Januar abermals dem Scharfrichter vorgeführt wurde, hingen seine Angaben irgendwo im leeren Raum. Sollte er widerrufen oder sich abermals unter der Tortur widersprechen, so bliebe ihm noch die Gnade, als Pferdedieb mit dem Strang gerichtet zu werden. Doch Jaspar war nicht nur ein Mörder, er war auch ein Feigling. Er blieb bei seiner Aussage, um sich die Schmerzen der Tortur zu ersparen, und bat zitternd, ihn um Gottes Barmherzigkeit Willen mit der Tortur zu verschonen. »Ich will alles, was die hohen Herren wissen wollen, gern bekennen. Denn alles, was ich bisher gesagt habe, ist wahr. Ich weiß nicht, warum die Körper nicht gefunden wurden. Ich hatte keine Zeit, sie zu begraben. Auf mehr als die neunzehn begangenen Mordtaten kann ich mich nicht besinnen, mehr fallen mir nicht ein. Aber ich werde alles gestehen, was von mir verlangt wird, denn ich muss mich schuldig bekennen und habe diese Verbrechen vor dem Jüngsten Gericht Gottes zu verantworten. Aber ich bete inständig, dass Gott der Herr aus Gnade und um des Herrn Christ Willen mir alle meine Sünden vergibt.«

Nach diesen Worten begegnete ihm der hohe Rat mit dem gebührenden Respekt. So wurde dem Gefangenen seine Bitte nach ein paar wärmenden Socken gegen die grimmige Kälte und etwas Stroh nicht versagt. Vor dem Tag seiner Hinrichtung wurde ihm auf sein Begehren etwas Wein und Suppe gereicht. Nachdem von Helmstedt am 27. Januar alle Informationen eingetroffen waren und das Geständnis für klar und aufrichtig befunden wurde, verlasen die Rechtsgelehrten das Urteil zunächst in der heimlichen Acht. Diesmal erkannten die Herren Doktoren für Recht, ›Jaspar Hanebuth vor ein öffentliches notpeinliches gehegtes Halsgericht zu stellen, ihm sein Bekenntnis nochmals vorzulesen, ihm dann mitzuteilen, dass er wegen der vielen bekannten und zum Teil erkundeten Diebereien und Mordtaten sein Leben verwirkt habe und ihn nach der peinlichen Halsgerichtsordnung Kaiser Karls des Fünften und des heiligen römischen Reiches als wohlverdiente Strafe und für alle anderen zum abscheulichen Exempel, mit dem Rade durch Zerstoßung seiner Glieder vom Leben zum Tode zu befördern.‹

Es war der 8. Februar 1653. Ein Tag, an dem nach so vielen Regentagen zum ersten Mal die Sonne hoch am frostklaren Himmel stand, als ob sie dem Verdammten den Weg zu dem düsteren Ort des Richtplatzes deutlich zeigen wollte. Nachdem der Bürgermeister gemäß dem Ritual im Namen Gottes und des Senats das Urteil noch einmal öffentlich verlesen hatte, den Frieden des Nachrichters ausrief und ihm seine Bitte um Schutz und Geleit gewährt hatte und der Verdammte von ihm darauf angenommen wurde, ging der Zug durch die Stadt zum Steintor hinaus. Aus jeder der Korporalschaften waren drei Mann mit Unter- und Obergewehr abkommandiert, den Sünder zur Richtstatt zu begleiten. Unter ihnen befand sich auch der Korporal Heinrich Kokemüller. Es war ein noch nie da gewesener großer Zug von einhundertacht bewaffneten Korporälen, dem voran die Bauermeister der einzelnen Viertel schritten, gefolgt von einer Gruppe angesehener Bürger. Hinter dem Stadthauptmann zu Pferde kamen der hohe Rat, die Kommissare, Riedmeister Eberhard von Anderten und der arme Sünder in Begleitung der Stadtknechte und Pastoren. Den Schluss bildete ein riesiger Pulk Schaulustiger, Bauern und Soldaten. Etwas abseits bewegte sich der niedere Pöbel, unter ihnen einige bekannte Gesichter. Auch Thomas Medefeld und sein Weib hatten es sich nicht nehmen lassen, Jaspars Hinrichtung beizuwohnen. In einer Gruppe von Mönchen fühlten sie sich sicher vor der Rache der Räuber, die der Verhaftung entkommen waren und sich in die dunklen Katakomben der Stadt gerettet hatten.

Vor dem riesigen steinernen Galgen am Steintor kam es zu einem unfreiwilligen Halt. In einem Moment, als der Scharfrichter Jaspars Ketten überprüfte, kreuzten sich Jaspars und Heinrichs Blick. Einen Augenblick sahen sich die beiden Räuber schweigend in die Augen. Man hatte Jaspar seiner blonden Haare beraubt. Sein Schädel war kahl geschoren. Als er den einstigen Kameraden erkannte, schämte er sich und wich seinem Blick aus. Doch Kokemüller zwang den Mörder, ihn anzusehen, und er bemerkte anstatt der einst mörderischen Kälte Angst in Jaspars Augen. Nichts war mehr übrig von dem strahlenden Blau, mit dem der Räuber sich jeden gefügig gemacht hatte.

Das machte ihn mutig, und befreit zischte er: »Marie wird dem Henker die Hand führen, wenn er dir Arme und Beine zermalmt.« Er schickte ein triumphierendes Grinsen hinterher.

Aber Jaspar schwieg, griff nach dem gefüllten Kelch, den ihm der Stadtknecht nachtrug, gurgelte mit dem Wein und spie ihn Kokemüller vor die Füße. Die Stadtknechte stießen Jaspar weiter. Aber der enttäuschte Korporal wollte seine Genugtuung und schrie ihm hinterher: »Wie steht es nun mit deiner Unverwundbarkeit, Jaspar? Ich habe gehört, man hat dir die Salbe zum Festmachen abgenommen? Wie wäre es mit Waffensalbe aus Bärenschmalz? Du kennst doch das Rezept vom alten Hirten? Diesmal wird es aus deiner Hirnschale wachsen. Aber es zeigt erst seine Wirkung, wenn du unter Schmerzen krepiert bist!«

Einen Moment schien es, als verharrte Jaspar, als wollte er sich noch einmal nach ihm umdrehen. Jedoch verlor sich sein Blick über den Köpfen. Er suchte nach den Kameraden. Bis zu diesem Zeitpunkt hatte er immer noch auf Rettung gehofft. Allerdings zeigte sich keins der bekannten Gesichter und es war auch kein Zeichen zu sehen, das Hilfe im letzten Moment versprach. Da spürte er einen kräftigen Stoß im Rücken. Die Knechte hatten ihn auf das am Boden liegende Andreaskreuz geworfen. Es war kalt. Frost hatte sich in das verwitterte Holz gefressen. Er blickte starr hinauf zum Galgen, als ihn rohe Hände auf die Stangen unter ihm banden, und dachte dabei wehmütig: Ach hätte ich nur Datura bei mir, dann brauchte ich mich nicht vor den Schmerzen zu fürchten. Er sah weder die freudigen Blicke der Zuschauer, noch wimmerte er um sein Leben. Lediglich als der Scharfrichter mit dem schweren Eisenrad zwischen den Händen ausholte, um ihm die Knochen einzeln zu zermalmen, rief er mit leiser Stimme: »Vergebt mir, ich bin verführt worden!«

Während seine Knochen unter dem schweren Rade zerquetscht wurden, röchelte Jaspar sein verfehltes Leben aus und ging ohne Reue und Buße ganz still zu Tode.

Als sein geschundener Körper darauf auf das Rad geflochten und dasselbe mit zwölf Knüppeln behängt wurde, fragte Medefeld sein Weib: »Ob Marie und Tönnjes nun wohl im Himmel ihren Frieden finden werden?«

Später will man einen Korporal beobachtet haben, der stumm neben dem Toten Wache hielt und den Krähen dabei zufrieden lächelnd zusah, wie sie den Leichnam mit ihren scharfen Schnäbeln zerhackten.

# Erläuterungen

›Die Konkubine des Mörders‹ ist eine von mir
frei erfundene Geschichte. Sie spielt vor dem Hintergrund des grausamsten aller Kriege, des Dreißigjährigen Krieges, und hat das Leben des berüchtigten Raubmörders Jaspar Hanebuth aus Hannover
zur Grundlage (geboren im Februar 1607 nach
dem Erbregister des Amtsvogts Langenhagen von
1612 in Groß-Buchholz, öffentlich gerädert am
08. Februar 1653 für neunzehn Mordtaten und zehn
gestandene Pferdediebstähle). Einige der geschicht-
lich nachweisbaren Morde sowie Namen sind von
mir für den Romanablauf etwas anders zueinander
gestellt worden, als es in der Historie nachzulesen
ist. Es würde mich freuen, wenn ich dem Leser
anhand dieser Kriminalgeschichte ein geschicht-
liches Bild jener Zeit vermitteln konnte, welche
solche Menschen erschuf wie den Mörder Jaspar
Hanebuth.

Das letzte Kapitel, das seiner Verhaftung, wurde
von mir fast authentisch nachgestaltet. Dass Marie,
seine Konkubine, von ihm eigenhändig erschossen
wurde, kann man in seinem Geständnis nachlesen.
Da es aber keine weiteren Nachweise über ihre Exis-
tenz gibt, habe ich ihr Leben in meinem Roman aus
eigener Fantasie gestaltet.

Ich bedanke ich mich für die gute Zusammenarbeit mit der Stadtbibliothek in Rinteln während meiner Recherchen.

ENDE

# Literatur

WINKEL, WILHELM: Geschichte und Kirchspiel und Voigtei mit den Orten Bothfeld, Groß-Buchholz, Klein-Buchholz und Lahe.

SCHMIDT, HERMANN: Die Stadt Hannover im Dreißigjährigen Krieg 1626–1648. In: Niedersächsisches Jahrbuch für Landesgeschichte 3, 1926, S. 94-135.

ZIMMERMANN, HELMUT: Zur Herkunft des Raubmörders Jasper Hanebuth. Hannoversche Geschichtsblätter, Neue Folge Bd. 41, Hannover 1987, S. 31–38.

HUF, HANS-CHRISTIAN: Mit Gottes Segen in die Hölle. Der Dreißigjährige Krieg.

INGLER, AUGUST: Der Raubmörder Jaspar Hanebuth. Ein Lebensbild aus dem dreißigjährigen Krieg. Nach den Kriminal-Akten.

GRIMMELSHAUSEN, HANS JAKOB Christoffel VON: »Der abenteuerliche Simplicissimus Teutsch«, 1668.

LEHRMANN, JOACHIM: Räuberbanden zwischen Harz und Weser – Braunschweig, Hannover, Hildesheim: Ein historischer Rückblick.

*Weitere Krimis finden Sie auf den folgenden Seiten und im Internet:*

**WWW.GMEINER-SPANNUNG.DE**

**BETTINA SZRAMA**
Die Hure und der Meisterdieb

978-3-8392-1214-1 (Paperback)
978-3-8392-3707-6 (pdf)
978-3-8392-3706-9 (epub)

**VERRATENE LIEBE** Thüringen, im Dezember 1695. Der ehemalige Soldat und Wirt Nickel List, eigentlich ein herzensguter Kerl, zündet seine Wirtschaft an, um sich an seinem verräterischen Eheweib Magdalena und ihrem Liebhaber zu rächen. Enttäuscht verlässt er seine Heimat und trifft auf die schöne Diebin Anna. Die ist ihrem Mann, einem reichen Hamburger Weinhändler, davongelaufen und ebenso wie Nickel auf der Flucht. Jahre später ziehen sie als Herr von der Mosel und Anna von Sien durch den Norden. Selbst die größten Kirchen sind vor dem berühmt-berüchtigten Räuberpaar nicht mehr sicher. Doch ihre Häscher sind ihnen bereits auf den Fersen …

GMEINER SPANNUNG

**WWW.GMEINER-VERLAG.DE**
*Wir machen's spannend*

**BETTINA SZRAMA**
Die Giftmischerin
. . . . . . . . . . . . . . . . . . . . . . . . . . .
978-3-89977-791-8 (Paperback)
978-3-8392-3019-0 (pdf)
978-3-8392-3018-3 (epub)

**DER ENGEL VON BREMEN** Die Hansestadt Bremen im frühen 19. Jahrhundert. In ärmlichen Verhältnissen aufgewachsen, intelligent und schön, sehnt sich die junge Gesche Margarethe Timm nach Glanz und Reichtum. Um dieses Ziel zu erreichen, ist ihr jedes Mittel recht. Frühzeitig bestiehlt sie ihre Eltern und beginnt, skrupellos und heimtückisch alle zu töten, die ihrem Erfolg im Weg stehen. Manche ihrer Opfer pflegt sie dabei bis zum Gifttod aufopferungsvoll – als »Engel von Bremen«.

Der erste historische Kriminalroman über Gesche Gottfried, Deutschlands berühmteste Serienmörderin.

**GERD STIEFEL**
Via Bologna
. . . . . . . . . . . . . . . . . . . . . . . . .
978-3-8392-2205-8 (Paperback)
978-3-8392-5603-9 (pdf)
978-3-8392-5602-2 (epub)

**AUF DER FLUCHT** In einer kalten Winternacht im Januar 1843 wird am Edelberg bei Hermannsdorf eine Leiche gefunden. Ein Bauer vom dortigen Weiler »Kuche« war offenkundig auf brutale Weise erschlagen worden – der Täter hinterließ einen schrecklichen Tatort. Als Mordwerkzeug konnten die Gendarmen einen blutverschmierten Deichselnagel sicherstellen. Ein Tatverdacht ist rasch konstruiert und der vermeintliche Täter auf der Flucht …

GMEINER SPANNUNG

GMEINER

WWW.GMEINER-VERLAG.DE
*Wir machen's spannend*

**BIRGIT RÜCKERT**
Das Geheimnis von Salem
· · · · · · · · · · · · · · · · · · · · · · · · · ·
978-3-8392-2197-6 (Paperback)
978-3-8392-5591-9 (pdf)
978-3-8392-5590-2 (epub)

**KLOSTER SALEM IN AUFRUHR** Im Frühjahr
1485: Das Zisterzienserkloster Salem erwartet den Besuch des Kaisers. Doch der plötzliche Tod eines jungen
Mönchs überschattet die Festvorbereitungen. Der alte
Kellermeister bringt den Todesfall mit lange zurück-
liegenden Ereignissen in Verbindung, bei denen ein
Mönch in einem Weinfass ertrunken und ein wertvoller
Reliquienbehälter verschwunden ist. Bruder Johannes,
Leiter des Skriptoriums, macht sich auf die Suche nach
dem rätselhaften Reliquiar. Wird er auch die ungeklär-
ten Todesfälle lösen können?

**SILVIA STOLZENBURG**
Die Launen des Teufels
· · · · · · · · · · · · · · · · · · · · · · · · ·
978-3-8392-2201-0 (Paperback)

**DIE PEST IN ULM** Ulm anno 1349: Um Gott ein Denkmal zu setzen, beschließen die Bürger der Handelsmetropole den Bau eines himmelstürmenden Münsters. Der habgierige Glockengießer Conrad setzt alles daran, von dem geplanten Bauvorhaben zu profitieren, und scheut weder vor Intrige noch vor Mord zurück, um sich einen Platz im Rat der Stadt zu sichern. Ohne Skrupel zwingt er seine Tochter Anabel ins Bett des Abtes der Barfüßerabtei, von dem er sich Vorteile zur Erlangung seiner Ziele erhofft. Doch Anabel liebt Bertram, den Gehilfen ihres Vaters. Gemeinsam beschließen sie, aus Ulm zu fliehen. Da bricht die Pest über die Stadt herein …

SPANNUNG

GMEINER

**WWW.GMEINER-VERLAG.DE**
*Wir machen's spannend*

**GABRIELE LOGES**
Paris, Sigmaringen oder Die
Freiheit der Amalie Zephyrine
von Hohenzollern
...........................
978-3-8392-2246-1 (Paperback)

**HOCHKARÄTIG** Angelika lebt in Sigmaringen und
fährt nach Paris, um über Amalie Zephyrine von Ho-
henzollern-Sigmaringen zu recherchieren. Dieser
Fürstin hat das kleine Land Hohenzollern zwischen
Württemberg und Baden viel zu verdanken, denn als
Freundin von Napoléons Frau Joséphine hatte sie di-
rekten Zugang zur Macht. Beide Freundinnen hatten
die Schrecken der Französischen Revolution hautnah
erlebt. Sigmaringen ist aber auch der Ort, an den die Vi-
chy-Regierung nach der Befreiung von Paris gebracht
wurde. Angelika entdeckt ein Netz von abenteuerlichen Beziehungen.

**OBERMAIER/STEIN**
Schwarzwaldbahn
. . . . . . . . . . . . . . . . . . . . . . . . . .
978-3-8392-2258-4 (Paperback)
978-3-8392-5681-7 (pdf)
978-3-8392-5680-0 (epub)

**MORD IM SCHWARZWALD** 1871: Robert Gerwig, der Erbauer der Schwarzwaldbahn, wartet auf seine Anstellung bei der schweizerischen Gotthardbahn. Gleichzeitig spielt sich hinter den überlieferten historischen Daten im Schwarzwald eine spannende Kriminalgeschichte ab. Ein italienischer Arbeiter stürzt vom Hornberger Viadukt und stirbt. Wusste er etwa zu viel? Oder war er selbst, wie der Oberingenieur Walter Grieshaber und der italienische Vorarbeiter Giuseppe, in dubiose Geschäfte verwickelt?

SPANNUNG

GMEINER

WWW.GMEINER-VERLAG.DE
*Wir machen's spannend*

**GITTA EDELMANN**
Himmelsliebe
. . . . . . . . . . . . . . . . . . . . . . . . .
978-3-8392-2216-4 (Paperback)
978-3-8392-5625-1 (pdf)
978-3-8392-5624-4 (epub)

**TÖDLICHE SPANNUNGEN** 1880: Mit Kapitänin Alberta Lefort bricht das modernste Luftschiff Frankoallemanniens, die »Himmelsliebe«, auf, um die versunkene Insel Rungholt in der Nordsee zu finden, die reiche Schätze bergen soll. Doch belasten zunehmend Spannungen zwischen den Reisenden die Atmosphäre, und technische Probleme lassen nur einen Schluss zu: Es gibt einen Saboteur an Bord. Als schließlich einer der Mitreisenden tot aufgefunden wird, muss Kapitänin Lefort nicht nur den Mord aufklären, sondern auch entscheiden, wem sie trauen kann …

**BERNHARD WUCHERER**
Das Teufelsweib
· · · · · · · · · · · · · · · · · · · · · · · · · ·
978-3-8392-2198-3 (Paperback)
978-3-8392-5593-3 (pdf)
978-3-8392-5592-6 (epub)

**ABENTEUERLICH** Winter 1311: Ein halb toter Mann wird an den Strand von Syld gespült, wo die kräuterkundige Theresa ihn findet. Sie pflegt ihn gesund – die beiden verlieben sich. Bald darauf finden sie mehrere fremdländische, schrecklich zugerichtete Leichen sowie ein Wickelkind, das sie Anna Maria nennen und wie ihr eigenes großziehen. 20 Jahre später werden ihre Zieheltern ermordet, und Anna Maria muss aus ihrer Heimat fliehen. Piraten verschleppen sie nach Marokko, wo sie als Sklavin verkauft wird. Und schon wieder muss sie fliehen. Auf ihrer abenteuerlichen Flucht erfährt sie Unglaubliches über ihre Herkunft …

GMEINER SPANNUNG

WWW.GMEINER-VERLAG.DE
*Wir machen's spannend*

# Das Neueste aus der Gmeiner-Bibliothek

## Unser Lesermagazin

Bestellen Sie das
kostenlose Krimi-
Journal in Ihrer
Buchhandlung
oder unter
www.gmeiner-verlag.de

## Informieren Sie sich ...

**www** ... auf unserer Homepage:
www.gmeiner-verlag.de

**@** ... über unseren Newsletter:
Melden Sie sich für unseren Newsletter an
unter www.gmeiner-verlag.de/newsletter

... werden Sie Fan auf Facebook:
www.facebook.com/gmeiner.verlag

## Mitmachen und gewinnen!

Schicken Sie uns Ihre Meinung zu unseren Büchern
per Mail an gewinnspiel@gmeiner-verlag.de
und nehmen Sie automatisch an unserem
Jahresgewinnspiel mit »mörderisch guten« Preisen teil!

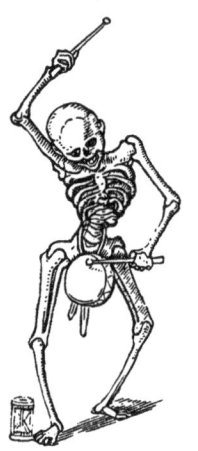